참마도 新무협 판타지 소설

화산진도 5
참마도 新무협 판타지 소설

초판 1쇄 찍은 날 § 2007년 3월 5일
초판 1쇄 펴낸 날 § 2007년 3월 15일

지은이 § 참마도
펴낸이 § 서경석

편집장 § 문혜영
편집책임 § 유경화
편집 § 이재권

펴낸곳 § 도서출판 청어람
등록번호 § 제1081-1-89호
등록일자 § 1999. 5. 31
어람번호 § 제2-1146호

주소 § 경기도 부천시 원미구 심곡1동 350-1 남성B/D 3F (우) 420-011
전화 § 032-656-4452 팩스 § 032-656-4453
http://www.chungeoram.com
E-mail § eoram99@chollian.net

ⓒ 참마도, 2006

ISBN 978-89-251-0585-7 04810
ISBN 89-251-0308-7 (세트)

※ 파본은 구입하신 서점에서 교환하여 드립니다.
※ 저자와 협의하여 인지를 붙이지 않습니다.

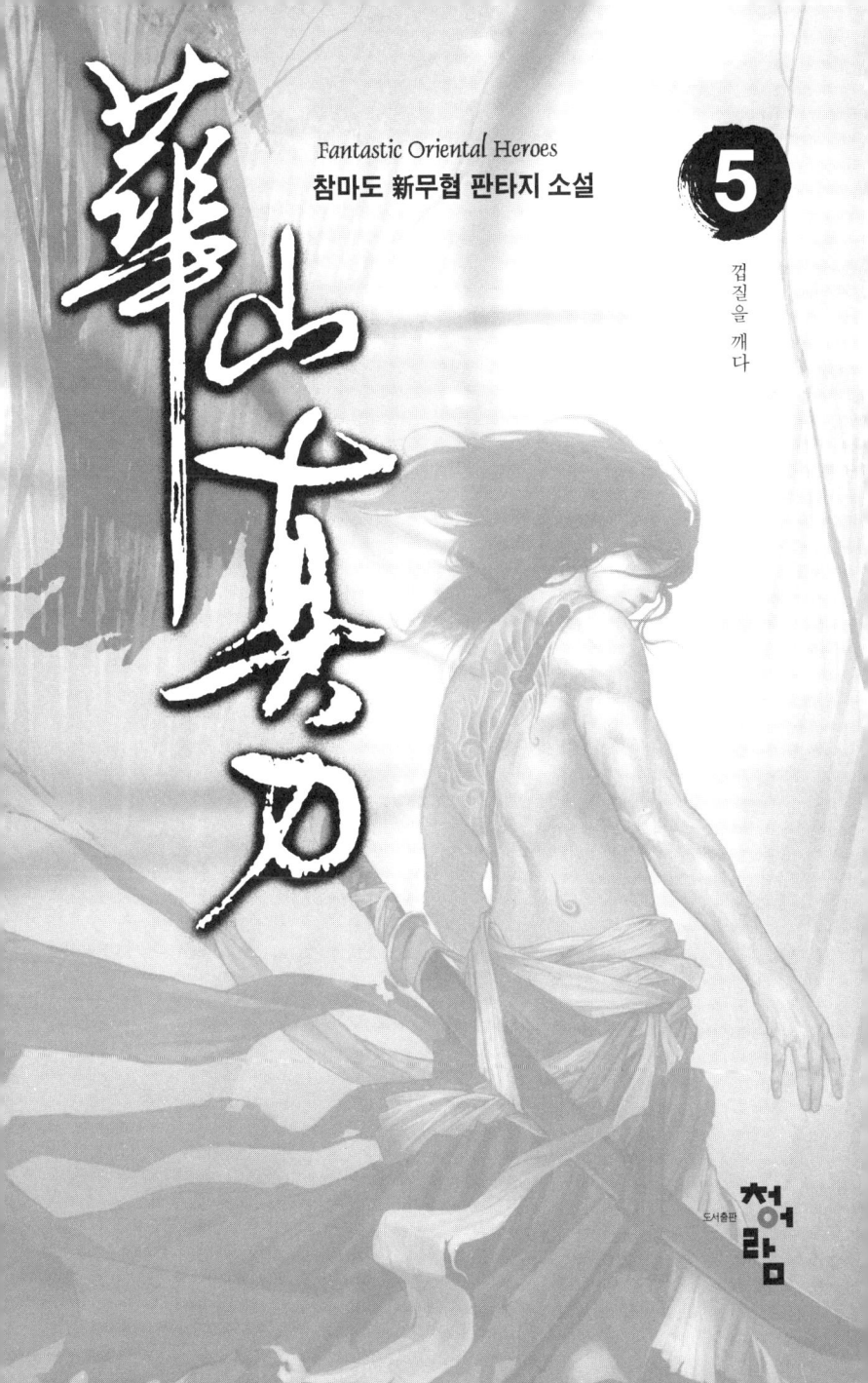

목차

第一章 진실 / 7

第二章 사람과 사람 / 45

第三章 풍도 (1) / 81

第四章 풍도 (2) / 121

第五章 서로 다른 시작들 / 161

第六章 친구를 위해 가는 길 / 199

第七章 각자의 의지 / 241

第八章 현백, 친구를 만나다 / 281

第九章 예상치 못한 이별 / 323

第一章

진실

1

쪼로로록…….

작은 찻잔에 가느다란 물줄기를 뿜어내자 찻잔은 금방 채워졌다. 그 찻잔의 둘레를 손으로 살짝 잡아 입가로 가져간다. 한꺼번에 털어 넣어도 시원찮을 작은 잔이건만 현백은 그리하지 않았다. 조금씩, 아주 조금씩 그는 마시고 있었다.

아니, 솔직히 말해 마신다는 것보다 입술에 적신다는 표현이 옳을 듯싶었다. 아랫입술에 살짝 적신 찻물을 혀로 축이며 현백은 그렇게 여유롭게 앉아 있었다.

"여유로워 보이려 애쓰는 것이라면 실패 같구려. 행동과 달리 그대의 얼굴은 초조함이 가득합니다."

"……."

맞은편에서 들려오는 소리에 현백은 눈을 살짝 들었다. 그곳엔 일단의 인물들이 앉아 있었는데 바로 운남에서 올라온 사다암 일행이었다.

그들이 있는 곳은 작은 객잔, 호북 무한에서 북쪽으로 한참 올라온 백목산 부근이었다. 이곳에서는 무한보다 호북의 경계가 더 가까웠는데 현백은 이미 먼저 출발한 창룡 주비의 일행을 쫓는 중이었다.

"하실 말씀이 있다 해서 만난 것입니다. 그것이 무엇입니까?"

현백은 굳이 초조한 심정이라는 것을 숨기고 싶지 않았다. 사실 이 자리에 있는 것 자체가 가시방석과도 같은 심정이었는데, 그건 이 미호라는 여인을 보기 때문이었다.

어쩌면 지금 강호에 이러한 바람이 부는 것 자체가 자신 때문인지도 몰랐다. 왜 이 여인을 사칭했는지 모르지만 그 여인을 보호한 것이 바로 자신이었기에 현백의 마음이 좋지 못했던 것이다.

"굳이 많은 사람들이 알아야 할 필요가 없는 이야기이기에 따로이 자리를 마련한 것입니다."

앉아 있는 세 명 중에 가운데 있는 자가 입을 열었다. 사다암과 환연교주 토루가, 그리고 미호공주가 있었는데 입을 연 사람은 바로 토루가였다.

"게다가 이젠 세상이 주시하는 수인도(獸印刀) 현백이 아닙니까? 이렇게라도 만나지 않으면 만나기조차 쉽지 않아서 말입니다. 허허허!"

"……."

토루가의 말에 현백은 다시 쓴웃음을 지었다. 자신의 이름 앞에 낯부끄러운 이름이 붙은 것이다. 수인도라는 이름이 말이다.

현백의 움직임을 보고 세상이 붙여준 이름이었다. 짐승의 발톱처럼 할퀴는 그의 도법에 사람들이 붙여준 것인데 왠지 현백은 그 이름이 부담스러웠다. 아니, 누군가 자신을 그렇게 알아준다는 것 자체가 더 이상했던 것이다.

"인사는 이쯤 하고 이제 본론을 이야기하는 것이 어떻습니까?"

"허허허, 그러십시다. 어떻소, 그간 진전은 있었습니까? 그들과 부딪친 적이 있었을 텐데?"

"……."

왠지 그간 현백의 움직임을 다 아는 것처럼 그는 이야기하고 있었다. 아마도 오는 동안 개방의 사람들과 같이 있으면서 강호의 정세를 들은 모양이다.

현백은 고개를 좌우로 서으니 입을 열었다.

"부딪친다고 해서 알 수 있는 것은 없소이다. 그들의 이야기를 해주기 위해 나를 이곳까지 부른 것 아니오?"

"헛허, 역시 눈치가 빠르다니까. 맞소이다. 흑월에 관해 할 말이 있어 이곳에 온 것이오."

토루가는 이제 조금은 심각한 얼굴을 하며 현백을 바라보았는데 사실 이런 이야기는 모두 오위경을 필두로 한 추색대에 알려주면 되는 일이었다. 현백에게 이렇듯 따로 뭔가 이야기할 필요는 없었던 것이다.

솔직히 현백은 지금 이자가 왜 자신에게 이토록 따로이 이야기를 하려는지 그것이 잘 이해가 되질 않았다. 아무래도 토루가는 뭔가 다른 꿍꿍이가 있어 보였던 것이다.

"우선 흑월이라 하면 잘 알 듯 우리 환연교와는 형제와도 같은 사람들입니다. 물론 그것은 초창기 때의 이야기지만……."

슬쩍 비틀린 표정을 지으며 토루가가 입을 열었는데 그 말에 미호공주나 사다암 모두 의외라는 표정을 지었다. 천하의 토루가가 이렇게 감정을 숨기지 않고 얼굴에 나타내는 것이 의외였던 것이다.

토루가가 이끄는 이들은 바로 환연교의 사람들, 자연의 섭리를 거스르지 않고 최대한 존중하며 살아간다. 그리고 그 자연을 섬기는 마음속에서 인간 역시 같이 섬기는 것이 환연교의 교리였다.

거스르지 않는 자연의 삶은 곧 교리로 연결되었기에 토루가가 감정을 나타내는 것은 그리 흔한 일이 아니었다. 즉, 항상 감정을 절제해 왔던 것이 토루가였던 것이다.

"사실상 지금의 흑월을 그때 그들과 비교한다는 것이 무리겠지. 그러나 뿌리는 같은 것. 지금도 난 흑월이 그렇게 변했다는 것을 믿기가 힘듭니다. 하나 인정할 것은 인정해야겠지요."

"고작 그 이야기를 하기 위해 날 이리로 불러낸 것입니까? 아무래도 교주님께선 따로이 하고 싶은 이야기가 있는 것 같습니다만."

왠지 토루가의 말이 길어지자 현백은 입을 열어 이를 제지했다. 그러자 토루가는 실소를 머금으며 황급히 말을 이었다.

"허허허, 나이가 드니 헛소리만 느는구려. 그렇소이다. 실은 정말 하고 싶은 이야기는 이것이 아니지. 조심하시오, 현백. 지금 중원에 나와 있는 흑월의 힘은 이미 중원의 그것과도 비견될 만큼 크오."

"……."

뭔가를 아는 듯한 토루가의 말에 현백은 눈을 가늘게 떴다. 일개 한 단체의 힘이 중원의 힘과 맞먹는다는데, 어찌 보면 말이 안 되는 소리이기도 했지만 그가 아는 토루가는 헛소리를 할 사람은 아니었다.

"월성이라고 하지요. 그들이 믿고 따르는 가상 강한 자. 그가 중원에 왔습니다. 물론 그만이 왔을 턱이 없지요. 월성 휘하의 세 사람. 흑월의 중추 세력도 같이 왔습니다. 그중 한 명을 이미 현백 당신은 만났지요."

"나를 사칭한 여인, 그 여인이 세 명 중의 하나입니다. 그 여인이 바로 삼사자입니다."

조용히 고개를 끄덕이면서도 현백은 쓴웃음을 지었다. 방금 말을 한 여인과 그 삼사자란 여인… 진짜 미호공주를 보니 정말 두 사람의 차이가 많이 났다. 스스로를 미호공주라고 했던 그 여인과 이 여인이 같은 점이라곤 두 사람 다 여인이라는 것뿐 그 외엔 모두가 다 달랐던 것이다.

"월성이란 자 밑에 세 명의 사자가 있는 것이 기본적인 그들의 지휘 계통입니다. 그리고 그 아래 일반 문도들이 있지요. 각 사자 밑엔 독자적인 세력들이 존재합니다."

"그 세력들이 모두 강호에 들어왔단 말입니까?"

"그렇습니다. 실로 안이하게 처리할 문제가 아니지요."

현백의 물음에 토루가는 바로 입을 열어 대답했다.

현백은 다시금 찻잔을 가져가 입술을 적셨다. 설령 그렇다 해도 지금 토루가의 말은 조금 과장되어 있는 듯이 보였다. 그 세 개의 세력이 대단하다 한들, 그것이 강호 전체의 힘에 육박한다는 것은 어불성설이었던 것이다.

대관절 어떻게 이야기를 시작해야 할지 감이 잡히지 않을 정도였다. 아무래도 토루가가 강호의 힘을 잘 모르는 것 같아 차분히 이야기를 하려 할 때였다.

"허허허, 이 늙은이의 기우라고 생각합니까? 하나 제 말은 틀린 것이 아닙니다."

"……"

마치 자신의 머릿속이라도 들여다본 듯 그가 말하자 현백의 마음에서 의혹이 구름처럼 일었다. 아무리 생각을 달리해도 그가 모르는 무엇인가를 이 토루가는 알고 있는 듯 보였던 것이다.

"상식적으로 생각한다면 물론 말이 안 되는 일입니다. 강호의 입장에서 본다면 흑월은 저 변방의 무림 세력일 뿐, 그러한 세력이 강호를 위태롭게 할 수는 없겠지요. 하지만 말입니다."

토루가는 잠시 말을 끊어 호흡을 조절하고 이내 입을 열었다.

"강호에 방수들이 있다면 어떻게 생각하십니까? 그 방수들과 힘을 합친다면 그래도 무시할 정도라 생각하나요?"

"방수……?"

확실히 뭔가 아는 것이 있었다. 어쩌면 현백 자신보다도 더 잘 알고 있는 듯이 보였는데 힘차게 고개를 끄덕이며 토루가는 말을 이었다.

"그렇소이다. 방수 말이오. 그것도 상당한 세력을 가진 사람이 방수라면… 그렇다면 어떻게 생각하시오?"

생각할 것도 없었다. 결과는 너무나 뻔했는데 그런 상황이 된다면 그야말로 심각한 위협이었다. 중원에선 낯선 무공을 지닌 그들이었다. 그런데 누군가 그들의 길잡이가 되어준다면 무서운 일이었던 것이다.

 게다가 그 방수라는 사람들… 그 사람들의 존재도 정말 두려운 일이었다. 중원에 세외 세력까지 들여오면서 대관절 무엇을 얻고자 하는 것인지 알 수가 없었다. 상황이 이렇다 보니 어떤 세력인지 함부로 추측하기도 힘들었다.

 "그 방수… 혹 누군지 아시오?"

 이유는 모르지만 현백의 머릿속에서 한 단체의 이름이 떠오르고 있었다. 이름을 떠올리면서도 현백는 아니기를 바랐다. 하나…….

 "확언할 수는 없으나… 솔사림이라는 생각이 깊게 드는구려."

 "……."

 결국 그 이름이 허공에 울리고 있었다.

  *　　　*　　　*

 "도착했습니다."

 "응?"

낭랑한 목소리에 사내는 고개를 돌리며 반응을 보였다. 언제나처럼 난초를 쓰다듬던 그는 나타난 사내를 향해 반가운 미소와 함께 입을 열었다.

"그래, 고생했구나. 한데 너만 왔다는 뜻이더냐?"

"그럴 리가 있겠습니까? 그들도 같이 왔습니다."

허리를 깊숙하게 숙이며 예를 취하는 사람은 바로 초호였다. 초호의 말에 사내는 고개를 끄덕이더니 이내 입을 열었다.

"그래, 그렇겠지. 한데 네 얼굴이 그리 좋아 보이지 않는구나. 흠… 아무래도 상문곡의 아이들과 그간 정이 많이 들었나 보구나?"

"그것이 아닙니다, 주군."

"응?"

뜻밖이라는 듯 사내는 눈을 동그랗게 뜨며 반문했다. 그러자 초호는 굳은 얼굴을 하며 말을 이었다.

"전 아직도 이해가 가질 않습니다. 어째서 저자들을 주군께서 필요로 하시는지……. 이 초호가 가진 세력만 해도 저들 정도는 눈에도 차지 않을 것입니다."

"하하하하! 초호, 대단한 자신감이구나. 하하하하!"

초호의 말에 사내는 대소를 터뜨렸다. 어찌 보면 비웃는 소리일지도 모르나 초호는 아무런 미동조차 없었다. 사내가 자신을 비웃는다 해도 어쩔 수 없는 것이 그는 자신의 주군이니 말이다.

"초호, 난 너를 믿는다. 언제나 그래 왔고 앞으로도 그럴 것이다. 너와 나의 신뢰가 깨어졌기에 내 그들을 강호에 부른 것이 아니다."

"……."

초호가 들어와 잠시 주춤했던 사내의 손길은 이내 다시금 움직이고 있었다. 천천히 난을 쓰다듬으며 자신이 하던 일을 계속하고 있는 것이다.

"하나 오늘 보여준 네 생각은 다소 의외로구나. 진정 그들이 그토록 약해 보이더냐?"

추궁하듯 물어오는 그의 목소리에 초호의 목덜미가 살짝 붉어지고 있었다. 왠지 모르면서 입을 열어 혼나는 듯한 느낌이 들었기 때문이다.

그때 사내의 목소리가 다시금 들려왔다.

"현백이라 했던가? 그 아이… 그래, 보니 어떤가?"

"…알고 계셨습니까?"

왠지 자신의 움직임을 낱낱이 다 알고 있는 듯한 그의 말에 초호는 절로 등허리에 땀이 배는 것을 느끼고 있었다.

"그래, 잘 알고 있네. 놀랍지 않던가? 중원에서 배운 것도 아니고 변방의 한 조그만 나라의 무공이 그 정도라는 것이?"

"그렇기는 합니다만 그렇다고 놀랄 정도는 아니라고 봅니다. 변방의 강자들은 얼마든지 있습니다. 현백 정도의 무공을 가진 사람 역시 많습니다."

초호는 자신의 생각을 솔직하게 밝혔다. 실제로 그의 말처럼 세외의 무공은 상당했는데 포탈랍궁이나 대리국 단왕가의 무공에 비한다면 현백의 그것은 초라하기 그지없었던 것이다.

"그래, 그럴 수도 있겠지. 하나 이건 확실하게 말하마. 그건 틀렸다. 세외의 무공 중 가장 무섭고 두려운 무공이 바로 그 현백이란 친구가 가진 무공이다."

"……."

사내의 말에 초호는 아무런 말도 하지 않았지만, 말만 하지 않았을 뿐 그는 절대 동의하지 않았다. 사내는 싱긋 웃으며 다시금 입을 열었다.

"뭐, 지금 내 말에 동의해 달라는 이야기는 하지 않겠다. 게다가 네가 동의하든 안 하든 그건 중요한 것이 아니니 말이다. 하나……."

문득 그는 손을 멈추고 있었다. 뭔가 생각이 난 듯 갑자기 초호를 향해 신형을 돌리며 차분히 입을 열었다.

"그 현백이라는 자에 육박하는 고수를 마음먹은 대로 키울 수 있는 곳이라면 어쩌겠느냐? 그래도 그들이 허투루 보이더냐?"

"……!"

초호는 두 눈을 동그랗게 뜨며 사내를 보고 있었다. 만일 그렇다면 이야기는 달라진다. 이건 자신들의 미래와 관련된 이야기일 수 있었던 것이다.

"물론 그렇다고 해서 그들에게 무공을 원하진 않는다. 본

파의 무공 역시 충분히 강하고 다 익히기도 벅차지. 내가 이런 말을 하는 이유가 무엇인지 잘 생각해 보기를 바란다."

"예, 주군."

자르듯 말하는 그의 목소리에 초호는 포권을 하며 돌아섰다. 이제 대화는 끝난 것이었다. 남은 일은 돌아가 명령이 있을 때까지 조용히 있으면 되는 것이다.

"초호."

"예, 주군."

나가려는 그를 사내는 다시 불러 세웠다. 초호의 귓가에 그의 목소리가 들려왔다.

"넌 모든 것을 알게 될 것이다. 월성이란 자를 보게 되는 순간 모든 것을 알게 될 것이다."

"……."

뜻 모를 그의 말에 초호는 아무런 표정도 짓지 않았다. 모르는 상황을 굳이 물어볼 필요는 없었다. 어디까지나 그는 저 사내의 종이니 말이다.

"오늘부로 삼계(三計)를 발호한다. 부탁한다, 초호."

"……! 명을 받듭니다."

삼계라는 말에 초호는 두 눈을 동그랗게 떴지만 이내 다시 신색을 회복했다. 그리곤 멈추었던 신형을 다시 움직이고 있었다. 그러나 움직이는 그의 양 주먹에는 힘이 꽉 들어가 있었다.

"후… 이제 시작인가?"

초호가 나간 곳에서 사내는 조용히 혼잣말을 했다. 그의 눈은 그저 저 하늘에 보이는 작은 별빛에 고정되어 있을 뿐이었다.

     *   *   *

"증거를 말하라면 글쎄… 솔직히 그런 것은 없지요. 모든 것은 추측일 뿐, 그저 그렇게 알고 계시면 됩니다."

"……."

황당하기 그지없는 발언이었다. 자신의 추측이 그런 것이니 그저 그렇게 알고 있으라는 그 말 자체가 우스운 일인 것이다.

현백은 토루가가 뭔가를 알고 있는 줄만 알았다. 확증이 있고 그 확증에 따라 이렇게 자신에게 이야기하는 줄 알았건만 전혀 아니었던 것이다.

"그 증거는 제가 아니라 현 대협이 더 잘 알고 있지 않습니까? 이미 어느 정도 솔사림에 대해 알고 계실 것으로 생각되는군요."

"……."

현백은 이마를 살짝 찌푸렸다. 지금 이 사내가 정말 알고 있는지 모르고 있는지 전혀 판단이 서질 않기 때문에. 물론 현백은 솔사림을 의심한다. 솔사림의 사람과 저들 흑월의 무리가 같이 있었다는 아이의 증언에 따라 말이다.

그러나 그는 그 이야기를 이 사람에게 한 기억이 없었다. 혹 다른 사람들의 입을 통해 들었을 경우도 있지만 그럴 확률은 적었다. 모두가 다 믿을 만한 사람들이니 말이다.

그럼 지금 이 사람은 현 상황을 보고 추측한 것이라는 말인데 쉽게 수긍할 수 없는 이야기였다.

"하하하! 아무래도 제 이야기가 못내 믿기지 않으신 모양이군요. 하면 이렇게 생각하십시오. 이곳에선 우리가 변방의 사람들이지만 우리 땅에 가면 중원의 사람들이 변방의 사람이 되지요. 이러면 답이 되겠습니까?"

"……!"

점점 모를 소리만 하던 그를 향해 눈만 동그랗게 뜨던 현백은 이내 두 눈을 확 좁혔다. 무언가 느껴지는 것이 있었던 것이다.

그저 입장의 차이라 생각할 수도 있지만 이건 그 외의 무엇인가가 있었다. 그리고 그 무엇인가는 이내 생각해 낼 수 있었다.

"언제부터 알고 계셨습니까?"

"허허, 꽤나 오래전의 일이지요. 역시 눈치가 빠르십니다. 그래서 제가 이렇게 따로 부탁을 드리는 것이지만……."

"……."

이번엔 현백과 토루가를 제외한 사람들이 고개를 갸웃거리고 있었다. 그러자 토루가는 쓴웃음을 지으며 입을 열었다.

"이미 본토에서부터 이들 솔사림의 사람들이 보였습니다. 중원에서 솔사림의 사람들 주변에 흑월이 보였듯 이미 오래 전부터 흑월의 주변에 솔사림의 사람들이 보였지요. 그것이 솔사림의 사람들이라는 것을 알게 된 것은 얼마 전의 일이지만 말입니다."

"그렇군요."

사다암은 고개를 끄덕였다. 그렇다면 이야기가 맞아 들어가고 있었는데 흑월의 동향에 제일 민감한 것은 바로 환연교일 터였다. 한 뿌리에서 시작되었다고 하지만 가장 적대적인 관계로 돌아선 사람들이니 말이다.

"중원에 들어와 여러 문파에 대한 생각을 해봤지만 솔사림 외에 이렇듯 비밀스럽게 흑월을 도울 수 있는 단체는 없습니다. 난 그래서 이들 솔사림과 흑월의 관계를 생각해 본 것이지요. 물론 솔사림에 대한 정보가 없긴 하지만."

억지라고 볼 수도 있었다. 모든 것은 너무나도 솔사림이 비밀스러웠기 때문에 이렇게 생각이 된 것인데 아마 이 생각의 배경에는 개방이 있을 터였다.

특히 한 사람. 개방에 몸을 담으면서 솔사림을 의심하는 호지신개 명사찬이 있었으니 더욱더 그런 생각을 굳히게 되었을 터였다.

 그러나 모든 것은 의심일 뿐, 그 외엔 아무런 것도 없었다. 무엇보다도 솔사림이란 단체에 대해 아는 것이 전무하니 말이다.

 "할 말이 그것뿐이라면 그만 가보겠소이다. 갈 길이 그리 녹록치가 않아서……."

 더 이상 할 말이 없다는 듯 현백은 신형을 일으켰다. 그리곤 방문을 향해 나가려 할 때였다.

 "바람의 힘을 느낀 것인가? 하나 아직 그 이상의 것은 모르는 것 같군요."

 "……."

 현백의 움직임이 멈추었다. 지금 이것은 무공에 대한 이야기였다. 그가 익힌 연천기에 대한 이야기였던 것이다.

 "자연의 힘을 뿜어내는 힘, 연천기. 그 연천기의 힘이 본래의 주인을 찾았군 그래. 허허허, 잘된 일입니다."

 토루가는 얼굴 가득 사람 좋은 미소를 짓고 있었다. 뭔가 알고 있다는 듯한 표정을 지으며 현백을 바라보는 통에 현백은 바로 나갈 수가 없었다. 그는 신형을 돌려세우며 토루가를 바라보았다.

 "바람의 힘이라 했습니까?"

 "그렇소… 바람의 힘이지요. 아니면 무어라고 생각했소이까?"

다소 의외라는 듯 현백이 묻자 토루가가 대답했다. 현백은 잠시 생각에 잠기기 시작했다.

바람의 힘이라… 분명 지금 현백이 보여주는 움직임은 바람이 아니라 야수의 그것과도 같았다. 그 야수의 움직임으로 인해 바람이 이는 것은 이해가 가지만 그 반대의 개념을 이야기하니 조금 이상했던 것이다.

"허허허, 아직 느끼고 있지 못했군요. 하나 이 정도로 깨우친 것만으로도 대단한 발전. 자연의 섭리를 거스르지 않는 천제의 뜻이 실행되는 것이니……."

뜻 모를 이야기를 하며 입을 꽉 닫아버리는 토루가를 향해 현백은 어떠한 말도 할 수가 없었다. 분명 무언가를 더 알고 있었지만 토루가는 더 이상 아무런 할 말이 없다는 듯한 표정을 짓고 있었던 것이다.

그러다 문득 현백의 머릿속에 다른 생각이 들었다. 이 토루가가 오늘 자신을 만나게 된 것은 어쩌면 이 일 때문일지도 모른다는 생각 말이다.

그런데 왠지 토루가는 지금 말을 아끼고 있었다. 그 원인이 뭔지 모르지만 현백은 슬며시 그의 눈치를 살피다 말했다.

"할 말이 있다면 시금 하는 것이 좋을 것입니다, 토루가 교주."

"……."

현백은 다짐하듯 입을 열었지만 토루가는 더 이상 아무런 말을 하지 않았다. 현백은 신형을 돌렸고 이내 방문을 나섰다.

"후우… 괜히 보자고 한 것인가?"

"…교주, 대체 이게 무슨 일입니까? 강호의 일도 일이지만 현백이 뭐 어떻게 되었다는 겁니까?"

사다암은 미간을 확 찌푸리며 입을 열었다. 자신도 모르게 토루가가 다른 의도를 갖고 이곳에 왔다고 생각하니 이용당했다는 생각이 들었던 것이다.

"허허허, 별것 아닙니다. 이 늙은이의 기우일 뿐. 그냥 조용히 움직이게 놔두면 될 것을 왜 눈으로 꼭 보려고 하는지……."

여전히 알 수 없는 말을 하며 토루가는 고개를 좌우로 흔들고 있었고 사다암은 어금니를 지그시 깨물었다. 조금 더 있다가는 화가 머리끝까지 날 상황인데도 토루가는 너무 느긋했다.

솔직히 말하자면 자신은 한 나라의 다음을 책임질 사람이었고 토루가는 한 단체의 수장일 뿐이었다. 나라 안에 백성이 있음에 당연히 자신의 의도가 먼저라고 생각했다.

그런데 실제로는 토루가에 의해 끌려가는 상황, 서로 간의 신분 따위 별로 신경 쓰지 않는 성격의 사다암이지만 화가 나는 것은 어쩔 수 없었던 것이다.

"사다암님께선 현백의 무공에 대해 알고 계신 것이 있습니까?"

"예?"

갑작스런 질문에 사다암은 되물었다. 토루가는 살풋이 웃으며 다시 입을 열었다.

"제가 처음 현백을 봤을 때 현백은 사람이 아니었습니다. 지옥의 야차, 혹은 악마라 해도 과언이 아닐 정도로 지독한 주화입마 속에 있었지요. 저조차 상대가 되지 못할 정도로 말입니다."

"뭐라구요? 교주께서 상대가 안 된단 말입니까?"

사다암은 놀람을 표시했다. 토루가의 무공은 솔직히 추측하기 어려웠다. 강호에 많은 사람들이 있다고 하지만 그중 토루가는 열 손가락 안에 든다고 사다암은 자신있게 말할 수 있었다. 그런데 그런 토루가가 상대가 안 되었다는 것은 말이 안 되는 이야기였던 것이다.

"하면 어떻게 지금의 현백이 된 것입니까? 도무지 전 이해할 수 없습니다."

사다암은 궁금함을 가득 담은 채 입을 열었다. 그러자 토루가는 현백이 따르던 찻주전자를 잡아 자신의 잔에 따르며 입을 열었다.

"죄송합니다. 그건 현백과의 약속 때문에 가르쳐 줄 수가 없습니다. 모든 것은 본인이 입을 열어야 합니다. 전 지금 현백이 예전의 모습으로 돌아갈지 아닐지가 너무나도 궁금했습니다. 한데 오늘 보니 기우로군요."

"기우라 하시면 그럴 리가 없다는 말씀이신가요?"

지금껏 조용히 듣기만 하던 미호의 입까지 열린 것을 보니 그녀도 꽤나 궁금한 모양이었다. 토루가는 만면에 미소를 머금으며 다시 말을 이었다.

"조금 의외이긴 하지만 엇나가는 것은 아닌 것 같습니다. 그것이 다행이지요."

알 듯 말 듯한 말을 남긴 채 토루가는 찻잔에 손을 뻗었다. 그리곤 들어올리며 다시 입을 열었다.

"이름이야 어쨌든 그가 익힌 것은……."

잠시 말을 끊으며 토루가는 눈을 돌렸다. 현백이 나선 방문을 향해 시선을 돌린 것인데 그의 말은 곧 다시 중인들의 귓가에 들려왔다.

"천의종무록이니……."

"……!"

입을 꽉 다무는 토루가를 보며 사다암은 등줄기에 전율이 이는 것을 느꼈다. 그동안 잊고 있었다. 현백이 지금 무슨 무공을 익혔는지 말이다.

사다암 자신이나 눈앞에 있는 토루가 모두 그의 일거수일투족을 주의해 볼 수밖에 없는 상황이었던 것이다. 남만의 모든 것이라 볼 수 있는 천의종무록, 그것을 펼칠 사람이니 말이다.

2

"물론 생각이 다 있으시겠지만 묻지 않을 수가 없군요. 언제쯤 떠나게 될 것이오?"

"준비만 되면 바로 떠날 것입니다. 그리고 선배님께선 말을 놓으셔도 됩니다. 어디까지나 이 오위경, 선배님에 비한다면 강호의 말학임을 이미 깨닫고 있습니다."

"……"

정중한 오위경의 대답에 오호십장절 토현은 입을 꽉 다물었다. 웬일인지 모르지만 오위경은 상당히 저자세로 나오고 있었다. 토현이 불만을 가지기도 전에 이미 대답을 하고 있었던 것이다.

불과 얼마 전만 해도 진정한 강호의 영웅이 되기 위해 현백이나 장연호에게 덤비겠다는 그 패기만만한 청년이 아니었다. 한순간에 사람이 바뀌어 버린 것이다.

"준비라 하면 어떤 준비를 말하는 것이오? 나 역시 더 이상 참기 힘드오이다. 본 문에선 이 일 이외에도 다른 일이 있음을 잘 아실 것이오. 장문인의 말씀이 없으셨다면 난 이곳이 아니라 본산에 가 있을 것이외다."

"장 형의 말을 어찌 모르겠소이까? 나 역시 흉수는 반드시 잡아야 한다고 생각하는 사람들 중 한 명이오. 해서 본 문에 이미 연통을 넣었고 흉수의 위치를 찾기 위해 비밀리에 본 문도 나선 것으로 알고 있소이다."

조금은 불만스러운 장연호의 말에 오위경은 안심하라는 듯 입을 열었다. 왠지 추색대가 꾸려지기도 전에 삐걱대는 느낌은 있지만 지금 장연호의 말은 그 누가 들어도 이해가 되는 것이었다.

 사실 무당은 지금 상당한 양보를 한 것이다. 무당의 장로였던 사람이 피살된 마당이었다. 강호의 일이 급하다고는 하나 그 일에 무당이 꼭 끼어 있어야 할 필요는 없었다.

 다만 무당이 지금 쫓는 흉수와 추색대가 쫓는 사람들이 동일 인물일 것 같은 느낌에 같이하는 것이지, 그렇지 않으면 장연호는 이곳에 있을 필요가 없었다. 누가 뭐라 해도 그는 무당 최고의 고수이니 말이다.

 "사실 준비가 안 된 것은 누구라도 쉽게 알 수 있는 일입니다. 오 대협께선 마음을 편히 하시고 준비에 만전을 기하는 것이 옳다고 봅니다. 저희 화산은 언제나 전력을 다해 돕겠습니다."

 "하하하, 양 형의 말씀만 들어도 이 오모는 가슴속에서 웅혼한 기운이 치솟아오르는 느낌입니다. 고맙습니다."

 "별말씀을……."

 화산은 사라진 현백을 대신하여 비표검수 양진을 내세운 상태였다. 양진은 휘하에 다섯 명의 사제를 데리고 왔는데 이격은 이미 화산으로 움직인 상태였다. 물론 움직이는 그의 얼굴이 소태를 씹어 먹은 듯 구겨진 것은 당연한 일이었다.

"늦어도 내일은 출발하게 될 것입니다. 하니 여러분께선 그렇게 준비를 해주시면 되겠습니다."

"그 말을 믿겠소이다. 그럼……."

더 이상 할 말이 없다는 듯 토현이 신형을 돌리자 같이 온 장연호 역시 신형을 돌렸다. 화산의 양진만이 오위경의 곁에 잠시 남아 있었는데 양진 역시 슬쩍 눈치를 보더니 이내 움직였다.

"……."

모든 사람들이 다 떠나자 오위경이 있는 작은 방은 적막만이 남았다. 오위경은 작은 한숨과 함께 다탁에 앉았는데 그때 한줄기 낭랑한 목소리가 허공에 울렸다.

"사형답지 않으십니다. 언제나 침착하시고 잔인할 정도로 냉정한 모습이 아니군요."

"니가 내 입장이 되어도 어디 그렇게 이야기할 수 있을까? 한데 왜 네가 왔지? 분명 상서 네가 아니라 관립 그 멍청이보고 오라 했을 터인데?"

이미 누군가 있음을 눈치 채고 있었던 듯 오위경은 입을 열고 있었다.

"하하하! 오면 사형에게 어디 한군데 부러질 텐데 어찌 오겠습니까? 해서 제가 대신 온 것입니다."

"그럼 네 뼈가 부러지면 되겠구나?"

"……."

슬며시 웃던 사내는 얼굴에서 웃음기를 거두었다. 오위경으로부터 상서라 불린 사내는 그제야 상황이 심각함을 알 수 있었다.

"내가 이들과 같이 움직일 것을 알면서도 껄끄러운 상황을 만들어 버린 놈을 대신해 네가 왔다고 했다. 하면 그만한 각오가 되어 있다는 말이 아니더냐?"

"사형… 하나 그건……."

상서는 채 말을 맺지도 못한 채 뒤로 한 걸음 신형을 물러났다. 어느 틈에 오위경이 일어서서 그에게 다가간 것이다.

"도대체 뭐가 그리 대단한 일인지는 모르지만 그 일 때문에 꼭 그 노인네를 죽여야만 했나? 규앙 도장이 그리도 마음에 걸렸었어?"

"사형, 진정하십시오. 전 관립 사제가 아닙니다. 저 상서, 강상서(姜商瑞)입니다!"

상황이 이상하게 돌아가자 강상서는 파랗게 질린 얼굴로 빠르게 입을 놀렸다. 그렇지 않으면 정말 오위경은 그를 죽일 것만 같았다. 그때였다. 강상서를 향하던 모든 기운이 사라지며 오위경의 목소리가 들려왔다.

"그래서 네가 살아 있는 것이다. 만일 네가 관립이었으면 정말 가만두지 않을 생각이었다."

"……."

강상서는 남몰래 작은 한숨을 쉬고 있었다. 그와 오위경은 바로 중원에 솔사림에 대해 유일하게 알려진 오서솔이란 단체의 사람, 그중 으뜸이 바로 이 오위경이었던 것이다.

"게다가 일을 하려면 똑바로 할 것이지, 어째서 멍청하게 실마리를 남겨? 그 실마리 때문에 내가 움직일 수 있는 폭이 얼마나 좁아진 줄 아나?"

"설마… 관 제가 그토록 허술한 일 처리를 했다고는 믿어지지 않습니다."

"그럼 지금 내가 미친 것이냐? 그래서 없는 일을 지어내고 있는 것처럼 보여?"

"……."

심상치 않은 오위경의 얼굴에 강상서는 어금니를 꽉 깨물었다. 사안이 그리 작은 것이 아닌 것을 이제야 깨닫게 된 것이다.

"한 아이가 살아남았다. 그 아이가 모든 것을 다 말한 것이겠지. 그러니 내가 화가 나지 않을 리가 있나?"

"……."

강상서는 아연실색한 얼굴을 만들었다. 만일 그렇게 된 것이라면 지금 이곳에 오위경이 있어서는 안 되었다. 강호의 일에 솔사림의 보이지 않는 개입이 시작된 것이니 말이다.

한데 이상하게도 오위경은 이곳에서 떠나지 않고 있었다. 그건 또 다른 가능성을 이야기하는 것이고 말이다.

"수가… 있었습니까?"

"큭, 역시 네놈이 제일 마음에 들어. 눈치 하나는 정말 빠르단 말이야."

처음으로 오위경의 얼굴에 웃음이 떠오르고 있었다. 그는 살풋이 웃다가 다시 자리에 앉으며 입을 열었다.

"그래, 수가 있었지. 그렇지 않다면 내가 여기 있지도 못하겠지. 무슨 이유인지 모르지만 아는 놈이 먼저 거래를 해오더군."

"아는 놈이 거래를 말입니까? 어떤 거래를?"

흥미가 돈 강상서가 오위경에게 물었다. 오위경은 씨익 웃으며 그를 바라보았는데 잠시 생각을 하는 듯하더니 바로 입을 열었다.

"그 아이를 건드리지 않으면 자신도 가만히 있겠다고 하더군. 해서 일단 그 조건을 들어주겠다고 했지. 시간이 필요한 것은 이쪽이니 말이야."

"정말입니까? 허, 사형께 축하를 드려야 할 판국이군요. 그럼 이제 모든 것은 예정대로 진행할 수 있지 않겠습니까?"

강상서가 환하게 웃으며 말하자 오위경은 쓴웃음을 지었다. 결과는 그렇게 되었지만 언제까지나 이 평화가 유지될 것은 아니었다. 언제든 그 평화는 깨지게 될 것이니 말이다.

"물론 지금이야 그렇겠지. 하나 시간이 흐르면 어찌 될지 모르는 상황이다. 해서 네가 할 일이 있다."

"잘 알고 있습니다. 말씀하십시오. 당장 준비하겠습니다."

"큭큭, 역시……."

확실히 강상서는 눈치가 빠르긴 했다. 대충 일의 전말을 알려주니 알아서 준비를 하니 말이다.

"그놈을 처치하면 되겠지요, 죽은 자는 말이 없으니……."

"그래, 그럼 되겠지. 하나 조심해야 한다. 그놈, 보통이 아니다."

"네?"

강상서는 또 한 번 놀랐다. 보통이 아니다라고 말하는 것은 사형인 오위경이 이미 한번 손을 섞어봤다는 뜻이었다. 그 결과가 그리 만족스럽지 않다는 것이고 말이다.

"시간이 조금만 더 흘렀다면… 내가 질 수도 있었다. 아니, 어느 정도는 이미 나의 패배라 보면 되겠지. 그러니 네가 조심해야 할 것이다."

"대체 어떤 사람이 사형을 곤란하게 할 수 있습니까? 이 우제는 정말 궁금해 미칠 지경입니다. 머릿속에 떠오르는 사람은 몇 명 있지만 그들과 사형이 부딪쳤다고는 생각할 수가 없군요."

"큭, 아마 네 상상 밖의 인물일 것이다. 나 역시 의외의 인물이라 생각하니 말이다."

살짝 비틀린 웃음을 짓는 오위경을 보며 강상서는 그의 대답을 끈질기게 기다렸다. 자신의 사제인 관립이 허술한 뒤처리를 했다는 것보다 이것이 더 흥미로운 문제였던 것이다.

그가 아는 오위경은 절대 허술한 인물이 아니었다. 아니,

누군가와 손을 섞을 때 그냥 섞는 인물이 아니었다. 철저한 계산에 따라 움직이는 것이 바로 이 오위경이란 인물이었던 것이다.

그래서 그는 사형이 두려웠다. 싸우기도 전에 이미 그는 승리하는 법을 알고 있기에 그런 것인데 그 사형이 지금 조심해야 한다고 이야기하고 있었다. 그러니 궁금하지 않을 리가 없는 것이다.

"굳이 말을 하는 것보다 한번 보여주는 것이 좋겠지. 보고 반드시 기억해라. 그리고 조심하거라."

"……!"

오위경의 손짓에 강상서는 눈을 크게 떴다. 오위경은 자신의 윗옷을 들어올리고 있었다. 그의 왼쪽 가슴에서 오른쪽 옆구리까지 실낱같은 상흔이 이어져 있었던 것이다.

"대체 어떤 놈이 이런 짓을……. 아니, 그러고도 살려 보냈습니까?"

"군중의 힘을 아는 놈이 그런 소리를 하느냐? 훗날 큰 위협이 될 놈이긴 하지만 함부로 제거할 수는 없지. 더욱이 깨끗이 승부를 포기하고 떠나는 놈을 말이다."

"……."

저간의 사정을 모르니 그는 함부로 말할 수가 없었다. 아마도 이 일은 스스로 좀 더 알아봐야 할 것 같다는 생각이 들었다. 그때 불현듯 그 상대의 이름조차 모르고 있다는 생각에 강상서는 입을 열었다.

"한데 그자의 이름이 무엇입니까? 이름만 말씀해 주시면 나머진 제가 알아서 하겠습니다."

"알아서 알아보겠다는 뜻이겠지. 아닌가?"

"……."

오위경의 말에 강상서는 가슴이 화끈거리는 것을 느꼈다. 오위경은 이미 그의 마음속 깊이 들어와 있었다. 잠시 강상서의 반응을 보던 오위경이 입을 열었다.

"현백……. 현백이라는 놈이다."

"수인도! 그놈이 우리의 적이었습니까?"

"수인도?"

수인도란 말에 이번엔 오위경이 뚱한 표정을 지었다. 그는 내내 이곳에 있었으므로 저간의 사정을 몰라 현백의 별호를 알지 못했던 것이다. 우습게도 현백의 별호는 여기서가 아니라 다른 곳에서부터 불리어졌던 것이다.

"이곳에 오는 동안 수인도 현백이란 이름이 간간이 들려왔었습니다. 사형과 비등하게 그 무공을 펼쳤다는 소문이 이미 파다하게 강호에 소문이 난 것이지요. 그래서 조금 놀란 것입니다."

"그래서 놀란 것이 아닌 것 같은데?"

왠지 뭔가 숨기고 있는 듯한 느낌을 가졌는지 오위경은 강상서를 흘겨보며 입을 열었다. 그러자 강상서는 이번엔 얼굴까지 벌겋게 물들이며 입을 열었다.

"정말이지 사형을 속일 수가 없군요. 그렇습니다. 그 현백이란 자, 이미 척살령이 내려진 상태입니다. 이미 착수했구요."

"척살령? 본 문에서 척살령이 내려졌단 말이냐? 하면 그 책임을 누가 맡았더냐? 설마 네가 맡은 것이냐?"

쏟아지는 질문을 한 귀로 흘리며 강상서는 살풋이 웃었다. 이번엔 자신이 조금 으스댈 때라는 것을 본능적으로 직감한 것인데 하나 그 여유를 즐기는 것은 순간뿐이었다. 그가 아는 오위경이란 인물은 참을성이 별로 없으니 말이다.

"그럴 리가 있겠습니까? 전 그저 사형을 돕기 위해 온 것일 뿐입니다. 사부님께서 가 있으라 해서 온 것이지요. 그리고 그 일은 본 문에서 신경 쓰는 일이 아닙니다."

"뭐라?"

점점 뜻 모를 소리에 오위경은 눈살을 찌푸렸다. 뭐가 어떻게 된 것인지 도무지 이해가 안 갔던 것이다.

"그 오랑캐 놈들이 하기로 했습니다. 무슨 일인지 모르지만 현백이란 사람을 이미 척살 대상으로 올려놓았더군요. 그래서 우린 그 계획을 조금 돕기로 했습니다. 그뿐이지요."

"그게 다라고?"

오위경의 머리가 빠르게 회전하고 있었다. 뭐가 어떻게 된 일일까를 추측하고 또 추측했지만 일단 정보가 너무 없었다. 아무래도 상황을 지켜보며 조금 더 생각해야 할 것 같았다.

"흐음… 좋아, 그럼 앞으로 내가 해야 할 방향은 이미 나와 있겠군. 사부님께서 보내신 것이 없나?"

"왜 없겠습니까? 여기……."

강상서는 품속에서 서신 하나를 꺼내 오위경에게 넘겼다. 그러자 오위경은 편지를 받아 들며 툭하니 말을 뱉었다.

"수고했다. 이제 다시 나갔다가 들어오너라."

"네?"

강상서는 눈을 동그랗게 뜨며 입을 열었는데 지금 그가 말한 것이 무슨 뜻인지 이해가 가질 않았던 것이다. 그러자 오위경은 고개를 들며 다시금 입을 열었다.

"눈치가 빨라 네가 좋았다만 오늘은 그 생각을 접어야겠구나. 진정 내가 왜 이러는지 모르느냐?"

"……."

"다른 사람들이 다 바보로 보이더냐? 네가 숨을 죽이고 숨어 있었다고 해도 그게 들키지 않았을 것 같더냐? 조금 전에 온 사람이 다른 사람도 아니고 탈명천검사 장연호와 오호십장절 토현이다. 그 화산의 떨거지는 몰라도 두 사람은 아니야."

"아! 알겠습니다, 사형. 그럼……."

말과 함께 그는 알아들었다는 듯 입가에 웃음을 한번 띠고는 그 자리에서 사라졌다. 마치 연기가 되어 사라지듯 강상서의 신형은 어느 틈에 없어졌다.

"쯧, 이놈이나 저놈이나… 신경 쓰이게 하는군."

사부가 보낸 서신을 읽으며 오위경은 신경질적인 목소리를 내고 있었다. 그렇게 작은 방 안은 다시 침묵으로 휩싸이고 있었다.

"도무지 무슨 생각인지 알 수가 없군. 왜 아직도 떠나질 않는 것이지?"

"그의 말을 곧이곧대로 믿기엔 너무 허술합니다. 무언가 다른 것이 있는 듯 보이는군요."

토현의 말에 장연호는 작은 목소리를 내었다. 그러자 토현은 연신 고개를 끄덕이고 있었다.

현백과 헤어진 후 벌써 오 일째. 그동안 출발했어도 벌써 출발했어야 하거늘 아직도 떠나지 않고 있어 오위경에게 다녀온 것이다. 물론 출발해 가는 것이 중요한 것은 아니었다.

오위경의 주변을 좀 보기 위해 간 길이었다. 사실 다른 문파의 사람들이야 강호행을 하면서 합류시키면 그뿐이었다. 그것이 떠나지 못할 핑계가 될 수는 없었던 것이다.

그렇다면 결론은 하나, 무언가를 노리고 있다는 뜻이었고 토현은 그 무언가를 상부의 지시로 보았다. 오위경은 그저 하나의 끄나풀일 것이라 생각할 수밖에 없었던 것이다.

"자네도 느꼈겠지?"

"물론입니다. 그 방에 한 명이 더 있더군요. 내력의 색깔이

엇비슷한 것으로 보아 같은 솔사림의 사람 같았습니다."

"오서솔의 한 명일 테지요. 아닌가요?"

사람의 마음을 살짝 달뜨게 하는 듯하면서도 차분한 목소리가 들려오자 장연호는 살며시 입가에 웃음을 머금으며 말을 이었다.

"아마도 그럴 테지. 하하, 당신은 보지 않아도 아는구려."

"부인의 현명함이야 이미 잘 알고 있으니 어찌 토를 달겠소이까? 사실 전 부인의 고견도 듣고 싶어 이리 가지 않고 젊은 남녀의 방 안에서 주책맞게 버틴 것이오."

"장로님께선 이년의 얼굴에 금칠을 해주시는군요. 어찌 고견이라 하십니까."

예소수는 볼을 살짝 붉게 만들며 입을 열었지만 싫지 않은 기색이 역력했다. 하나 그녀가 좋아하는 것은 현명하다는 말이 아니었다. 바로 부인이라는 두 글자 때문이었다.

무당에선 아무도 그녀에게 그런 말을 하지 않았다. 지금은 고인이 된 규앙 도장만이 가끔 그리 불러주었을 뿐이었다. 그런데 그 칭호를 다시 듣게 되니 눈물이 날 만큼 고마웠던 것이다.

"이 시각이 될 때까지 아직 앞으로 일정이 전달되지 않았다는 말이 되겠지요. 핑계야 아직까지 비급의 위치가 나오지 않았다는 것으로 돌리면 될 것이구요. 그렇게 생각한다면……."

예소수는 마치 기다렸다는 듯이 입을 열고 있었다. 그동안 꽤나 많이 생각해 놓았던 듯한데 토현과 장연호는 눈을 반짝이며 그녀의 말을 듣고 있었다.

"아무래도 그들의 윗선에서 혼선이 있는 듯합니다. 아니, 혼선을 가져오게 한 그 어떤 요인이 생겼다는 것이 옳을 듯하군요. 지금으로선 그것이 최선 같습니다."

"허어어, 과연 부인의 현명함은 정말 대단합니다. 혼선이라… 갈 길을 아직 정하지 않았다는 말이군요."

고개를 끄덕이며 토현은 입을 열었고 장연호는 그저 고개를 끄덕이며 웃기만 했다. 토현은 잠시 생각하는 듯하다가 다시 입을 열었다.

"그 혼선이 어떤 것인지는 앞으로 길을 가다 보면 알게 될 터이지. 앞길이 혼란하면 우리의 행보 또한 혼란해질 터이니……."

"그렇습니다. 그와 함께 이번 일에 솔사림이 나선 이유도 알 수 있겠지요. 아울러 그들의 진의가 무엇인지도 말입니다."

토현의 말에 장연호가 다짐하듯 이어 말하자 토현은 고개를 끄덕이며 동의를 표했다. 그러자 다시금 예소수의 목소리가 들려왔다.

"하나 무엇보다도 중요한 것은 현백 대협의 행보입니다. 그분의 행보에 따라 아마도 여러분의 행보도 달라질 것입니다. 현백 대협 역시 비급을 쫓고 있기는 마찬가지 같으니 말입니다."

"아마도… 그렇겠지요. 하나 일행을 구하는 것이 먼저일 겁니다. 그래서 우리와 같이 있지 않으려 하는 것이구요."

토현은 조금 어두운 낯으로 말을 이었는데 사라진 오유와 지충표의 행방이 정말 묘연했다. 마치 땅으로 꺼진 듯. 그래서 그의 둘째 의제 모인이 그 행방을 백방으로 알아보는 중이었던 것이다.

"그렇습니다. 두 일을 같이 해야 하니 그럴 수도 있지요. 그러나 모든 것은 다시 하나로 모이게 될지도 모릅니다."

"…예 매, 그게 무슨 말이오?"

뜬금없는 예소수의 말에 장연호는 입을 열어 물었다. 그러나 그녀는 아무런 말 없이 그저 웃기만 하고 있었는데 잠시 시간이 흐른 후 손사래를 치며 입을 열었다.

"모든 것은 추측일 뿐 아무것도 없습니다. 다만 확실한 것은 딱 한 가지 있지요."

"……."

"현재 강호를 흔드는 축에 관해선 이야기해 줄 수 있습니다. 분명 신비에 싸인 솔사림이 아닙니다."

예소수는 확언하고 있었다. 장연호는 그것이 무슨 소리인가 하는 마음에 눈을 동그랗게 떴지만 말은 그것이 전부였다. 이어 그녀의 작은 목소리가 다시금 들려왔다.

"현 대협… 현백 대협이 그 축입니다. 축이 어떻게 움직이는가에 따라 우리만 변하는 것이 아닙니다. 세상이 같이 변하게 될 것입니다. 그때에 가서 제 생각을 다시… 쿨럭쿨럭."

"예 매, 괜찮소!"

갑자기 심한 기침과 함께 예소수의 신형이 흔들거리자 장연호는 재빨리 그녀의 신형을 부축했다. 천형과도 같은 그녀의 병은 이미 너무나 깊어 어찌할 도리가 없는 상태였다.

"전 괜찮… 잠시 쉬면……."

"알겠소. 어서 이리로……."

장연호는 재빨리 그녀를 침상에 뉘었다. 토현은 그저 애처로운 눈빛으로 그녀를 바라만 보고 있을 뿐이었다. 그가 도와줄 수 있는 일이란 아무것도 없으니 말이다.

"하면, 난 이만 가보겠네."

"아, 멀리 나가지 못함을 용서하십시오."

"무슨 말을. 어서 부인을 돌보게."

그저 따뜻한 말 한마디가 그가 할 수 있는 전부였다. 하나 그 말 한마디가 예소수에겐 세상의 그 무엇보다 소중한 말임을 토현은 깨닫지 못하고 있었다.

第二章

사람과 사람

1

"읍… 읍… 크아아아!"

쾅!

탁자 위에 거칠게 잔을 내려놓으며 고도간은 눈을 부라렸다. 이미 그의 눈앞엔 상당한 수의 술병들이 나뒹굴고 있었는데 얼큰하게 취한 정도가 아니라 아예 폭음을 하고 있었던 것이다.

"빌어먹을 세상… 빌어먹을 놈들… 다 빌어먹… 이런 젠장! 야! 술 더 가져와! 어서!"

"당주님, 더 이상은 위험합니다. 그만 드시고 내일을 준비하시지요."

"그렇습니다. 언제까지 이곳에 안주해 있을 수는 없습니다."

"안주? 미친놈들······."

고도간은 제룡과 소룡의 말에 얼굴 가득 인상을 구겼다. 내일이라는 단어가 참으로 낯설게 느껴졌었던 것이다.

"내일이라니? 우리에게 내일이라는 것이 있던가? 응?"

"······."

눈을 희번덕거리며 말을 하는 그를 보며 제룡과 소룡은 입을 꽉 다물었다. 더 이야기하면 아주 박살을 낼 듯한 모습이었는데, 사실 그의 말이 틀린 것은 아니었다.

분명 고도간은 그가 아는 곳으로 움직였다. 최후의 힘이라 말하며 움직이려 하는 곳을 향해 갔지만 그것이 여의치 않았다. 우여곡절 끝에 중간에 엉뚱한 곳으로 오게 된 것이다.

지금 그가 있는 곳은 사하(沙河)라는 곳이었다. 물론 이곳은 그가 오고 싶어하던 곳이 아니었기에 당연히 그가 도움을 받아야 할 사람도 없었다. 그러니 이곳에서 그의 존재감은 적을 수밖에 없었던 것이다.

그렇다고 자리를 박차고 나가자니 그럴 수가 없었다. 그가 움직일 수 있는 곳은 정해져 있었고 이 사하를, 아니, 사하에 있는 작은 장원을 벗어나질 못하게 했다. 그러니 이렇게 술이나 마실 수밖에 없는 것이다.

"당주님, 그렇지 않아도 언젠가 한번 묻고 싶었습니다. 대관절 어떻게 된 것입니까? 지난번에 움직인 것도 그렇지만 누가 우리를 그렇게 돕고 있는지 알고 싶습니다."

"크크크, 그게 그렇게 궁금한가? 누가 우릴 돕는지?"

살짝 혀가 꼬이는 듯 부정확한 발음으로 고도간이 입을 열자 제룡은 눈을 반짝였다. 정말 궁금하지 않을 수 없는 일이었다.

"그럼 그전에 한 가지 나도 묻지. 어디 한번 답해봐라. 너희들의 상관은 누구냐? 아… 물론 나라는 헛소리는 듣고 싶지도 않다. 비록 나와 같이 있지만 너희들 모두 누군가의 명령을 듣고 있다는 것 정도는 잘 알고 있다. 아닌가?"

"……."

고도간의 말에 제룡은 아무런 말도 할 수가 없었다. 자신들이 모시는 사람이 고도간 이외에 달리 있다는 것을 그에게 말한 적이 절대 없었다. 한데 고도간은 이미 알고 있었던 것이다.

아무래도 뭔가 점점 이상해지고 있었다. 그가 아는 고도간은 이렇게 눈치가 빠른 사람이 아니었는데 왠지 그가 점점 변해가는 것처럼 보였던 것이다.

"말해줄 수 없겠지? 크크크, 그럼 나도 말해줄 수 없는 것이지. 세상 이치라는 것이 하나를 얻으면 하나는 줘야 하는 것이니까 말이야. 안 그래? 제기랄, 술이나 더 가져와!"

고도간은 큰 소리를 내더니 이내 술병을 잡고 머리 위로 흔

사람과 사람 49

들고 있었다. 문제는 이곳이 주점이 아니라는 데 있었지만 그는 그런 것 따윈 전혀 신경 쓰지 않는 듯 보였다. 한데 그때였다.

"후… 이거야 원. 이 사람이 네가 말하던 그 중원의 영웅이냐? 보기엔 전혀 그럴 것 같지 않은데?"

"호호호! 오라버니도 참. 조금 더 보시면 압니다. 얼마나 대단한 사람인지 말입니다."

낯선 두 음성이 들려오자 사람들의 고개가 돌아갔다. 이곳은 고도간의 방으로 배정이 된 곳, 그들이 아니면 거의 들어올 사람이 없었다. 게다가 여인의 음성, 그것은 많이 들어본 듯한 음성이었던 것이다.

아니, 잊을 수 없는 음성이었다. 그건 바로 미호란 이름의 여인이었다. 오늘날 잘나가려 했던 양명당을 박살나게 만든 여인이었던 것이다.

"영웅? 큭! 이거 오늘 여러 사람이 날 바보로 만드는구만. 미호공주, 어딜 봐서 당신이 날 영웅으로 받든다는 것이지? 이젠 보기도 싫은 사람이 아니었나?"

고도간은 당장에 미호에게 비틀린 입술 사이로 신음과도 같은 말을 흘렸다. 그러면서도 그의 눈은 육욕으로 번들거리고 있었는데 천성은 정말 어쩔 수 없는 노릇인 듯싶었다.

"큭! 미호? 네가? 중원에서 대체 무슨 짓을 하고 다니는 것이지, 사매는?"

"호호호! 중원에서 다니려다 보니 어쩔 수 없이 그렇게 되었습니다. 들어가시지요, 사형."

미호는 고혹적인 얼굴로 다시금 요염한 미소를 짓더니 아무런 거리낌 없이 안으로 들어오고 있었다. 그러자 그녀가 사형이라 부른 사내 역시 안으로 들어왔다.

"큭… 나참, 이젠 개나 소나 다 내가 우습게 보이는 모양이군. 미호는 몰라도 당신은 뉘쇼? 누군데 함부로 내 방에 기웃거리는 거지?"

"내 방? 겨우 강호의 한 무부에게 세력을 다 잃은 바보 천치가 내 방이라고? 크하하하! 진짜 웃기는 놈이군 그래."

"말 다 했냐?"

노골적인 놀림에 고도간의 눈이 확 뒤집혀지고 있었다. 그는 양손 가득 힘을 준 채 새로이 나타난 남자를 노려보았는데, 남자는 말로만 비웃는 것이 아니었다. 얼굴 가득 비틀린 웃음을 지으며 노골적으로 고도간을 비웃었던 것이다.

"입에서 지껄인다고 다 말이 아니다. 진짜 죽고 싶으냐?"

우두두둑!

사실 고도간이 먹던 잔은 잔이라 부르기 좀 힘든 것이었다. 꽤나 큰 것으로 잔이 아니라 거의 사발같이 보였는데 고도간은 한 손으로 이를 부숴 버리고 있었다.

"호오… 이놈 보게? 꽤 악력이 있기는 하는구나? 어디 얼마나 하는지 한번 볼까나?"

"미친놈, 정말 두고 보면 볼수록 보기 싫어지는 놈이로구나!"

파아앙!

고도간은 더 볼 것도 없다는 듯 신형을 일으켰고, 일으켰다고 생각하는 순간 오른발로 허공을 차고 있었다. 아니, 정확히 말하면 허공이 아니라 바로 앞에 놓인 탁자였다.

쫘아아악!

단단한 나무로 된 탁자가 그야말로 반으로 갈라지고 있었다. 발에 칼이라도 달린 듯 놀라운 광경이었는데 그 모습에 고도간의 앞에 앉았던 사내 역시 이채로운 눈빛을 나타내고 있었다.

"훗! 뭣 좀 있는 놈이었나?"

사내는 그야말로 여유로운 표정, 그 자체였다. 분명 지금 탁자가 반으로 쪼개지면서 뭔가 섬전 같은 것이 얼굴로 날아오고 있건만 전혀 보지 못한 듯한 표정이었던 것이다.

"죽엇!"

쐐애애액!

지켜보던 제룡과 소룡의 얼굴이 새하얗게 변할 정도로 고도간의 일격은 빨랐다. 순간적으로 제룡은 현 상황을 어찌해야 할지 알 수가 없었다.

일단 확실한 것은 고도간을 막아야 했다. 어쨌든 저 여인과 같이 온 사내라면 적은 아니었다. 낭인왕 옥화진이 그를 놔두는 것으로 보아 같은 편이라 봐야 하는 것이다.

그러니 막아야 하는 것이다. 옥화진이 누구의 명령을 받는지 모르지만 자신들과 옥화진의 관계는 확실했다. 자신들의 주군인 고도간이 이미 그에게 고개를 숙인 이상 그의 심기를 건드릴 일은 없어야 하는 것이다.

"당주님, 잠시만……!"

그가 채 말을 맺을 시간조차 없었다. 고도간의 오른발은 이미 사내의 머리를 수박처럼 으깨고 있었다. 발바닥이 이미 반 이상 머릿속으로 파 들어갔던 것이다.

"이런……."

이미 상황은 끝났다는 생각에 제룡은 이를 악물었다. 그러나 곧 보여지는 상황에 두 눈을 둥그렇게 떠야 했다. 왠지 분위기가 좀 이상했던 것이다.

"……!"

웃고 있었다. 얼굴의 반 이상이 고도간의 발에 의해 박살났는데도 그는 웃고 있었다. 게다가 그 옆에 선 미호 역시 아무런 말도 없이 웃고만 있었다.

분명 이 사내는 지금 죽었다. 머리가 부수어지고 살 수 있는 사람은 아무도 없었거늘, 대관절 무슨 이유로 이러는 것인지 알 수가 없었다. 그때였다. 모든 사람의 혼백을 쏙 빼어놓는 일이 발생하고 있었다.

"한 수가 있었다 이거군. 근데 그 수라는 게 영 엉성한데?"

사람과 사람 53

"호호호! 사형의 무공이 높아서 그런 것이지 고 영웅의 무공이 낮은 것은 아니지요. 이 정도면 내가공부를 충실히 했다고 할 수 있지 않나요?"

미호는 교태스럽게 웃으며 자신의 의견을 피력했고 사내는 고개를 끄덕였다. 확실히 고도간의 무공은 정말 보는 것과는 많이 달랐다.

우선 저 덩치에 어떻게 이렇게 빠를 수 있는지 그것이 의문이었다. 내력의 크기는 둘째 치더라도 빠름에서 일단 한 수 접고 들어갈 정도로 쾌속했다. 정말 신기할 따름이었던 것이다.

"이 미친 것들이 정말 사람 화나게 만드는군. 그따위 눈속임에 내가 넘어갈 듯싶었더냐!"

쉬쉬싯… 파파파팡!

멍해 있던 제룡, 소룡과 달리 고도간은 뭔가 이미 눈치를 챈 듯했다. 그가 빠르게 양 발을 놀리며 어디론가 발길질을 하자 눈앞에 있던 사내의 모습이 허깨비처럼 사라지고 있었다.

환영… 환영이라고밖에 볼 수가 없었다. 그러고 보니 의당 흘러나와야 할 피도 보이지 않았는데 왜 그걸 몰랐었는지 제룡은 이해할 수가 없었다. 아마도 너무 당황했던 탓인 듯했지만 어쨌든 상황은 새로운 국면을 맞이하고 있었다.

"이야아아압!"

스파파팡!

순간적으로 고도간의 몸이 풍선처럼 부풀어 오르고 있었다. 기어이 그의 독문무공인 하마공을 끌어올린 것인데 바로 그 순간 사내의 몸이 허공에서 뚝 떨어지고 있었다.

"좋아, 좋아. 내 실수를 좀 했군. 과연 허투루 볼 놈은 아니었어."

파팡… 파파팡!

두 사람은 허공에서 빠르게 얽히며 장을 교환하고 있었다. 제룡과 소룡은 그저 어안이 벙벙할 뿐이었는데 그들의 눈엔 두 사람의 모습이 보이지도 않았다.

다만 파공음과 간간이 들리는 파육음뿐……. 그렇게 일각 정도의 짧은 시간이 흐른 뒤였다.

타타탓… 파아앙!

한순간에 두 사람의 모습이 나타났다. 두 사람 모두 옷차림이 흐트러졌지만 어느 한 사람 낭패 본 상황은 아닌 듯 보였다. 그때였다.

"좋아, 이 정도라면 이야기를 하기 쉽겠군. 어떤가? 옷을 갈아입는 것도 생각해 볼 때가 아닌가?"

"뭐라?"

뜻밖의 내용에 고도간은 눈을 동그랗게 떴다. 옷을 갈아입는다는 말. 생각하기에 따라선 아주 다른 내용으로 변할 수 있는 말이었다.

물론 가장 쉽게 이야기할 수 있는 것은 편을 바꾼다는 뜻이 기는 하지만 지금 이자가 하는 이야기는 조금 다른 듯한 느낌이 들고 있었다. 아니, 무엇보다도 그 진위가 제일 의심스러운 상황이었다.

대관절 이런 이야기를 자신에게 하는 이유를 알 수가 없었던 것인데 고도간은 그의 눈을 보며 입을 열었다.

"상대에게 뭔가를 바란다면 자신도 뭔가를 내놓아야 하지. 일단 이름이라도 알려줘야 뭘 시작할 것이 아닌가?"

"아… 이런! 크크크, 제일 기본적인 것부터 잘못되어 있었군. 일단 앉아볼까?"

빙긋이 웃으며 사내는 입을 열었고 고도간은 고개를 끄덕이며 자리에 앉았다. 그러자 사내가 입을 열었다.

"내 이름은 몽오린, 왜 내 사매를 미호라고 부르는지 모르겠지만 그거야 내 알 바는 아니고. 어때? 이젠 내가 원하는 대답을 해줄 수 있나?"

스스로를 몽오린이라 밝힌 사내는 고도간을 향해 벙글거리며 말을 이었는데 그 표정만 본다면 도무지 사내의 속을 알 수 없는 상황이었다.

"내가 옷을 갈아입으면 뭘 해줄 수 있지?"

고도간은 솔직하게 패를 보기로 작정했다. 고도간의 말에 몽오린은 그를 마주 보며 입을 열었다.

"힘과 세력, 그걸 줄 수 있지. 지금 네게 가장 필요한 것이 그것 아니었던가?"

"큭! 그래?"

고도간은 빙긋 웃었다. 물론 그가 하는 말이 맞았다. 그는 세력이 필요했다. 그것도 큰 세력이 필요했다. 옷을 바꾸라는 말은 역시 편을 바꾸라는 것이었다.

아니, 쉽게 말해 윗선을 바꾸라는 것이다. 지금 이자는 자신의 편에 서길 바라는 것이고 말이다.

"그 정도라면 나 역시 받을 수 있다. 내가 북경에 가면······."

"하나 더 약속하지."

몽오린은 그럴 줄 알았다는 듯 차분히 입을 열었다. 고도간은 흥미가 확 도는지 입가에 미소를 살짝 머금으며 몽오린의 답을 기다렸다.

"현백의 목. 그럼 되겠나?"

"······!"

고도간의 눈이 부릅떠졌다. 아무래도 그와 현백의 관계를 이잔 알고 있는 듯했다. 고도간은 더 생각해 볼 것도 없다는 듯 입을 열었다.

"바꾸지! 지금 당장!"

"좋아······."

고도간의 대답이 들린 후에야 몽오린은 입가에 미소를 머금었다. 모든 것이 그가 생각하는 대로 풀려가고 있었던 것이다.

"내가 무엇을 해야 하지?"

"아아, 너무 그렇게 급하게 생각할 것은 없고… 일단 힘을 키워야겠지?"

"힘? 사람들을 모으라는 것인가?"

고도간은 고개를 갸웃거리면서 입을 열었지만 몽오린은 고개를 좌우로 저었다. 아무래도 힘이라는 것을 달리 생각하는 모양이었다.

"사람은 우리에게 충분하다. 힘이라는 것은 네가 가진 순수한 힘을 이야기하지. 무슨 말인지 아직 모르겠나?"

"…무공을 더 수련하란 말이냐? 지금 장난하나?"

몽오린의 말에 고도간의 목소리가 다시금 험악해지고 있었다. 기껏 힘을 주겠다는 말에 호응해 주었건만 이제 와 하는 말이 무공을 익힌다라……?

아무래도 몽오린이 자신을 놀린다는 생각에 고도간의 목소리가 다시 험악해진 것인데 몽오린은 그저 담담한 표정이었다. 표정만으로 봐서는 절대로 고도간을 놀리는 것 같지 않았던 것이다.

"하나 일러줄까? 현백의 무공이 어떤 것인지 알고 있나?"

"뭐?"

막 발작하려던 고도간은 그의 말에 화를 가라앉혔다. 그러고 보니 그는 현백의 무공을 정확히 몰랐다. 그저 대단하다는 것뿐 아무런 것도 알지 못했는데, 몽오린은 자신의 품속에 손을 넣어 뭔가를 꺼내었다.

"똑똑히 봐라, 고도간. 이것이 그것이다. 오늘날의 현백을 만들게 했던 책이 바로 이것이란 말이다."

"……!"

한순간 고도간의 눈이 화등잔만 하게 커졌다. 아니, 그만이 아니라 같이 있던 제룡과 소룡의 눈도 화등잔만 하게 커졌는데 그가 내민 것은 하나의 작은 책이었다.

한눈에 봐도 그건 비급이라는 것을 알 수 있었는데 문제는 그 겉면에 쓰여진 글씨였다. '천의종무록' 이라는 글씨가 확연했던 것이다.

"천의종무록! 이것이 현백이 익힌 것이란 말이오!"

자신도 모르게 제룡의 입에서 비명성이 흘러나왔다. 강호인으로서 천의종무록을 모른다면 그것은 말이 되질 않았다. 전설처럼 전해 내려오는 비급을 무림인이라는 사람이 몰라서야 되겠는가?

한데 이것이 현백이 익힌 무공의 근간이라는 것은 정말 놀라운 일이었다. 한편으론 흥미로운 일이었고 말이다.

"이 정도면 내 성의는 충분히 표한 것 같군. 그럼 일단 실력부터 키우고 이야기를 하도록 하지. 난……."

"감히 묻겠습니다."

몽오린은 할 말 다 했다는 듯 몸을 움직여 방을 나서려 하고 있었다. 한데 그런 발을 묶는 한마디가 있었는데 바로 제룡이었다. 제룡은 몽오린을 향해 한자한자 또박또박 내뱉었다.

"도무지 이해가 가질 않는군요. 왜 우리에게 이런 호의를 베풀려 하는지 말입니다. 옷을 갈아입으라 하지만 그 옷이 누구의 옷인지조차 말해주지 않고 있습니다. 막연한 당근 하나만으로 당신들을 따르라는 것인데 그러기엔 세상이 너무 복잡하지 않겠습니까?"

"큭!"

제룡의 말에 몽오린은 웃었다. 절대로 중원인같이 보이지 않는 그의 미소 속에서 한줄기 대견함이 보이고 있었다. 고도간보다 제룡이 더 흥미가 가는 듯 보였던 것이다.

"오룡일제라 했던가, 너희들이? 여태껏 명맥을 유지한 이유가 있기는 하군 그래. 좋아, 서로 간의 원하는 것을 이야기하라 이것이겠지?"

"최소한 그것이라도 알아야 할 것 같습니다."

제룡은 공손히 허리를 숙이며 입을 열었다. 그러자 몽오린은 고개를 끄덕이며 말을 이었다.

"날 보면 대충 알겠지? 내가 강호의 사람 같은가?"

"……."

뜻밖의 질문이었지만 굳이 답을 할 필요가 없었다. 미호라는 여인이 온 곳도 그렇지만 이미 세외, 그것도 남만 쪽에서

왔다는 것을 알고 있는 상황이라 굳이 말이 필요없었던 것이다.

"하면 우리들에게 중원이 주는 의미도 알겠는가?"

"……."

이번에도 제룡은 말을 할 수가 없었다. 변방에서 온 사람이 가지고 있는 중원의 의미 따윈 그가 알고 싶지 않았다. 아니, 알 수도 없었고 말이다. 그리고 그것이 그리 중요해 보이지 않았고.

"우린 중원에 그 뿌리를 내리고 싶다. 변방의 작은 무맥이 아니라 중원의 큰 무맥임을 증명하고 싶단 말이다."

"…이 중원에 새로이 터전을 잡는다는 말이오?"

그제야 제룡은 조금씩 뭔가 알 듯한 모습이었는데 왠지 너무 뻔한 듯한 생각이 들었다. 세력을 원하고 그 세력을 위해 무엇이든 협조한다는 아주 뻔한 상황 말이다.

"그렇지. 하나 그냥 세력이 아니다. 가장 강대한 세력 솔사림까지도 밀어내고 우린 그 자리를 차지할 것이다. 흑월의 두 글자를 세인들의 가슴속에 깊숙이 새겨 넣게 될 것이란 말이다."

"최종 목표가 솔사림이란 말입니까!"

제룡의 마음이 살짝 뛰고 있었다. 기대감으로 뛰는 것이 아니었다. 불안감으로 뛰고 있던 것이다. 이 말이 사실이라면 강호에 피바람이 부는 것은 시간문제였으니…….

"큭, 솔사림이 아니라 하늘의 옥황상제라도 우릴 막지 못한다. 이 정도면 답이 되었는가?"

"충분히 답이 되었소이다. 아주 충분히……."

대답을 한 사람은 제룡이 아니라 고도간이었다. 그는 이미 손에 비급을 쥔 채 몽오린을 향해 입을 열었다.

"이제 남은 것은 하나, 어떻게 현백을 잡을까 하는 문제만 남은 것이오. 그것에 관해서만 이야기된다면 난 더 이상 바랄 것이 없소이다."

이미 고도간의 눈은 탐욕으로 번들거리고 있었다. 더 이상 제룡이 말려보았자 말을 들을 것 같지가 않았던 것이다.

"훗… 좋아, 그럼 말을 계속하지. 하나 아무래도 이곳은 좋지 않은 것 같군. 나가서 보는 것이 어떨까?"

"호호호! 소녀가 마침 봐둔 곳이 한군데 있습니다. 모두들 그곳으로 가는 것이 어떨까요?"

아닌 게 아니라 탁자가 박살난 좁은 방 안은 더 이상 화기애애한 분위기로 말을 할 수는 없는 상황이었다. 미호의 말에 고도간과 몽오린은 신형을 일으켰고 제룡과 소룡은 본 척도 않은 채 나서고 있었다.

"아참! 고 영웅님, 다음부턴 저를 미호라 부르지 말아주십시오. 그저 삼사자라 부르시면 됩니다."

"삼사자? 크… 역시 사정이 있었군. 내 그렇게 하리다. 크하하!"

욕심이 번들거리는 고도간의 음성을 마지막으로 세 사람의 모습은 더 이상 보이지 않았다.

제룡은 그 자리에서 멍하니 아무런 말도 하지 못하고 있었다. 그에 소룡이 제룡의 어깨를 툭 치며 입을 열었다.

"이보게, 제룡. 안 갈 건가?"

"가는 것이 문제이겠나? 어서 이 소식을 위에 알려야 하겠지. 흑월이란 놈들이 본격적으로 세상에 피를 부르려 하는데……."

소룡의 말에 제룡은 빠르게 답을 하며 분주히 손을 놀리고 있었다. 탁자 위에 작은 비단 조각을 올리고 작은 글씨로 빽빽이 무언가를 써 내리고 있었던 것이다.

"이보게, 제룡."

"왜 그러나?"

갑작스럽게 물어오는 소룡의 말에 제룡은 건성으로 대답했다. 그러나 이어지는 소룡의 말에 빠르게 움직이던 손이 잠시 멈추었다.

"암룡은… 괜찮을까?"

"……."

제룡은 아무런 말도 할 수가 없었다. 현백의 일행에게 잡힌 암룡, 그가 아직 무사하길 그저 바랄 수밖에 없는 상황임을 그는 잘 알고 있었다. 잠시 아랫입술을 살짝 깨물며 생각하던 제룡은 이내 다시 손을 놀리며 입을 열었다.

사람과 사람 63

"이제 남은 것은 자네와 나 둘뿐이네. 그렇게 생각하면 될 것이야."

"……."

그뿐이었다. 소룡은 고개를 끄덕이며 신형을 돌렸는데 역시 제룡이었다. 상황 판단을 하고 그 판단 속에서 가장 좋은 방법을 찾는 것이 제룡의 힘이었으니 말이다.

"어차피 이리저리 이용되는 신세라네, 소룡. 아무래도 암룡보다 우리의 미래가 더 암울하네……."

뒤돌아선 소룡에게 들리지 않을 정도로 아주 작은 소리가 제룡의 입에서 흘러나왔다. 그와 함께 적어 내려가는 그의 서신 속엔 이번 일이 아니라 또 하나의 일이 추가되고 있었다. 암룡에 관한 이야기까지 추가된 것이다.

2

쉬이잉… 쉬잉!

솥뚜껑 같은 손이 허공을 휘젓자 바람이 날리고 있었다. 조금씩 조금씩 그 바람은 거세어지긴 했지만 그 정도는 상당히 미비했다. 하나 그것만으로도 지충표에겐 아주 힘든 상황이었다.

"합!"

짜아아앙!

양손을 쫙 벌렸다가 다시 오므리며 힘차게 손뼉을 치자 그냥 박수 소리가 나질 않고 강한 울림이 들려왔다. 내력이 깃든 일격이 터져 나왔던 것이다.

그 힘 그대로를 가지고 지충표는 양팔을 쫙 벌렸다. 그리곤 좌우로 휘저으며 갈지자로 앞으로 움직였다. 이어 때론 밀어내고 때론 잡아당기는 그의 독특한 수공이 나오기 시작했는데 지충표의 이마에 흐르는 땀은 점점 더 많아지고 있었다.

시간이 흐르면 흐를수록 그 땀의 양은 더욱더 많았는데 그렇게 일다경 정도의 시간이 흘렀을 때였다.

"후우우우……."

긴 한숨을 쉬며 지충표는 모든 동작을 마쳤다. 그리곤 소매를 들어 이마에 흐른 땀을 닦아내었는데 참으로 암울한 감정이 마음속에서 흘러나오고 있었다.

내력, 이제 조금씩 내력을 몸에 담아낼 수 있었다. 그가 익혔던 복잡다단한 내력들이 아니라 정리된 내력들이 생기게 된 것인데 그건 바로 개방의 모인 장로가 일러주었던 방법이었다.

최대한 하나로 모을 수 있는 비슷한 내력끼리 합치는 것, 모인이 그에게 가르쳐 주었던 것은 그것이었다. 제일 좋은 것이야 온 내력을 다 떨쳐 버리고 새로 익히는 것이지만 그럴 상황이 아니기에 이렇게 한 것인데, 이제야 조금씩 효과가 나오고 있는 것이다.

당연히 이젠 내력을 모은다 해도 피가 거꾸로 솟구치진 않았다. 다만 모을 수 있는 것이 너무나 작은 힘이라 싸움에 도움이 되질 않아서 그렇지 말이다.

"좋아 보여요, 아저씨. 어느 정도 익히게 된 것인가요?"

"글쎄다. 아직은 잘 알 수가 없어. 아마도 오랜 시간이 걸리겠지."

문득 들려오는 여인의 목소리에 지충표는 고개를 끄덕이며 말을 이었다. 그의 옆엔 어느새 한 여인이 있었는데 다름 아닌 오유였다.

오유는 수심이 가득한 얼굴로 지충표를 바라보고 있었지만 그 얼굴은 이젠 많이 펴져 있었다. 이제 조금씩 오유도 안정을 되찾아가고 있던 것이다.

처음 이곳에 왔을 때 오유는 정말 불안정한 정신 상태를 가지고 있었다. 붙잡혀 있다는 생각도 그렇지만 부상 정도도 있고 하여 정신이 피폐해졌던 것인데 지충표가 더 노력할 수밖에 없었다.

지금 그들이 있는 곳은 작은 모옥. 마구간에 딸려 있는 곳이었는데 그나마 이것도 장원에서 제일 조용히 있을 수 있는 장소였다. 낭인왕 옥화진의 배려로 이곳에 있게 된 것이다.

"확실한 것은 좋아지긴 좋아졌다는 거예요. 이것으로 아저씨도 희망이 보이는 것 같네요."

"큭… 내가 아무리 희망이 보여도 널 따라가긴 힘들어. 이미 넌 저 하늘 위로 올라가 있어. 나에 비한다면 말이지."

빙글거리며 지충표는 그녀의 말에 화답했는데 무공으로 따지자면 그의 말이 백번 옳았다. 아무리 지충표가 날고 기어도 정종무공을 제대로 배운 그녀를 이길 수는 없었던 것이다.

"말은 맞는 말이지. 하나 자네에겐 다른 무기가 있지 않나? 경험이란 무기 말이야."

"……."

어디선가 들려오는 갑작스런 목소리에 지충표와 오유는 그저 아무런 말도 없이 신형을 돌리고 있었다. 두 사람 다 놀라며 바라볼 수도 있건만 이미 누군지 알고 있는 듯한 모습이었다.

"어인 일이오?"

지충표의 입에서 차가운 목소리가 흘러나오자 사내의 얼굴에 쓴웃음이 걸렸다. 사내는 양손을 살짝 들어올렸는데 그 손엔 각기 술이 한 병씩 들려 있었다.

"날 싫어하는 것은 알겠지만 그거야 나일 테고, 이 손에 든 것은 아닐 테지. 받게."

턱.

사내는 바로 낭인왕 옥화진이었다. 그가 던진 술병을 지충표는 얼떨결에 받아 들었는데 옥화진은 성큼성큼 걸어와 지충표의 곁에 털썩 주저앉았다.

"전 들어가 볼게요, 아저씨."

사람과 사람

"아… 그래, 그렇게 하라구."

전처럼 밝은 얼굴을 하면 좋으련만 오유의 얼굴은 잔뜩 굳은 채 안으로 들어가고 있었다. 어쨌든 지금 이들의 처지는 이 옥화진에게 붙잡혀 있는 상황. 기분 좋은 상황은 아닌 것이다.

"훗! 아가씨께선 역시 기분이 좋지 않으시군. 하긴 내가 아가씨를 보고 싶어 온 것이 아니니……."

"무슨 말이 하고 싶은 거요?"

그의 옆에 털썩 주저앉으며 지충표는 입을 열었다. 그러자 옥화진은 그저 빙글 웃을 뿐 아무런 말을 하고 있지 않았다. 대신 손을 들어 술을 마시는 것으로 대답을 대신하고 있었다.

"내 기억이 맞다면 넌 유술을 사용하고 있었다. 아마도 현단지가의 무공이었지. 그렇다면 지금 네 정도의 무공으로 나까지도 상대할 수 있는 것 아닌가? 작은 힘을 이용하여 큰 힘을 내는 것이 유술의 기본이니……."

"큭, 잊진 않았구려. 대신 공격은 무리지. 오로지 수비에만 치중해야 살길이 있을 것이오."

"하하하! 그래, 그렇지. 그것이 자네가 가진 무공의 특기였지."

예전 기억이 난다는 듯 옥화진은 웃으며 말을 이었다. 확실히 이전에 지충표를 만났던 기억 속에 가장 큰 것은 이 수비였다. 수비가 확실한 무공으로 여러 사람들의 뇌리 속에 깊숙이 박힌 것이 바로 이 지충표였던 것이다.

거친 낭인들 속에서도 그가 많은 친구를 사귈 수 있었던 가장 중요한 것이 바로 그의 무공이었다. 전투에 있어 앞으로 나가진 않았지만 뒤에서 안정적으로 구성원을 지켜주는 것, 그것이 바로 지충표의 큰 장점이었으니 말이다.

"이렇게 조금만 더 가면 나조차도 자네를 능가하진 못할 것 같군. 허허허, 이거야 원."

"별 시답지 않은 말을 하려고 이 시간에 술병 들고 온 것이오? 그런 말을 하려거든 그저 술이나 마십시다. 달도 떴는데……."

어느새 환한 달이 떠올라 있어 그 달을 보며 지충표는 병을 기울이고 있었다. 지충표는 조금 더 병을 들어 마시다 문득 입을 열었다.

"하나만 물읍시다. 그전부터 정말 궁금했던 것인데 말이오."

"……."

"대체 나와 오유를 잡아 뭘 어떻게 하겠다는 거요?"

"…훗!"

지충표의 말에 옥화진은 그저 웃었다. 사실 그런 말을 이제야 묻는 지충표가 더 이상한 일이었다.

그동안 지충표를 이용해 뭔가를 하려 했다면 진작 끝났을 터였다. 아무리 생각해 봐도 지충표는 붙잡혀 있는 이유를 알 수 없었는데 사실 그건 옥화진도 마찬가지였다.

옥화진의 입장에서야 지충표와 오유를 그냥 풀어줘도 그만이었다. 별로 잘못될 일도 없었고 이 두 사람이 무림의 정국을 뒤집어놓을 상황도 없었다. 다만 한 가지, 이들이 있는 위치가 드러나게 된다는 것 정도?

하나 그런 것을 두려워할 옥화진이 아니었고 지충표 역시 그 점을 잘 알고 있었다. 그러니 물어보게 된 것이다.

"내가 말하지 않았던가? 나도 명령을 받는 처지라고 말이야."

"그거 확인시켜 주려 이곳에 온 것이구려. 큭······."

농담은 그저 농담으로 받아들여야 했다. 지충표는 그렇게 생각하며 다시 한 모금 들이켰는데 그때였다.

"실은 한마디 더 할 게 있네. 그래서 이곳에 왔지."

"몸 성히 잘 보내주겠다는 말 아니면 하지 마쇼. 듣기도 싫으니······."

역시 농담으로 지충표가 상황을 부드럽게 만들자 옥화진은 웃었다. 그래서 지충표가 마음에 드는 그였다. 언제나 사람을 편하게 만드니 말이다.

"어떻게 본다면 자네의 개인적인 문제가 될 수도 있을 것이네만."

"개인적인 문제?"

뜻밖의 소리에 지충표는 눈을 동그랗게 뜨며 물어왔는데

옥화진은 고개를 끄덕이며 더 이상 말이 없었다. 그저 입가에 술병을 가져갈 뿐.

옥화진이 입을 열게 된 것은 그보다 한참이나 시간이 흐른 후였다. 그리고 그 말은 대번에 지충표의 얼굴을 굳게 만들었고 말이다.

"현단지가에서 사람이 왔네. 앞으로 우리의 일에 동참하고 싶다고 말이야. 어떻게 우리를 알게 되었는지 모르나 내가 모시는 분께 그러한 연락이 왔다고 하네."

"……."

지충표의 동작이 딱 멎었다. 설마 하니 이곳에서 현단지가란 말을 듣게 될지 몰랐던 것인데 일순 지충표는 어찌할 줄 모르는 것 같았다.

그러한 모습은 사실 옥화진으로서는 의외였다. 언제나 여유로웠던 지충표가 설마 이러한 모습까지 보여줄 줄은 미처 그도 몰랐다.

생각보다 두 사람 간의 침묵은 오래 지속되고 있었다. 아니, 오래 지속되고 있다 느낀 것일지도 몰랐는데 설마 지충표가 이러한 반응을 보일 줄은 그도 몰랐으니 말이다. 그러던 한순간 지충표의 입이 열렸다.

"그래요? 어쩌실 거요?"

담담하다는 듯이 입을 열었지만 그 음성의 끝은 살짝 떨리고 있었다. 그리고 본인 역시 그 사실을 잘 아는 듯 이내 다시 입이 열렸다.

"제길, 이젠 다 잊은 것인 줄 알았더니 아직도 마음속에 남아 있었나? 젠장… 젠장……."

마음을 들킨 것을 흡사 자책이라도 하듯 그는 술병을 입 안에 쑤셔 넣고 있었다. 그리고 그렇게 일각의 시간이 흐른 후 지충표의 입이 다시 열렸다.

"뭐 하나 물어봅시다."

"……."

"대체 그들이 이곳에 참여해 뭘 어쩌겠다는 거요? 아니, 옥 형이 속한 곳이 대체 어디요? 뭘 원하는 건데?"

"……."

지충표가 물어오지만 옥화진은 뭐 하나 시원하게 해결해 줄 수가 없었다. 모든 것이 다 일급비밀로 분류가 되어 있어 가르쳐 줄 수가 없는 것이다.

지충표는 피식 웃으며 말을 이었다.

"혹 웃기지도 않는 강호 정복, 뭐 이런 거라면 내 앞에서 말도 꺼내지 마쇼. 그런 것 하나도 쓸데없는 것이라는 거 옥 형도 잘 알고 있을 터이니……."

미리 못을 박듯 이야기하는 지충표를 보며 옥화진은 고개를 끄덕였다. 물론 그런 판에 박힌 것이 그가 이곳에 있는 목적이 아니었다. 잠시 옥화진은 생각을 하다 말을 이었다.

"솔직히 말하면… 다른 것은 다 가르쳐 주기 힘들다. 아니,

나도 잘 모르는 것도 있지. 하나 확실한 것은……."

"……."

"세상이 변하게 될 것이다. 우리가 보던 세상이 아니라 정말 기분 좋은 세상 말이다. 낭인이란 굴레에서 벗어나 세상을 날 수 있는 그런 세상이 말이야."

"뭐요?"

옥화진의 말에 지충표는 두 눈을 찌푸리며 입을 열었다. 또 그 낭인타령이었다. 아무래도 뭔가 비틀리게 된 사연이 있는 것처럼 보였는데 옥화진은 아랑곳없이 계속 입을 열었다.

"분명히 말하지만 내가 속한 이곳은 이 강호를 뒤엎고도 남을 만한 힘을 가진 곳이다. 비록 그 이름 하나없이 초라한 모습을 하고 있지만 그건 모습일 뿐 그 이면에 가진 힘은 세상 그 어디에서도 견줄 수 없다. 무슨 말인지 알겠나?"

"…설마 내가 지금 옥 형의 말을 알아듣고 있을 거라 생각하는 거요?"

옥화진의 입에서 다시금 쓴웃음이 피어오르고 있었다. 하나 지금 지충표의 말이 솔직하면서도 정답이었다. 알 수 있을 턱이 없었던 것이다.

"그럼 이거 하나만 더 이야기하마. 우리의 이상은 비단 이 무림에 국한되어 있지 않다. 그것만 알아두거라."

"……!"

곰곰이 생각해 보던 지충표의 눈이 휘둥그레졌다. 지금 그가 하는 말은 거의 반역에 가까웠다. 무림이 아니라면 황실까지 아우른다는 말이 아닌가?

"지금 미친 거요, 옥 형? 옥 형이 지금 어디에 몸담고 있는지 아시오? 그 정도로 세상을 뒤집으려면 얼마나 많은 희생을 해야 하는지 모르는 것이오?"

"아니, 희생이 얼마큼 필요할진 굳이 이야기하지 않아도 잘 알고 있다. 그리고 그 정도의 희생이라면 이미 생각해 둔 바이고."

옥화진의 말에 지충표는 슬며시 고개를 돌렸다. 이미 그의 마음속엔 이상적인 세상이 들어서 있었다. 그 세상의 끝이 어떤 모습이 될지 알 수는 없어도 말이다.

"희생을 생각해 두었다……. 그럼 다 된 거요?"

"……."

다시금 들려오는 지충표의 목소리에 옥화진은 고개를 돌렸다. 지충표는 이제 얼굴에서 웃음기를 거둔 채 심각한 얼굴을 하고 있었다.

"그래서 그 희생을 발판 삼아 새 세상을 만들면 좋을 것 같소? 그 모든 것을 위해 희생한 사람들의 생각은 하지 않소? 과연 옥 형이 그들의 입장에서 생각한 것인지 그것부터 알고 싶소만."

생각 외로 지충표의 입에서 날카로운 질문이 흘러나오자 옥화진은 일순 말문이 막혔다. 물론 그 역시 이런 문제를 생각해 보지 못한 것은 아니었다.

결국 그도 어쩔 수 없다는 결론이 나와 버린 것이다. 그래서 일부러 이런 문제를 피하고 있었는데 지충표는 정면으로 그 문제를 들고 나오고 있었다.

"아무리 옥 형이라 해도 사람의 목숨을 좌지우지할 수 있는 권리는 없소이다. 다른 모든 사람들이 당신을 따른다 해도, 그리고 그들이 후회하지 않는다 해도 한 가지는 확실할 것이오."

"……."

"당신은 후회할 거요. 그들의 목숨을 밟고 올라서는 그 상황이 되면……."

"꼭 그렇게 말해야 하나?"

더 듣기 괴로운 듯 옥화진은 신음성과 같은 소리를 내었다. 그러나 지충표의 말은 계속되었다.

"분명히 말하건대 난 지금 옥 형에게 충고를 하는 것이 아니외다. 내가 생각하는 것, 그래서 난 절대로 할 수 없다는 것을 말하기 위해 이렇게 이야기하는 것이오. 무슨 말인지 아시겠소?"

"……."

"게다가 이곳, 이름도 없는 이 단체가 그만한 힘을 가졌다면 뻔한 것이 아니겠소? 이곳은 눈가림이라는 것이오. 당신은 그 눈가림의 최고 권력자고……."

사람과 사람

말을 하면서도 지충표는 답답한 심경을 그대로 토로하고 있었다. 분명 이 옥화진은 토사구팽될 터였다. 그것도 성공한다는 가정하에 말이다.

아니, 실패한다 해도 아마도 모든 것을 그가 뒤집어쓰게 될 터였다. 단체에 이름이 없다면 가장 중요한 사람에게 그 혐의가 갈 테니 말이다.

상황이 이렇듯 뻔한데도 왜 옥화진은 그 진실을 보지 못하는지 그것이 지충표는 답답했다. 그리고 그것이 지금 옥화진에게 말을 하는 이유이기도 하고 말이다.

"제발 부탁이오. 이 진흙탕 같은 곳에서 어서 발을 빼시오. 그렇지 않으면 당신이 쌓아온 모든 것이 다 무너질 수도 있는 것을 왜 모르시오?"

지충표는 진심이었다. 그는 더 이상 할 말도 없다는 듯 신형을 일으켰다. 그리곤 몸을 돌려 모옥 안으로 향하며 입을 열었다.

"난 떠날 것이오. 지금이야 힘이 없어 이곳에 눌러 있겠지만 힘이 생기면 난 떠날 것이오. 위험한 곳은 피하는 것, 그것이야말로 이 세상을 살며 가장 중요하다고 생각하는 것이니. 그리고 현단지가에 대한 문제는······."

잠시 지충표는 말을 멈추었다. 스스로 뭔가 갈등이 이는 듯 보였는데 그 갈등은 오래가지 않는 듯했다.

"나와 상관없는 일이오. 당신 마음대로 하시오."

마치 스스로에게 다짐이라도 하듯 그는 신형을 돌린 채 걷기 시작했다. 옥화진은 그가 사라진 후에도 아무런 말 없이 그저 땅바닥에 앉아만 있었다.

머릿속에 수만 가지 생각이 떠오르지만 그는 아무런 생각도 하고 싶지 않았다. 그저 이렇게 달빛을 보며 멍하게 앉아만 있었으면 좋겠다는 생각뿐. 하나 그의 소원은 더 이상 들어지지 않았다.

"그 친구의 말, 틀린 것이 없습니다."

어디선가 고즈넉한 음성이 들려오자 옥화진은 고개를 돌렸다. 그러자 한 사내가 서 있는 것이 보였다. 바로 그의 의제, 밀천사 양각이었다.

"그래… 아무래도 저 친구와 너와 생각이 비슷한 구석이 있는 것 같구나."

쓴웃음을 지으며 옥화진은 입을 열었다. 그러자 양각은 그에게 가까이 다가오며 입을 떼었다.

"그만큼 상황이 뻔하다는 뜻입니다. 그리고 그 상황을 형님만 부정하고 계시구요."

양각은 차분하게 이야기하지만 그 내용은 그리 작은 것이 아니었다. 그는 아주 작정을 하듯 쉽없이 바로 입을 열었다.

"토사구팽이 아니라 더한 일도 당할 수 있습니다. 형님은 지금 위험한 도박을 하고 계신 겁니다."

"너까지 그렇게 이야기하는 것이냐?"

더 듣고 싶지 않다는 듯 옥화진은 미간을 찌푸리며 말을 했다. 하긴 지금까지 저 지충표란 친구에게 들은 것으로도 충분하긴 했다. 더 이상의 잔소리는 필요없었던 것이다.

"하면 다른 이야기를 좀 해드리죠. 몽오린이란 자, 하는 짓이 곱지 않습니다. 고도간을 끌어들이려 하고 있더군요. 그냥 두어도 되겠습니까?"

"그 흑월에서 왔다는 친구 말인가?"

옥화진의 물음에 양각은 고개를 끄덕였다. 옥화진은 생각하기 싫은 머리를 억지로 돌리기 시작했다. 사실 흑월이란 단체에서 왔다는 그 친구, 심상치 않기는 했다.

무공도 잘 파악할 수 없을 정도로 복잡했지만 무엇보다도 그 분위기가 아주 좋지 않았다. 그건 보통 사람들에게서 느낄 수 없는 분위기였다. 사람이 아니라 짐승의 그것과도 유사한 느낌이었던 것이다.

"그자들, 아무리 생각해도 좋게 볼 수가 없습니다. 그 미호… 아니, 삼사자라 불러야 하나요? 어쨌든 그 여인이 한 짓들도 그렇고, 가까이하기 싫은 자들입니다."

옥화진이 뭐라고 채 결론을 내리기도 전에 양각은 그들에 대한 불만을 늘어놓고 있었다. 정말 그들이 보기 싫어도 단단히 보기 싫었던 모양이다. 그거야 옥화진도 이해하는 바였다.

아이들의 음정을 채갈한 여인이 바로 그녀였다. 그리고 그 일이 시발점이 되어 이들은 본거지를 옮겨야만 했다. 그건 누가 봐도 책임 소재가 확실했던 것이다.

"그러나 대인께선 그들이 적이 아니라고 하셨다. 그것이면 된 것이다. 그렇게 생각하지 않느냐?"

애써 분위기를 돌리려는 듯 그는 입을 열었다. 결국 그의 결론은 대인을 믿는다는 것이었고 물론 양각은 그 말을 이해했다. 그 역시 대인을 믿으니 말이다.

그러나 돌아가는 것에 대한 냉정한 평가는 필요했다. 지금 그가 이 자리에 있는 것도 그것 때문이었다. 변하는 상황에 대한 대처가 필요한 것이다.

그리고 지금까지 보여주는 옥화진의 모습은 이미 예상하고 있었다는 듯 양각은 얼굴 하나 변하지 않고 있었다. 하나 그가 준비한 것은 이게 다가 아니었다.

"옥 형님, 아무래도 우린 그들을 경계해야 할 것 같습니다. 그자들, 우리뿐만이 아니라 강호의 어떤 세력과 교분을 맺고 있는 것 같습니다. 대관절 무슨 이유인지 모르지만 아직 그 세력이 누구인지 파악이 되고 있지 않습니다."

"……."

"게다가 곧 강호는 저들로 인해 피바람이 진동하게 될 것입니다. 강호에 오자마자 제일 먼저 한 일이 무당의 규앙 도장을 죽인 일입니다. 무당이니 다른 문파에서 벌써부터……."

"이미 알고 있는 일이구나. 그 이야기는 그만 하도록 하자."

확실한 금언령이었다. 옥화진은 더 이상 할 말은 없다는 듯 자리에서 일어서며 신형을 돌리고 있었다. 그리곤 바로 움직이기 시작한 것이다.

"우린 대인을 믿으면 된다. 대인께서 그들을 환영하니 우리 역시 그들을 환영하는 것일 뿐, 그 이상도 이하도 없다. 알겠느냐?"

"……."

마치 지충표가 보여주었던 것처럼 그 역시 스스로에게 다짐하듯 입을 열고 있었다. 그는 그렇게 빠르게 걸음을 움직였고 이내 그의 신형은 시야에서 사라졌다.

"이럴려고 절 살리신 겁니까, 형님……. 이 지옥을 같이 가자구요?"

양각은 조용히 입술을 열고 있었다. 채 마시다 남겨놓은 옥화진의 술병을 집어 든 채 그는 다시금 조용히 입을 열었다.

"그럴 순 없지요. 형님과 같이 지옥길을 걷고자 제가 이곳에 있는 것이 아닙니다……."

양각은 술병을 들어 입가에 대었다. 살짝 목을 축이는 듯 그렇게 홀짝이곤 바로 내려놓았다. 문득 그의 음성이 허공에 울려 퍼지고 있었다.

"지옥길을 걷는 것은… 저 혼자입니다."

그 어느 때보다도 무거운 음성이었다.

第三章

풍도 (1)

1

"아니, 양소 이 친구야. 자네 허리춤에 찬 게 대체 뭔가? 그거 검 아니야?"

"내가 소싯적에 좀 쓰지 않았나? 무림이 뒤숭숭하니 무림인들은 다들 지금 움직여야지."

딱 봐도 무림인이라기보다 농부에 가까운 두 사람이 말을 주고받고 있었다. 객잔의 한 귀퉁이 작은 탁자 하나를 사이에 둔 두 사람이지만 한 사람의 허리춤엔 호미가 매달려 있었다.

"이 친구가 지금! 자네 제정신인가? 자네가 무슨 무공을 안다고 무사 흉내여?"

"허어… 흉내라니? 내 꼭 이 검을 뽑아 보여주어야 알 것인가? 난 나름대로 상당한 경험이 있는 사람일세. 어쨌든 세외 세력이 중원에 들어왔다는데 그냥 있을 수는 없지 않은가?"

양소라 불린 사내는 정말 진지한 얼굴을 하고 있었다. 그러나 그 앞에 있는 사내는 어이없다는 표정을 숨기지 않았는데 그는 한숨을 푹 쉬며 다시금 입을 열었다.

"이 친구가 미쳐도 단단히 미쳤구만. 어째서 자네가 무림의 일에 신경을 쓰는가? 그들이 얼마나 무서운 사람들인지 몰라서 그래? 아, 진영웅을 위시로 추색대가 꾸려졌다지 않는가? 이런 일은 무림인들에게 맡겨야지 이 사람아."

"답답한 친구하고는… 아니, 그것이 어찌 그들의 힘만으로 가당키나 한 일인가? 지금 조용히 세상을 관망하고 있는 술사림의 고수가 전부 출동하지 않는 한 쉽지 않은 것이야. 나 역시 명색이 강호인인데 어찌 그냥 있어?"

"……"

양소는 생각보다 아주 단단히 결심을 하고 나온 듯이 보였는데 그 모습에 사내는 조금 이상한 생각이 들고 있었다. 말이 나온 김에 그는 자신의 생각을 슬쩍 넣어 사내에게 물어보았다.

"자네… 혹, 강호정의가 아니라 그 비급 때문에 이러는 건가?"

"뭐… 뭣! 아니, 이 친구가 날 뭘로 보고 그런 말을 하는 거야!"

버럭 소리를 지르며 양소는 길길이 날뛰기 시작했지만 이미 그의 본심은 들켜 버린 상태였다. 강호도의가 아니라 그 비급이 탐나서 이렇듯 나선 것이다.

"이 친구! 이대론 안 되겠어! 당장 일어서게! 우리가 비급을 보면 뭐 알기나 해? 내 자네를 제수씨에게 데려다 놔야 안심이 되겠어!"

"아니, 왜 갑자기 집에 있는 마누라는 들먹이누? 아 어서 놔! 내가 알아서 갈 테니……."

양소는 내심이 들켜서인지 한풀 꺾인 채 움직이고 있었다. 두 사람은 나가는 내내 툭탁거렸는데 뒤쪽에서 그 모습을 보던 많은 사람들은 그저 킬킬거릴 뿐이었다.

하나 그 모습을 보고 웃을 수 없는 사람들도 있었다. 바로 모인을 위시한 창룡 일행이었는데 객잔의 한구석에서 나가는 두 사람을 심각하게 바라보고 있었다.

"큰일이군. 벌써 이렇게 파다하게 소문이 났으니 조용히 움직이는 것은 무리겠어."

"애초에 비밀스럽게 움직일 생각조차 없었을 겁니다. 사방팔방 다 추색대의 결정을 알린 것도 본인들 아닌가요?"

명사찬의 말에 이도는 시큰둥한 목소리를 내었다. 아닌 게 아니라 이도의 말처럼 소문은 거의 다 난 상태였고 그 주체는 바로 추색대였다.

아직까지 합류하지 못한 문파 때문에 출발이 늦어진다는

것을 모르는 사람은 세상에 없었다. 이젠 그들의 소식이 강호에서 가장 초유의 관심사였던 것이다.

"게다가 그 오위경이란 자 은근히 사람들의 추앙을 즐기는 것 같더군요. 그가 앞장서서 여기저기 일정을 흘리는 것 같던데요?"

현백으로부터 이미 솔사림이 뭔가 꿍꿍이가 있다는 것을 알고 난 후부터 이도는 오위경에게 색안경이 씌워지고 있었다. 한마디로 뭘 해도 좋게 보이지 않았던 것이다.

"하나 그것보다 더 무서운 것이 저 순박한 사람들의 반응이지. 자신들에게 도움이 될 턱이 없는 무공비급을 노리지 않더냐? 보물이란 그래서 무서운 것이지."

나직하게 들려오는 모인의 목소리에 사람들은 연신 고개를 끄덕여 동의를 표했다. 그의 말처럼 세상은 점점 이상해져 가고 있었다. 문제는 그걸 막을 수가 없다는 것이지만…….

모인과 이도, 그리고 창룡 주비와 명사찬은 지금 한 일행을 이루어 움직이고 있었다. 그들이 무한을 떠난 지도 어언 일주일, 그동안 이곳 동백산 자락에 자리를 잡고 있었던 것인데 그건 정보 취득의 용이성 때문이었다.

호북성 이남이 아니라 이북의 정보는 거의 대부분 이곳 동백산 자락을 거쳐야 하는 기이한 특성이 있었다. 그건 대부분의 무림문파가 이곳에 분타를 설치하게 되는 지형상의 사정 때문인데 그래서 무한보다도 오히려 이곳이 더 정보가 빨랐던 것이다.

이미 개방을 통해 지충표와 오유의 행방을 알아봐 달라고 한 상태인지라 언제든 연락을 받을 수 있도록 해놓은 것이었다. 물론 호북성 이남으로 움직였을 가능성도 있었지만 북경 쪽으로 향하는 두 사람을 본 적이 있다고 정보가 있는 이상 한쪽으로 좁혀야만 했다.

"어쩌면 그 암룡이란 자를 좀 더 추궁해 봤어야 하는 거 아닌지 모르겠어요. 너무 쉽게 그의 말을 믿은 것 같아요."

"아니야. 그자는 정말 아는 것이 하나도 없었어. 그저 뒤만 졸졸 따라다녔다고 하는 편이 맞겠지. 오죽하면 본인이 어디로 향할지조차 모르고 있겠나?"

아쉬움이 묻어나는 이도의 목소리에 명사찬은 고개를 흔들며 입을 열었다. 이미 잡혀 있는 암룡에 관한 이야기였는데 그로부터 뭔가 얻어낼 것은 아무것도 없는 상황이었다.

"쩝, 그럼 뭐 아무것도 모르는 상황이란 것이 정답인데 이런 상황에서 현 대형은 대체 어딜 간 거지?"

"아마도 남만에서 온 자들과 이야기하고 있을 거다. 뭐, 지금쯤이야 다들 이야기 끝났겠지."

툴툴거리며 이도가 말을 했지만 그 말을 명사찬은 하나하나 다 받아주고 있었다. 궁합이 맞는 사이가 있다면 아마도 이 사람들이 그런 것 같았다.

"그냥 만나러 가는 거면 같이 가도 될 텐데 굳이 왜 혼자서……."

"큭. 누구나 비밀은 있는 법이다. 굳이 알지 않아도 된다, 요 녀석아."

슬쩍 투덜거리는 이도의 머리를 헝클이며 명사찬은 농을 걸었다. 막 이도가 발작하려는 순간 누군가 그들이 있는 곳으로 빠르게 다가오고 있었다.

"장로님, 그리고 사숙님……."

"응? 넌 진교가 아니더냐?"

그들이 있는 다탁으로 온 사람은 바로 개방의 사람이었다. 진교라는 이름을 가진 사람이었는데 이도보다도 어린 소년이었다.

"어라, 네가 여기 웬일이냐? 방주님께 무슨 일이라도 생겼냐?"

진교라는 아이는 뭔가 대단한 무공을 가진 아이가 아니었다. 그렇다고 독특한 무언가가 있지도 않았는데, 단 한 가지 방주의 심부름꾼이라는 것 때문에 주목을 받은 아이였다.

그가 움직인다면 방주가 무슨 전령을 내리는 것이니 이 아이의 행보에 관심이 가는 것은 당연한 이치였다. 아이는 씨익 웃으며 품속을 더듬었다.

"방주님이 전하라는 소식이 있습니다. 드디어 오유 사숙의 종적이 발견되었답니다."

"뭐라!"

갑작스러운 소식에 일행 모두 눈을 둥그렇게 떴는데 모인 장로는 진교의 손에 있던 서신을 빼앗듯이 가져가더니 바로 펼쳐 읽기 시작했다.

"……."

당장이라도 모인의 손에 들린 서신을 읽고 싶은 마음이야 다들 굴뚝같았지만 모두 참고 있었는데, 그 순간이었다. 모두 읽은 후 말을 해주어야 할 모인이 아니라 진교가 입을 열었다.

"그리고 한 통이 더 있습니다. 이건……."

꼼지락거리며 진교는 또다시 품속을 더듬더니 또 하나의 서신을 내밀고 있었다. 그러자 모인은 황급히 읽던 눈을 돌려 아이를 바라보았다.

"무엇이냐?"

"무당의 탈명천검사 장연호 대협이 보낸 서신입니다. 꼭 직접 전하라 해서요."

"그래? 장 대협이?"

장연호가 보냈다는 말에 모인은 선선히 서신을 받았고 이내 서신을 개봉했다. 한데 서신을 읽어나가는 그의 얼굴이 점점 굳어져 가고 있었다.

"장로님, 혹 안 좋은 것이라도 쓰여 있나요?"

"…아니, 이건 내가 말로 하는 것보다 직접 보는 것이 좋겠구나."

다 읽은 후 잠시 생각을 하던 모인은 보던 서신 두 장을 모두 중인들에게 넘겼고 사람들은 고개를 빼며 서신의 내용을 바라보았다.

"그럼 전 이만 가보겠습니다. 방주님께서 바로 오라고 하셔서요."

"그래… 어서 가보거라."

진교는 그렇게 쪼르르 다시 사라져 가고 있었고 모인은 잠시 그 뒷모습을 바라보았다. 그렇게 잠시 시간이 흐른 후였다.

"이건 대체……."

그토록 바라던 오유의 소식이건만 이도의 표정은 조금 이상했다. 왠지 뭔가 내키지 않는 듯한 표정이었는데, 그때 여태껏 조용히 입을 다물고 있던 주비의 음성이 들려왔다.

"함정이군……. 누가 봐도 뻔히 알 수 있을 정도로."

"…그래, 함정이오."

주비의 말에 명사찬이 동의를 하며 결론을 지었다. 이도는 턱을 좌우로 돌리며 생각에 잠겼는데 그렇게밖에 결론이 날 수 없었던 것이다.

똑같았다. 두 장의 서신, 하나는 개방에서 알아본 것이고 또 하나는 무당이 독자적으로 알아본 것인데 그 정보가 너무나 맞아떨어졌던 것이다.

성안(成案), 한단(邯鄲)을 거쳐 사하(沙河)로… 마치 누가 밀고라도 하듯 그렇게 같은 내용이 쓰여 있었던 것이다.

"우연이라기보단……."

"필연에 가까운 사실이야."

슬며시 주먹에 힘이 들어가는 것을 느끼며 명사찬과 주비는 말을 주고받았는데 이런 상황이라면 사실 정보의 진의가 의심스러운 것이 정석이었다.

한번쯤 확인하고 또 충분히 알아본 후 가도 늦지 않지만 이미 일행의 마음속에 결정은 내려져 있었다.

"어떤 녀석들이 이런 장난을 하는지 모르지만 한번 가보자꾸나. 그만한 장난을 칠 수 있는 재목이 되는지……."

"섣부른 장난이면 그만한 대가를 치르게 될 것입니다. 아주 비싼 대가를요."

말과 함께 사람들은 자리에서 일어섰고 이내 문밖으로 나가기 시작했다. 이제 그들이 해야 할 일은 정해진 셈이었다. 목표가 생겼으니 그대로 나아가기만 하면 될 일인 것이다.

* * *

정답은 없었다. 모든 것은 그저 깨달음의 연장선상일 뿐, 적어도 이제까지 현백은 그렇게 생각하고 있었다.

무공이라는 것, 특히 그의 무공은 누군가 정형화해서 만드는 것이 아니었다. 하루 이틀 시간이 흐르고 그 시간 동안 경

힘이 쌓이며 천천히 그 개념이 정립되는 것이 바로 그의 무공이었다.

아니, 그의 무공만 그런 것이 아니라 어떤 무공이든지 그렇게 되어왔었다. 그가 배운 것만 특별한 것은 아니지만 왠지 현백은 자신의 무공과 다른 무공의 차이를 상당히 느껴왔었다.

자연스러움뿐만이 아니라 이를 거스르면 좋지 않은 결과가 나왔던 것이 그간의 일이었다. 그리고 이를 느꼈기에 현백은 어느 정도 정형화된 무공을 가질 수 있었고 말이다.

한데 토루가를 만나고 나서부터 현백은 끊임없는 질문이 머릿속에서 떠나질 않고 있었다. 특히나 바람의 힘이라는 그 말이.

"바람의 힘이라……."

대체 어디가 바람의 힘인지 몰라도 분명 토루가는 지금 현백의 무공에 대해 상당 부분 조언을 해줄 수 있는 사람이었다. 그리고 그가 그렇게 이야기하는 데에는 이유가 있을 터이고.

하나 어떤 이유에서인지 토루가는 더 이상 현백에게 조언을 해주지 않았고 현백 역시 그 조언에 연연하지 않았다.

자신이 가는 길에 무공은 조연일 뿐이었다. 물론 그 무공으로 인해 그 길의 성공과 실패란 전혀 다른 결과로 갈릴 수도 있지만 말이다.

하지만 적어도 현백은 자신의 가는 길에 무공이 전부가 아니었다. 그와 함께하는 사람들, 그리고 그가 옳다고 믿는 것들, 그것들을 위해 전진하는 것만이 현백이 해야 할 일이었다.

푸르르륵!

"……."

타고 있는 말의 투레질에 현백은 퍼뜩 정신을 차렸다. 그러고 보니 어느새 날이 저물어 있었고 마침 작은 다루가 하나 눈에 보였다. 현백은 그쪽을 향해 말을 몰아나갔다.

"어서 오세요! 야, 딱 좋은 시간에 오셨네. 이제 마님께서 저녁을 차리실 때쯤이거든요."

"……."

살갑게 자신을 맞아주는 점소이를 보며 현백은 말 위에서 내렸다. 뭐 제대로 된 이층 주점은 아니지만 나름대로 점소이를 보니 자부심을 가지고 있는 듯이 보였는데 고삐를 넘겨주며 현백은 입을 열었다.

"고생한 말이오. 푹 쉬게 해주시오."

"아 예, 걱정 마시고 들어가세요. 조금 계시면 저녁을 내오겠습니다."

음식을 달라고 한 것도 아닌데 점소이는 미리 저녁 주문을 받았고 이는 순전히 눈치에 의한 것이었다. 날씨와 시간을 계산해 경험상 그렇게 한 것인데 점소이의 경력이 그리 녹록치 않은 사람임을 알 수 있었다.

차라라락.

그냥 일반적인 노천다루 같은 분위기가 아니었다. 사방이 뻥 뚫린 그런 노천다루가 일반적이라면 이건 아주 고급스럽다고 할 수도 있었다.

사방을 두터운 천으로 막아놓은 것인데 이제 서서히 가을로 접어드는 계절이라 밤에는 좀 추웠던 것이다.

한데 이런 다루라면 정말 기분 좋은 현실이었다. 더욱이 중앙에 꽤나 큰 화롯불까지 켜 있으니 말이다.

"자자… 일단 따뜻한 차 한 잔 하고 계십시오. 제가 얼른 가서 요기할 것을 내오겠습니다."

절로 고맙다는 인사가 나올 정도로 점소이는 친절했는데 현백은 간만에 편한 마음을 느꼈다. 아무래도 나갈 때 조금 더 주어야 할 듯싶었다. 그때였다.

"크으… 그래서? 강호가 하나로 뭉쳤으니 된 거 아닌가?"

"뭉친 것도 뭉친 것이지만 어떻게 움직이냐가 더 문제지. 아, 오유란 여자와 지충표란 사람은 결국 개인일 뿐이야. 지금 문제는 추색대가 움직이는 이유지, 이 사람아."

그의 주의를 확 끄는 소리에 현백은 귀를 기울였다. 모두 네 개의 탁자로 놓인 작은 다루에서 듣지 않으려 해도 그럴 수가 없었던 것인데 말을 한 사람들은 대각선 방향에 있었다.

슬쩍 보기에 무림인으로 보이는 사람들이긴 했는데 대단

한 무위를 가진 사람들처럼 보이진 않았다. 이류나 혹 삼류 정도의 무공을 지닌 사람들로 보였던 것이다.

"그 뭐 수인도인가 뭔가 하는 친구에게나 도움될 정보 아니야? 아, 그 친구랑 같은 일행이었다잖나? 그러니 신경 끄는 것이 낫지."

"무슨 소리. 그 오유라는 여인은 개방의 사람이야, 개방! 십만 방도를 자랑하는 개방의 사람이라고. 개방에서 그냥 있을 것 같아?"

두 사람은 티격태격하며 말을 계속 주고받았는데 현백은 그 모습에 피식 웃었다. 두 사람이 하는 양이 재미있기도 했지만 왠지 작위적인 냄새가 느껴졌기 때문이다.

"어쨌든 그자들이 어디로 갔다고? 사하?"

"그래, 하북성의 사하라 하더군."

"큭!"

그들이 여기까지 이야기했을 때 현백은 더 참지 못하고 작은 웃음을 흘렸다. 어찌 보면 살짝 비웃는 것처럼 보였는데 어쩐 일인지 두 사람은 전혀 현백에게 신경 쓰지 않고 있었다.

"자자, 신경 쓰지 말고 이제 한잔하세. 원, 우리 실력에 어딜 가겠는가?"

"그래, 그러자구."

마치 현백은 없는 사람 같았다. 이 두 사람은 그저 서로 권

커니 잣커니 하면서 있었는데 현백은 그 두 사람을 향해 입을 열었다.

"그쯤 하면 충분하니 됐다. 차라리 내게 이야기를 해. 두 사람이 사하에 있다고."

"……."

현백의 말에 두 사람은 그게 무슨 소린가 하는 표정을 지었는데 그야말로 처음으로 보이는 표정이었다. 현백은 두 사람을 향해 다시 말문을 열었다.

"연기를 하려면 제대로 하든가. 최소한 얼굴에 흐르는 땀 정도는 처리해야지. 그렇게 긴장하면서 무슨 연기를 하나?"

"……."

슬며시 현백이 기이하게 행각하던 것을 이야기하자 두 사람의 얼굴이 대번에 변했다. 마치 싸움이라도 할 것 같은 표정이 되어버린 것인데 현백은 왼쪽 입술 끝을 말아 올리며 말했다.

"가라… 싸울 생각이 아니라면 너희와 이야기할 필요는 없는 것 같으니."

"이런 건방진!"

"그만!"

두 사람은 삽시간에 태도를 바꾸어 현백에게 덤벼들려 하다가 어디선가 들려온 소리에 그대로 신형을 멈추었다. 음성의 주인은 다름 아닌 점소이였다.

점소이는 양손으로 커다란 소반을 들고 왔는데 그 소반엔 상당한 양의 음식이 차려져 있었다.

"싸우라고 데리고 온 것이 아니다. 그만 나가들 봐."

"옛, 주인님."

"……."

단번에 두 사람을 내보낸 사내는 현백의 앞으로 다가왔다. 그리곤 탁자 위에 가지고 온 것을 내려놓으며 입을 열었다.

"그냥 조금 더 모른 척하면 재미있을 뻔했건만. 판 깨는 데 뭐 있나 보오?"

"어떤 판인지 모르니 일단 엎을 수밖에. 재미있었소?"

농으로 시작한 질문에 농으로 현백이 대답하자 점소이는 얼굴 가득 환한 웃음을 띠었다.

"우리 구면인가?"

"아니, 그럴 리가 없을 거요. 나도 그렇고 당신도 서로 처음 보는 사람이지. 이거 인사라도 해야 하나?"

나름대로 싹싹한 점소이였는데 말하는 것을 보니 이미 현백이 누구인지 알고 있는 것 같았다. 현백은 눈을 좁힌 채 입을 열었다.

"아무래도 내가 누구인지 알고 있는 것 같군. 상대에게 이름 정도는 가르쳐 줄 수 있지 않나?"

"물론 잘 알고 있소이다. 강호에 혜성처럼 나타난 수인도 현백, 모를 수가 없지. 이 모든 것이 다 당신을 위한 것이니.

그리고 내 이름은 좀 곤란한걸?"

정말로 난감한 표정을 지으며 그는 입을 열었는데 이내 뭔가 말하려는 듯 우물거리다 다시금 입을 열었다.

"마송(摩松), 그래, 마송이 좋겠군. 정 내 이름을 부르려면 마송이라 하지."

"……"

마치 현백을 놀리기라도 하듯 스스로를 마송이라 밝힌 청년은 대놓고 빙긋 웃고 있었다. 현백은 잠시 그 얼굴을 보다가 이내 같이 피식거리며 웃었다.

희한하게도 그는 본심인 듯 보였다. 아니, 그것보단 가식적인 느낌이 아니라는 것이 더 옳을 듯싶었다. 바로 앞에서 이름을 짓는 것이 어쩔 테냐 하고 물어오는 것 같은 내용이지만 그 태도가 사뭇 진지했었던 것이다.

"오해는 하지 말기를. 난 이름이 없어. 그냥… 그냥 이름 대신 불리는 것으로 불려왔어. 그래서 이렇게 새로 이름을 지을 수밖에 없다구."

마송은 빙글거리면서 현백을 향해 입을 열었고 현백은 다시금 그를 향해 의혹의 눈길을 던졌다. 마송은 현백을 향해 혀를 한 번 낼름거리고는 젓가락을 들어 자신이 가져온 음식 하나를 입에 집어넣었다.

"혹여 음식에 독이라도 들었을까 의심하는 거라면 걱정 마. 그런 짓을 하려고 여기 나타난 것은 아니니까."

"그럼 무슨 짓을 하기 위해 나타난 거지?"

묵묵히 듣고만 있던 현백의 입술이 열리자 마송은 다시금 빙긋 웃으며 현백을 바라보았다. 그러고 보니 마송의 나이를 짐작하기가 쉽지 않았다.

처음엔 자신보다도 한 열 살 정도 어린 이십대 초반의 젊은 이로 보았건만 지금 보니 조금 나이가 있어 보이는 사람이었다. 그것도 어찌 보면 자신보다도 나이가 더 많아 보였던 것이다.

하지만 나이가 어찌 되었든 잘생긴 얼굴에 붉은 입술은 뭇 여인의 가슴을 뒤흔들기에 충분해 보였다. 물론 현백은 그런 생각이 든 것이 아니었다. 그 붉은 입술이 나풀거릴 때마다 왠지 모를 섬뜩함이 느껴졌던 것이다.

"보고 싶었지. 큭큭, 중원에 오자마자 신기한 것들투성이라 보는 재미도 쏠쏠하지만 제일 중요한 것은 내가 상대해야 할 사람이 아니겠어? 흠… 근데 지금 보니 조금 실망할 것도 같고……."

현백의 몸을 아래위로 훑어보면서 마송은 입을 열었다. 현백은 두 눈을 살짝 좁히며 상황을 살폈는데 그때였다.

"일단은 저 두 녀석부터. 음양갑(陰陽鉀)이라고 불리는 놈들인데 여태껏 들어왔던 말보단 주먹이 쓸 만한 놈들이거든?"

"……."

마송의 말에 고개를 돌린 현백의 눈에 두 사람의 모습이 들어왔다. 처음 이곳에 왔을 때부터 현백에게 정보를 대놓고 알려준 사람들이었는데 어느새 그들의 기운이 확 변하고 있었다.

 현백조차 그들을 그다지 고수로 느끼지 못했거늘, 지금 보니 상당한 무공을 지닌 사람들이었다. 마주하는 것만으로 양쪽 어깨가 뻐근하게 느껴질 정도로 말이다.

 스웃!

 자리에서 일어나며 현백은 뒤로 신형을 빼내었다. 양쪽으로 늘어선 두 사람의 가운데에 자리하면서 양 무릎을 살짝 굽혔다.

 꽈아악.

 오른손으로 허리춤의 도파를 꽉 쥔 채 현백은 상황을 살펴보았다. 슬며시 현백의 양 발꿈치가 허공으로 살짝 들리고 있었다.

2

 "대사자님, 여기……."

 "아… 너도 앉아라, 소취(燒取). 흐음 이거 꽤나 흥미로운데? 음양갑을 상대로 저리도 수월하게 움직이다니… 본 실력은 나오지도 않았는데 말이야."

마송은 눈을 반짝거리며 앞을 바라보고 있었다. 옆에선 묘령의 여인이 소반에 술병을 든 채 다가왔지만 그의 신경은 여전히 앞에만 쏠려 있는 듯 보였다.

"대사자님, 지금 그것이 문제가 아닙니다. 월성님께서 이렇게 대사자님이 먼저 움직이신 것을 알기라도 하시면……."

"마송… 그냥 마 대인이라 불러라. 크크, 대인이라… 왜 내가 진작 이 생각을 못했을꼬?"

마송은 빙글빙글거리며 소취라 불린 여인의 말은 싹 무시하고 있었다. 오로지 그는 눈앞에 보이는 현백에게만 신경이 가 있는 듯했는데 그도 그럴 것이 현백의 움직임은 정말 박진감 그 자체였다.

잠시 움직인다 싶으면 어느새 일 장여의 공간을 격하고 좌우로 흔들리고 있었고 상하의 움직임 또한 그 폭이 컸다. 음양갑 두 사람이 옷깃 하나 스치지 못하고 있는 것도 이해가 가는 일이었다.

"아무리 저 두 사람이 그리 변변치 못하다고 해도 이 중원에선 그리 적수를 찾기가 쉽지 않을 텐데… 이거 예상보다 더 대단한 친구인걸?"

"……."

벙글거리는 마송을 향해 소취는 아무런 말을 하지 않았는데 뭐 말한다고 들을 사람이 아닌 것은 확실했다. 하나 그녀는 불안한 기색을 숨기지 않은 채 마송을 바라보았는데 마송은 보지 않는 척하면서도 이미 그녀의 기색을 알고 있는 듯 입을 열었다.

"괜찮다. 아직 월성님께서 중원에 당도하실 때도 아니고 설혹 당도했다 하더라도 날 탓하진 않으실 것이다. 내가 하는 일보단 이사자와 삼사자가 하는 일이 더 많을 테니… 관심은 그쪽에 가 있겠지. 내게 아무런 하명도 없는 것이 그 증거가 아니겠느냐?"

"하오나 그건……."

"아, 됐다. 일단은 눈앞의 유희를 즐기자꾸나. 이렇게 좋은 볼거리를 두고 잡담이나 하는 것은 실례니 말이다."

"……."

초롱한 눈을 빛내며 마송은 앞으로 온 신경을 기울이기 시작했고 그것으로 두 사람의 대화는 끝이었다. 그리고 현백과 음양갑의 대결 역시 막바지로 치닫고 있었다.

음양갑이라… 별호인지 아님 진짜 이름인지 모르지만 작명하는 느낌으로 봐서 그것이 이름일 가능성이 농후했다. 마송이란 즉흥적인 이름을 짓는 주인 밑에 있으니 또한 즉흥적인 이름이 나왔을 터였다.

어쨌든 상대는 그 우스꽝스런 이름과는 달리 실력이 상당했다. 아니, 상당하다는 말로는 부족했고 훌륭하다는 표현이 맞았다.

특히나 두 사람의 합격은 흠잡을 데가 없었는데 수많은 세월을 함께해서 그런지 한 치의 오차도 없이 초식들이 연결되고 있었다. 현백이 그 틈을 찔러 들어갈 수도 없었던 것이다.

아직까지 현백은 본격적으로 무공을 올리진 않았다. 그렇다고 해서 그가 이들을 얕보는 것은 아니었는데 내력을 올려 자신의 무공을 시전하게 되면 피를 봐야만 했다. 현백 자신도 어찌할 수 없을 정도로 상황이 흘러가 버리게 되는 것인데 아직은 저 마송이란 자에게 좀 더 정보를 들어야만 했다.

아직 이들의 정체조차 알 수가 없었으니 좀 더 말해보면서 알아야 하겠기에 일단은 이들이 원하는 대로 움직여 줄 수밖에 없었다. 이 승부를 승부로 연결지은 후에야 무슨 이야기라도 할 수 있을 듯 보인 것이다.

피이이잉!

잠시 딴생각하는 사이 섬전 같은 일격이 날아오고 있었다. 현백은 신형을 뒤로 날리며 두 사람의 공격을 피했는데 두 사람은 기회라고 생각했는지 숨 쉴 틈 없이 공격을 해오고 있었다.

"차아앗!"

"합!"

커다란 기합성과 함께 이들의 양손이 번개처럼 움직였는데 현백은 그들의 손을 향해 양손을 마주 나갔다. 힘 대 힘으로 부딪칠 심산인 것이다.

이들은 장력을 위주로 하는 사람들이었다. 그다지 특징적인 뭔가를 가진 것이 아니라 현백이 의아해할 정도였는데 어쨌든 그 내력이 함부로 마주하기 힘들 정도로 강했기에 그동안 정면 대결을 피했었다.

그런데 상황이 한순간에 정면 대결을 해야 할 상황으로 몰렸기에 현백은 양손을 내민 것이다. 그가 겉에 입고 있는 긴 장포 소매에 내력을 집중해 철포삼의 무공을 펼치려 한 것인데 그때였다.

차라랑!

"……!"

현백의 눈이 순간 커졌다. 기이한 소리와 함께 달려오는 두 사람의 양손에 기이한 것이 보였다.

둥그스름한 물체가 손에 씌어져 있었다. 그것이 무엇인지 현백은 아주 잘 알고 있었는데 그건 전장에서나 볼 수 있는 수갑이었다. 얇은 강철을 여러 겹 덧대어 만든 수갑이었던 것이다.

보통은 손가락을 움직일 수 있도록 마디마디별로 나뉘어 있기에 일반 병사는 쓸 수 없었고 상당한 지위에 있는 사람이나 쓸 수 있는 것이 이 전투용 수갑이었다.

물론 지금 보이는 이 수갑이 그런 장성용으로 제작된 것이 아니라는 것은 이 투박한 생김새만 봐도 알 수 있었다. 다만 분명히 맨손이었는데 한순간 이렇게 수갑이 씌워진 것이 신기했다. 일단 현백은 예정대로 양손을 쭉 뻗었다. 그리곤 흔들거리는 소매에 진기를 주입한 후 양손을 풍차처럼 휘돌렸다.

따다다당!

"철포삼… 젠장!"

한 사내의 입에서 거친 소리가 흘러나왔다. 설마 현백이 철포삼을 익히고 있을 줄은 몰랐다는 듯한 표정이었는데 현백은 어금니를 꽉 깨물며 양손을 쳐 올렸다.

쩌어어엉!

"읏!"

"큭!"

짧은 비명성과 함께 두 사람의 양손이 허공으로 치켜 올려지고 있었다. 현백이 소매로 두 사람의 손목을 말아 올린 후 위로 들어올린 것이다. 기회였다. 현백은 양손을 앞으로 쭉 내민 채 장을 날렸다.

그저 슬쩍 밀어 올리는 정도? 큰 타격을 줄 생각은 없었던 것이 현백의 본심이었다. 이어 현백은 양 손바닥을 두 사람의 가슴에 대고 살짝 장을 날렸다.

찌이잉!

"……!"

이상한 감각이었다. 아무리 무공을 많이 해 마치 가슴이 돌처럼 단단해진다 해도 이런 감각은 아니었다. 현백은 얼굴을 확 굳히며 내력을 끌어올린 후 다시 장을 쳐내려 했다. 지금의 일격은 이들에게 전혀 해가 없었다.

그러나 그건 현백의 마음일 뿐이었다. 어느새 두 사람은 뒤로 한 걸음 크게 물러났다가 다시 돌진해 오고 있었다. 그리고 그제야 현백은 이들의 이름이 왜 음양갑인지 알 것 같았다.

얼굴을 제외하고 전신이 갑주였다. 그 갑주의 위력이 얼마만큼인지 모르지만 여타한 공격은 모두 무위로 돌릴 수 있을 만큼 갑주의 힘은 대단했다.

"크큭! 섣부른 동정심이 어떤 결과를 낳게 하는지 보여주마. 차아앗!"

"야아압!"

두 사람은 뭐가 그리 재미있는지 모르지만 얼굴 가득 비웃음을 띤 채 현백을 향해 섬전같이 몸을 날리고 있었다. 문득 현백의 눈에 두 사람의 양손에 번뜩이는 무언가가 들려 있는 것이 보였다.

비수… 그건 날이 섬뜩하게 서 있는 비수였다. 순간적으로 내력 또한 근 두 배 이상 커진 것을 보고 현백은 어떤 상황인지 알 수 있었다. 자신처럼 이들 또한 현백의 움직임을 마냥 주시하고만 있었던 것이다.

그렇다면 이제 상황은 더 두고 볼 것도 없었다. 상대가 전력을 다하겠다고 나온다면 그 역시 전력을 다해야 했다. 현백의 몸 주위에서 하얀 구름이 피어오르기 시작했다.

사아아아아아…….

흡사 짙은 운무와 같은 옅은 연기가 사방으로 깔리자 달려오던 두 사람의 눈에 이채가 띠어지고 있었다. 이어 한순간 그 연기들이 모두 현백의 몸 안으로 빨려 들어가자 그들의 놀라움은 배로 늘었다.

우우우웅!

현백의 몸 주위에서 강렬한 내력의 울림이 터져 나오고 있었다. 아울러 그의 머리카락은 허공으로 너풀거리기 시작했다. 기어이 연천기가 그의 몸에서 끌어올려진 것인데 현백은 얼굴을 들어 두 사람을 향해 시선을 던졌다.

"……!"

"헉!"

달려오던 두 사람이 놀랄 정도로 현백의 모습은 완전히 변해 있었다. 그들의 눈에 비친 현백의 눈은 양쪽으로 길게 그 빛의 꼬리를 남겨놓고 있었다. 그리고…….

스스스슷!

그 빛의 꼬리가 좌우로 근 일 장 이상으로 늘어나고 있었는데 사실 늘어난다기보다 늘어나는 것처럼 보이고 있었다. 도무지 그들은 현백의 신형이 어디에 있는지를 알 수가 없었고 그래서 한순간 당황할 수밖에 없었다.

아니, 정말 한순간이었다. 이내 마음을 침착하게 가라앉힌 그들은 현백의 신형을 찾을 수 있었다. 하나 이미 너무 늦은 감이 있었다.

카라라락!

화끈한 느낌과 함께 두 사람의 가슴에서 불꽃이 일자 두 사람은 섬뜩한 느낌에 자신도 모르게 뒤로 신형을 움직였다. 하나 공격은 그것으로 끝이 아니었다.

캉… 카칵… 카카카칵!

딱히 어느 부분이라 말하기 힘들 정도로 온몸 구석구석에서 강렬한 불꽃이 일어나자 두 사람은 혼비백산했다. 이건 어찌해 볼 도리가 없었는데 보이는 것이라곤 길게 잔영이 드리워진 현백의 눈뿐이었다.

그렇게 두 사람이 어찌해 볼 도리 없이 현백의 공격을 온몸으로 고스란히 맞고 있을 때였다. 삽시간에 온몸 여기저기가 욱신거리기 시작할 때즈음, 두 사람의 눈이 휘둥그레졌다.

피리리릭!

도가 날아오고 있었다. 그냥 도가 아니라 상당한 떨림을 가진 도가 한꺼번에 두 사람의 목을 향해 날아오고 있었기에 두 사람은 황급히 양손을 올렸다. 그러자 현백의 도는 그대로 두 사람의 손목에 적중했다. 그런데,

쩌저저정!

"크억!"

비명이 절로 나올 정도로 강대한 힘이 느껴지는 것은 둘째

치고 한 번의 공격이 아니었다. 순식간에 세 번 이상의 공격이 그들에게 휘몰아친 것인데 이어 아주 어처구니없는 일이 벌어졌다.

카카칵… 파아앙!

"……."

자신들의 양팔이 허공으로 치켜 올려졌다. 마치 누군가 아래에서 팔을 쳐 올린 것 같은 그런 효과였는데 두 사람은 그것이 누구의 짓인지 너무나 잘 알고 있었다. 바로 현백의 도법이었던 것이다.

기이하게도 한 번의 칼질을 하는 것이 아니었다. 한 번의 손놀림으로 마치 세네 번 이상의 도를 휘두르는 듯한 착각이 들고 있었는데, 아니, 실제로 그렇게 되었다. 그래서 지금 그들이 허공에 만세를 부르고 있었던 것이다.

어쨌든 상황은 거의 끝이 난 것이나 마찬가지였고 그들은 패했다. 하나 현백의 도는 멈추지 않고 있었다.

파아아앗… 콰가가각!

막 두 사람의 목을 단숨에 날릴 순간, 현백의 도가 가까스로 멈추어졌다. 물론 그건 두 사람이 행한 것이 아니었다. 그들보다도 머리 하나는 작은 사람, 바로 마송의 손에 의해 멈추어진 것이다.

"이 정도면 충분하다고 생각했건만 당신은 멈출 생각이 없는 것 같군 그래."

"사람 놀려놓고 상황 불리해지니 멈추길 원한다? 그건 어디서 나온 발상이지?"

"……."

현백의 말에 마송은 얼굴 가득 미소를 머금었지만 그건 그냥 흔히 볼 수 있는 미소가 아니었다. 그건 살소였다.

"어쨌든 인상적인 도법이군 그래. 아니, 도법이라 말하기도 좀 그렇긴 한데… 무슨 도법이지?"

오른손 검지와 엄지로 살짝 현백의 도를 잡고 있는 것으로도 현백의 도는 꼼짝할 수가 없었다. 그만큼 상당한 무위를 지니고 있는 것인데 마송은 흥미가 도는 듯 현백에게 입을 열었다.

"이름을 가르쳐 주는 것은 좀 그렇고… 꼭 그렇게 이름이 필요하다면 그냥 살법(殺法)이라고 하지. 별다른 이름도 생각나지 않으니……."

"훗! 재미있는 친구야."

현백의 대꾸는 좀 전의 상황을 그대로 재현한 것이었다. 마송은 피식 웃으며 상황을 즐기는 듯했지만 그의 얼굴에 걸린 살소는 지워지지 않았다.

"좋아. 역시 그 입심만큼이나 실력이 대단해야 할 터인데… 어디 한번 볼까나?"

따아아앙!

손가락으로 현백의 도를 튕겨내며 마송은 허리를 슬며시

숙이고 있었다. 내력은 정말 대단했는데 엄지와 검지를 튕겨 낸 것만으로 현백의 도는 뒤로 크게 젖혀지고 있었다.

 마송은 그 틈을 놓치지 않고 현백의 허리춤을 노리고 있었다. 양손에 무기는 없지만 빠르게 다가오는 그의 손길은 검보다도 더욱더 강한 기운을 품고 있었기에 현백은 감히 가벼이 여길 수가 없었다.

 휘리리링!

 뒤쪽으로 휘도는 검을 잡아당기며 현백은 바로 도를 앞으로 내었다. 그 모습에 마송은 이채를 띠었는데 현백의 반응은 일반적으로 볼 수 있는 반응과는 많이 달랐던 것이다.

 보통 사람들이라면, 아니, 무공이 조금이라도 낮은 사람이라면 당황하기 마련이었다. 자신의 병기가 손가락 두 개에 잡히는 것만 봐도 이미 반쯤은 기가 죽기 마련인데 현백은 전혀 그런 기미가 없었다.

 오히려 그런 사실을 잊기라도 한 듯 현백은 바로 공세로 나오고 있었다. 무공의 수위를 떠나 본인이 가지고 있는 경험이 정말 대단하다고밖에 생각될 수 없었는데 마송도 더 이상 그저 다른 사람들을 상대하듯 할 수는 없었다.

 당장에 공세로 가던 신형을 수세로 돌아서며 마송은 현백의 도를 기다렸다. 아무래도 거리를 좁히면서 공세를 취하기엔 현백의 신법이 마음에 걸렸다. 보기만 해도 상당한 빠르기였고 어느 쪽으로 움직일지 예상 자체가 안 되었던 것이다.

피이잇!

쐐기처럼 날아오는 현백의 도를 다시금 손가락으로 퉁기며 다음 공격을 생각하려 할 때였다. 갑자기 마송의 눈을 의심하게 하는 일이 생겨났다.

파라라랑!

"……!"

도의 궤적이 달라지고 있었다. 그냥 날아온 것이 아니라 좌우로 떨림이 엄청나 어느 쪽으로 움직일지 모르는 상황이었다. 그리고 그제야 마송은 음양갑 두 사람이 왜 그리 고전했는지 알 수 있었다.

현백의 무공은 보는 것과 마주해 보는 것이 달라도 너무 달랐다. 그저 단순히 앞에 놓고 도를 휘두르는 아주 단순한 동작이지만 그 동작에서도 속도와 변화가 너무나 다양했다. 한마디로 그냥 흘려버릴 것이 아니었던 것이다.

스슷… 채링!

양쪽 품에 손을 넣다가 바로 빼자 마송의 양손에 긴 갈고리가 보였다. 철조가 그의 주 무기인 듯했는데 철조의 크기가 보통보다 조금 긴 편이었다.

일 척이 조금 넘는 크기의 길이에 네 개의 갈고리가 달려 있는 형상이었다. 손가락에 끼는 것이 아니고 손목에 끼우는 것이라 철조 자체의 변화는 그리 많지 않겠지만 대신 손목에 연결했기에 힘은 더욱더 받을 수 있는 구조였다.

그 철조를 휘두르며 마송은 뒤로 신형을 빼내었다. 그러면서 현백의 도와 마송의 철조가 허공에서 얽혔다.

까라라라랑!

귀청을 아릿하게 만드는 소리와 함께 불꽃이 번뜩이면서 두 사람은 서로에게 공격을 퍼붓기 시작했다. 근 일다경 동안이나 계속된 대결이었는데 보고 있던 음양갑이나 소취 모두 두 눈을 휘둥그렇게 뜰 수밖에 없는 광경이었다.

"야, 강무야. 저놈의 무공이 저 정도였냐?"

"글쎄다… 분명 저 정도가 아니었는데……."

"……."

소취는 바로 옆에서 이야기하는 두 사람을 보며 의아한 생각이 들었다. 방금 전 상대해 본 두 사람이니 너무나 잘 알고 있을 터인데 왠지 첨 보는 사람을 보는 듯한 말투를 하고 있었던 것이다.

"저… 두 분, 그게 무슨 말씀이신지요?"

너무나 낯선 광경을 보는 듯한 두 사람의 말에 소취가 궁금증을 참지 못하고 묻자 음양갑 두 사람의 말문이 열렸다.

"그게… 분명 저자의 무공이 높기는 하지만 주군과 어깨를 나란히 할 정도는 아니었다는 거다."

"그래, 강무 이놈의 말과 같아. 아무리 본신무공을 숨긴다 해도 한두 번 손을 섞다 보면 알게 되거든. 근데 분명 우리가 느낀 정도를 넘어서고 있어. 이것 참……."

두 사람은 알 수 없다는 듯 고개를 갸웃거렸고 소취는 그저 두 사람을 바라만 보았는데 아무리 생각해도 현 상황이 잘 이해가 가질 않았다. 이 두 사람의 면면을 살펴보면 말이다.

음양갑이라 싸잡아서 불리는 두 사람이지만 그거야 그들의 주군이 부를 때나 그런 것이고 실제론 음양쌍조(陰陽雙爪)라 불리는 두 사람이었다. 강무(姜務)와 야우상(夜優常)이란 이름을 가진 두 사람이었는데 이미 상당한 무공을 쌓은 사람들이었던 것이다.

중원에서야 어떨지 모르지만 이미 그들이 있던 곳에선 아주 대단한 지위를 차지하고 있는 사람들이었다. 흑월 내에서 호교사(護敎士)의 지위를 차지하고 있던 사람들인 것이다.

한데 그런 사람들이 고개를 갸웃거리며 저 현백이란 사내를 판단하기를 미루고 있다는 것 자체가 정말 대단한 일이었다. 그만큼 생각보다 실력이 뛰어나다는 뜻이기도 하고 말이다.

"하나 왠지 주군에겐 잘된 일인 거 같은데?"

"그래… 그런 것 같기도 하다."

"……?"

뜻 모를 이야기를 중얼거리는 두 사람을 보며 소취는 눈을 동그랗게 떴는데 그런 소취의 모습을 보며 야우상이 피식 웃으며 입을 열었다.

"소취, 주군의 얼굴을 봐라. 그럼 우리가 무슨 말을 하는 것인지 알 것이다."

"……!"

야우상의 말에 따라 고개를 돌린 소취는 두 눈을 동그랗게 떴다. 주군에게 잘된 일이라는 두 사람의 말이 무슨 의미인지 단박에 알 수 있었던 것이다.

웃고 있었다. 그의 주군. 스스로를 일컬어 마송이라 칭했던 사내의 입가엔 작은 웃음이 감돌고 있었던 것이다.

키키킥.

한순간 철조와 도가 얽히며 두 사람은 움직이지 않은 채 힘겨루기를 시작했다. 하나 말이 힘겨루기지 사실 균형 잡기라 하는 것이 더 나은 상황이었다.

물론 이런 상황이 되면 현백보다는 마송이 더 유리했다. 현백은 양손으로 한 개의 도를 지니고 있었고 마송은 양손이 자유로웠다. 힘을 두 군데로 밀어낼 수 있는 장점을 지니고 있었던 것이다.

"크훗… 이거 생각보다 짜릿한데? 정말 보면 볼수록 놀라워."

"……."

말하기도 힘들어 온 힘을 집중하는 현백에 비해 마송은 아직까지 내력에 여유가 있는 듯 싱글싱글 웃으며 입을 열고 있었다. 그는 현백의 모습을 좀 더 바라보며 뭔가를 생각하는 듯하더니 이내 다시금 입을 열었다.

"더 놀고 싶지만 아쉽군 그래. 내게 시간이 그리 많지 않으니. 자, 마지막으로 한판 시원하게 해보자고. 차아압!"

까라라랑!

양손을 좌우로 엇갈리면서 마송은 현백의 도를 크게 휘돌리려 했고 현백은 바로 도를 뒤로 빼내었다. 이제 와 철조에 도가 잡힌다면 낭패도 이런 낭패가 있을 수 없었던 것이다.

신형을 뒤로 빼냄과 동시에 그는 도를 들어 마송을 치려 했다. 그런데,

파아아앗!

"……!"

마송의 신형이 오른쪽으로 크게 움직이고 있었다. 수없는 잔영을 남긴 채 직선으로 움직이는 그의 모습에 현백은 순간 움직이던 신형을 멈추었다.

파앙… 사아아앗!

한데 이번엔 다시 반대편으로 크게 움직이고 있었는데 좀 전에 보였던 잔영도 아직 사라지지 않았는지라 순간적으로 수십여 개의 신형이 눈앞에 보이는 상황이었다.

그냥 좌우로 크게 움직이는 것뿐, 더 이상의 변화가 없었음에도 불구하고 현백은 긴장을 최고조로 끌어올렸다. 이 잔영들의 교차 속에서 그는 마송의 신형을 완전히 놓쳤던 것이다.

분명 눈은 움직이고 있기는 했다. 먼저 좌측, 그리고 우측으로 흔들렸던 그의 신형을 생각해 볼 때 지금 우측에서 다가

오고 있다고 보는 것이 정석이었다. 한데 왠지 그의 본능은 그렇지 않다고 외치고 있었다.

뭐라고 해야 할까… 마치 뭔가 큰일이 생기기 직전 온몸이 그 경고를 하고 있다고나 할까? 딱히 설명할 수는 없지만 그런 느낌이었다. 이성과 본능이 다른 판단을 하고 있었던 것이다.

"하아……."

현백은 작은 한숨과 함께 그가 끌어올릴 수 있는 내력을 모두 끌어올렸다. 한계점에 도달하면 자칫 잘못될 수도 있지만 상황은 그런 것을 가릴 만한 때가 아니었다.

천불파조(天佛破爪). 이것이 마송이 시전하는 무공의 초식 이름이었다. 수많은 부처들을 부순다는 괴이한 이름이지만 사실 그 이름이 맞는 말이었다. 이 무공의 끝은 천 개의 불상을 모두 파훼하는 것에 있으니 말이다.

물론 말이 천불이지 실제로 천 개의 불상을 모두 파괴할 수는 없었다. 진짜로 한다면 약 이십여 개의 목표를 순차적으로 부술 수 있었다. 물론 처음과 끝의 시간 차이는 거의 없고 말이다.

약 반 장 안의 공간에 있는 모든 것을 순차적으로 부수는 이 초식은 여태껏 그를 한 번도 실망시킨 적이 없었다. 그의 성명절기나 마찬가지인 것인데 그래서인지 현백 역시 우왕좌왕하고 있는 것이 보이고 있었다.

꽤나 놀라운 친구였다. 현백이란 이 친구… 이 초식 외에 그 어떤 것도 모두 파훼해 내고 있었다. 그의 사부이자 상관인 월성이 주목하고 있을 충분한 이유가 되었다. 그러나 그뿐이었다.

솔직히 이 강호에 들어오기 전 왜 이자에게 월성이 그토록 주목하고 있는지 그는 알 수가 없었다. 강호에 들어와서 제일 먼저 하고 싶은 일이 바로 이자를 찾아 겨루어보고 싶었다. 하나 그동안은 월성의 눈치를 보느라 만날 수가 없었다.

이제 그가 속한 흑월의 거의 모든 세력이 강호에 들어왔고 나름대로 자리를 잡으며 준비를 하고 있는 상황이 되기에 그는 현백을 찾았고 지금 겨루고 있었다. 물론 그만큼 보람도 있었고 말이다.

확실히 보람은 있었다. 이렇게 한순간이나마 자신을 즐겁게 하는 상황이 되니.

마송은 신형을 움직이며 마무리를 했다.

파파팟… 파아앙!

좌우로 한두 번 더 움직여 놓은 후 그는 철조를 양 옆구리에 낀 채 허공으로 몸을 날렸다. 내력을 최대한 죽인 상태에서 날아가는 그의 신형을 본 사람은 여태껏 아무도 없었다. 보통 무림인들보다도 한 배 반 정도 **빠른** 것이 그의 신형이니 말이다.

소리없이 공중으로 올라가 그는 양손을 좌우로 크게 펼쳐

내었다. 바야흐로 이젠 떨어지며 현백의 몸을 가르는 일만 남았다. 물론 그를 지금 죽일 수는 없었다.

그저 표시만 나면 될 뿐이었다. 월성이 이르길 아직 현백을 건드려선 안 된다고 하니 그렇게 할 뿐이었다. 마송은 싱긋 웃으며 목표를 잡았다. 목표는 그의 왼 어깨였다.

해칠 마음이 없기에 살기도 내보이지 않았으니 상황은 자신에게 너무나 유리했다. 이대로 내려서면서 그냥 내리긋기만 하면 되는 것이다. 아주 싱거운 순간이고 말이다.

그런데 그 순간이었다. 그의 눈을 의심하게 하는 상황이 펼쳐지고 있었다.

쩌어어엉!

"……!"

막아내었다. 모든 상황을 다 풀어내고 현백이 그의 철조를 막아낸 것이다. 어처구니없는 상황에 그는 놀란 눈을 그대로 현백에게 보냈다.

현백의 두 눈 역시 그를 바라보고 있었다. 일체의 감정이 없는 두 개의 눈동자… 양쪽으로 긴 내력을 흘려내는 그의 눈은 한 마리 야수와도 같은 눈빛이었다.

第四章

풍도 (2)

1

"지금 뭘 해달라고?"

"못 들은 건가 아님 못 들은 척하는 것인가? 또 이야기를 해주어야 정말 할 건가?"

낭인왕 옥화진의 얼굴이 확 구겨지고 있었다. 자신의 앞에서 비릿한 미소를 지으며 입을 여는 몽오린을 보며 그는 한줄기 살기마저 띠고 있었는데 당장이라도 옥화진이 몽오린을 집아먹을 듯이 노려보고 있었다.

"정말 못 들었다면 내 다시금 이야기해 주지. 우린 다른 곳에 볼일이 있으니 추풍곡(推風谷)엔 그쪽이 가란 이야기지. 이제 명료하나?"

"아니, 절대로 명료하지 않은데?"

몽오린의 말에 옥화진은 여전히 얼굴을 풀지 않은 채 이야기하고 있었다. 정말 여차하면 무력행사라도 할 듯한 표정이었는데 그때 옆에서 사근한 목소리가 사람들의 귓가에 들려왔다.

"아이 참… 자꾸 이러시면 서로가 곤란할 따름입니다. 옥대협, 상주(常主)대인께서 저희를 물심양면으로 돕겠다 하셨습니다. 하면 그리해야 하는 것 아닌지요."

"그렇다 하나 이건 경우가 달라도 너무 다르지 않소이까? 모든 계획이나 실행 전부를 그쪽에서 전담하다 이제 와 우리 보고 가라니? 그쪽은 전력을 보존하고 우리 수하들의 피를 흘리게 하겠단 속셈 아니오?"

삼사자의 듣기 좋은 목소리는 바로 이어지는 밀천사 양각의 목소리에 확 묻혀 버리고 있었다. 도무지 이 두 부류는 하나로 합쳐지기가 힘들었는데 몽오린은 실실 웃으며 다시 입을 열었다.

"이거야 원, 하나에서 열까지 다 사사건건 트집이니 왜 이곳에 있으라는 것인지 알 수가 없구만. 이래서야 서로 연합이라 할 수 있겠소?"

"나야말로 묻고 싶군. 말이 좋아 연합이지, 그쪽에서 뭐 하나 시원하게 제공한 것이 있었나? 처음부터 지금까지 요구만 했을 뿐, 그 요구를 모두 들어준 것이 우리다. 잊었나?"

오늘 양각이 보는 옥화진은 조금 다른 사람이었다. 그동안의 그답지 않게 호락호락하지 않는 모습을 보여주고 있었는데 그건 너무도 당연한 일이었다.

 뭐, 양각이야 그동안 이들을 탐탁지 않게 여겼기에 좋은 감정이라곤 있을 수가 없었고 대신 감시의 눈길만을 보냈었다. 수하들을 통해 뒷조사를 하는 것은 물론이었는데 그 감시의 눈길을 통해 한 가지 기이한 사실이 걸려들었다.

 이들은 지금 뭔가를 획책하고 있었다. 그것이 어떤 것인지는 정확히 알 수 없으나 상당한 파장이 있는 일이라는 것만은 부정할 수 없었다. 곳곳에 상당한 인원들이 움직이는 흔적이 발견되었던 것이다.

 보고로 미루어볼 때 한 파의 흥망성쇠를 쥐락펴락할 수 있을 정도의 병력이라 하니 보통 문제가 아니었다. 한데 그들을 놔두고 자신들이 가진 병력을 사용한다고 하니 화가 머리끝까지 나고 있었던 것이다.

 "큭… 그래, 상주대인을 만나 이야기를 좀 해야겠군. 도대체 아랫것들을 어떻게 관리하기에 이렇게 손님에게 안하무인인지 정말."

 "입에서 나온다고 다 말이 아니다. 상황 봐가면서 때론 꼬리 내릴 땐 그만한 단어도 생각하면서 이야기해야 말이라 할 수 있다. 알겠나?"

 기어이 서로 간의 감정이 상하는 소리가 나오자 두 사람의 눈에서 불꽃이 튀고 있었다. 누군가 옆에서 한마디만 하면 바로 싸울 듯한 태세였는데 그때였다.

"그리 좋은 광경은 아니구나."

"……! 대인을 뵙니다."

"오셨습니까, 대인."

차분한 목소리로 입을 연 노인을 향해 양각과 옥화진은 고개를 숙여 예를 취했다. 그러나 옆의 두 사람은 그저 고개만 까닥일 뿐이었다. 게다가 예를 취하기도 전에 몽오린의 입이 열리고 있었다.

"참으로 웃기는 상황입니다. 대관절 왜 이렇게 비협조적입니까? 이렇게 나오시면 저도 나름대로 대책을 강구할 수밖에 없습니다."

"……."

확실히 양각이나 옥화진의 입장에서 보면 속 터질 일이었다. 적반하장도 이런 적반하장이 없었던 것이다.

모든 것을 다 주었음에도 이 미친 자는 계속 뭔가를 원하고 있었다. 이젠 자신들의 목숨까지도 원하고 있었던 것이다.

"그럼 강구해 보던지."

"…뭐요?"

문득 들려오는 대인의 목소리에 몽오린의 눈이 한껏 작아졌다. 다른 사람도 아니고 이곳의 최고 책임자가 삐딱하게 나오니 그로서도 일순 할 말이 없어졌던 것이다.

"어린 놈이구나. 설마 하니 우리가 너희들에게 책이라도 잡혀서 이렇게 봐주는 것으로 알고 있더냐? 정말 그렇게 알고 있느냐?"

"……."

몽오린은 순간 아무런 할 말이 없었다. 물론 그 역시 지금 상주대인이 말한 것처럼 생각하고 싶진 않았다. 그게 아니라 너무나 달라진 태도에 할 말을 잃은 것이다.

"착각들 하지 마라. 내가 너희들을 돕는 이유는 단 하나, 그것이 우리의 목적에 부합된다고 여겼기 때문이다. 한데 그것을 빌미로 기고만장하는 꼴은 묵과하기 힘들다."

"뭐라? 아니, 이자가 정말 우리를… 커어억!"

"내 말이 무슨 뜻인지 정말 모르는 모양이구나."

몽오린은 도끼눈을 뒤집으며 발작하려다 이내 목을 거머쥐었다. 한데 그의 목엔 그보다 먼저 다른 사람의 손이 올라와 있었다. 바로 그가 상주대인이라 불렀던 사내의 손이었다.

"네 무공이 얼마나 대단한지 몰라도 내 앞에선 쥐새끼나 다름없다. 그럼에도 불구하고 여태껏 네 기를 살려준 것이 어떤 의미인지 아직도 모르겠나?"

"커… 커……."

"알아서 생각하고 알아서 양보하란 뜻이었다. 그런데 아무래도 네가 내 뜻을 오해한 것 같구나. 아니 그런가?"

"우우욱!"

우두두.

목에서 기이한 소리가 들려오자 목이 잡혀 있는 몽오린도 놀랐지만 그 옆에 있던 삼사자도 크게 놀라고 있었다. 그녀는 앞으로 한 걸음 바싹 나서며 상주대인에게 입을 열었다.

"아이, 상주대인께서 큰 오해가 있으신 것 같습니다. 저희가 빠르게 일을 추진하다 보니 이젠 일손이 많이 딸려서 그렇습니다. 이렇게 다시 이야기드리니 어서 오해를 푸시와요."

한때 미호라 불렸던 여인은 온갖 교태를 섞어 말하고 있었는데 그제야 상주대인은 손에서 힘을 빼고 있었다. 몽오린은 재빨리 뒤로 물러서며 수중의 검파에 손을 대고 있었다. 한 걸음 뒤로 물러나면서 재빨리 금사검을 뽑아 올렸던 것이다.

"이 빌어먹을 영……."

"감히 어디서!"

째애애애애앵!

몽오린이 금사검을 뽑아 올리자마자 옥화진의 거부가 이미 허공을 가르고 있었다. 두 사람은 부지불식간에 일합을 주고받았고 이어 계속 손을 놀리려 할 때였다.

터텃… 우우우웅…….

기이한 소리와 함께 두 사람의 병기가 서로 부딪칠 찰나, 그들 사이에 누군가 서 있었다. 어느새 상주대인이 그 자리에 서서 두 사람의 병기를 맨손으로 잡고 있었다.

"더 이상의 반목은 용서하지 않는다. 내 말이 말 같지 않게 느껴진다면 그리하도록. 하나 그럴 경우 누구를 막론하고 살기 싫은 것으로 간주하겠다."

"……."

"……."

단숨에 두 사람 사이로 뛰어들어 한꺼번에 병기를 저지한 사람의 이야기였다. 듣고 싶지 않아도 들을 수밖에 없었는데 상주대인은 두 사람을 번갈아 보다 슬며시 손을 놓았다.

"제길… 끄응!"

더 볼 것도 없다는 듯 몽오린은 금사검을 들고 방을 나섰다. 씩씩대며 사라지는 그의 모습에 양각은 고개를 흔들었지만 다행히 삼사자는 나가지 않고 있었다.

"허허허, 과연 패기가 있어. 뭐, 좋은 뜻으로 해석해야겠지. 자네의 일행에게 전하게. 원하는 대로 해주겠다고 말이야."

"정말입니까?"

뜻밖의 상황에 삼사자는 두 눈을 동그랗게 떴다. 거의 상황이 좋지 않은 것으로 생각하고 있었건만 너무 쉽게 이야기가 풀리고 있었던 것이다.

"네 사형인지 누구인지 모르지만 태도는 마음에 들지 않아. 지금 이 순간도 말이야. 하나 그 계획은 마음에 들어. 성동격서가 아닌가?"

"……!"

노인의 말에 삼사자는 입까지 벌리며 놀람을 표시했다. 정말 이렇게 쉽게 자신들의 계획이 탄로날지 몰랐던 것이다.

"헛헛, 그리 놀란 표정 짓지 말게나. 설마 잊은 것인가? 내가 상대하고 있는 사람이 다름 아닌 자네들의 상관임을……."

"아! 역시 상주대인다우십니다. 호호호!"

삼사자는 교태롭게 웃으며 다리를 살짝 꼬고 있었다. 보통 사람들이라면 이런 상황에서 성욕을 느끼겠지만 상대는 전혀 그런 얼굴이 아니었다.

"그리고 상주대인이라… 왜 날 자꾸 그리 부르는지 모르겠군. 내 이름은 초호일세."

"아… 저희가 아직까지 대인의 성함을 모르니까요. 이제 보니 초 대인이셨군요. 하면 그리 알고 소녀는 이만……."

삼사자는 살짝 고개를 끄덕이며 입을 열었고 초호는 고개를 끄덕였다. 그러자 그녀는 역시나 교태로운 걸음걸이로 방을 떠나고 있었다.

"대인, 대체 왜 저희가 저들을 위해 피를 흘려야 하는지 알 수가 없습니다. 정말 우리가 그들에게 무슨 약점이라도……."

"그런 것이 있을 턱이 있더냐? 모든 것은 다 대의를 위해 행하는 일, 그 일을 위해 우린 움직이면 될 것이다."

초호는 양각의 말을 단칼에 잘랐다. 그는 잠시 생각을 하는 듯하더니 옥화진을 향해 입을 열었다.

"자넨 수하의 백여 명 정도만 움직이도록 하게. 많이 알려질 일이 될 것이니 오히려 많으면 거추장스러울 것이야. 아… 양 대주 수하의 아이들도 백여 명 정도 움직이면 되겠군."

"저야 별문제없지만 양 제의 수하 백 명이면 거의 전부입니다. 그래도 괜찮겠습니까?"

초호의 말에 옥화진은 다시금 확인차 질문을 던졌다. 그러자 초호는 고개를 끄덕이며 입을 열었다.

"아마 그래서 이번 일의 최종 책임자는 바로 양 대주가 될 것이야. 양 대주는 이 이백여 명의 사람들을 데리고 지금 출발하게나."

"…정확히 제가 해야 할 일이 무엇인지 묻고 싶습니다."

양각은 최대한 공손하게 입을 연다고 한 것이지만 그 목소리엔 작은 반항심이 여과없이 느껴지고 있었다. 초호는 잠시 그의 얼굴을 보다 입을 열었다.

"네가 할 일… 간단하다. 최대한 시간을 끌면 그뿐이다. 서로 간의 피는 최소한으로 흘려야 함은 당연하고."

"예?"

순간 전혀 다른 대답을 예상했었는지 양각은 다시금 입을 열었는데, 초호는 싱긋 웃으며 말했다.

"허허허, 뭐가 그리 어려운 일이라고 그러느냐? 말 그대로 추풍곡에 네가 사람을 인솔해 가라는 뜻이다. 그곳에서 현백의 동료들을 만나게 될 것이다. 하면 그들과 정면 대결은 피하고 시일을 끌거라. 그뿐이다."

"……."

그냥 시간만 끌라는 말에 양각은 멍한 기분이었다. 하나 초호는 정말 그것이 전부라는 듯 신형을 돌리고 있었다. 문득 돌아서는 그의 등 뒤로 옥화진의 목소리가 들려왔다.

"대인, 한 가지 여쭙겠습니다."

"…응?"

살짝 놀랍다는 듯 초호는 뒤돌아서며 눈썹을 치켜 올리고 있었다. 그가 아는 옥화진은 질문 같은 것이 거의 없었다. 그저 시키면 시키는 대로 하는 이가 바로 그였던 것이다.

"현백의 동료들을 맞이한다면 미끼로 저 두 친구를 써야 할 것입니다. 정말로 그들을 미끼로 쓰실 것입니까?"

"호오… 네 입에서 그런 말이 나오니 기이하구나."

신기한 무언가를 봤다는 듯 초호는 눈을 반짝이며 옥화진을 바라보았지만 옥화진은 흔들림없는 눈빛으로 초호를 바라보고 있었다. 초호는 그의 신색을 살피며 옥화진의 마음을 떠보기에 여념이 없었는데 이윽고 그의 입이 열렸다.

"그들이 바보가 아닌 이상 이것이 함정이라는 것을 알고 있을 것이다. 그럼에도 불구하고 그들은 온다. 그것도 그들뿐만이 아니라 개방의 사람들이 올 것이고 그들을 따라 구파일방의 다른 사람들도 올 터이지. 그러니 진짜 미끼가 있어야 할 필요는 없지. 다 알면서도 오는 길이니. 네 뜻대로 하거라."

"예, 대인."

말과 함께 초호는 신형을 돌렸다. 옥화진은 아무런 말 없이 바라보았다. 이윽고 초호가 사라지고 나서야 양각의 입이 열렸다.

"형님, 아무래도 형님은 그 지충표라는 친구에게 정말 각별한 감정을 느끼시는 것 같군요. 이 우제가 질투가 날 지경입니다."

"훗! 흰소리도 할 줄 아나? 그만 하고 준비하게. 시간이 별로 없으니."

말 같지 않은 말 그만 하라는 듯 옥화진은 손을 휘휘 저으며 입을 열었다. 물론 추풍곡이 이곳에서 별로 멀지 않은 곳이기에 금방 간다고는 하지만 잘 준비해야 손실이 없으니 말이다.

"그건 그렇고, 어떻게 하실 것입니까? 스스로 손을 벌려온 현단지가를 받아들이실 것인지요?"

"……."

갑자기 생각났다는 듯 물어오는 양각의 말에 옥화진은 입을 꽉 다물었다. 그러고 보니 그 일도 처리를 해야 했다. 물론 이 일에 개인 감정이 개입되는 것은 금지였고 말이다.

비록 그 현단지가 지충표의 본가라 해도 그건 지충표의 문제, 더욱이 지충표는 지금 포로의 신분, 그의 입장을 고려할 때가 아니었다. 상황을 이렇게 본다면 이미 답은 나와 있었다.

"받아들여야지. 그러지 않을 이유가 있나?"

"예, 형님. 알겠습니다."

미리 예상하고 있었다는 듯 양각은 입을 열었고 그도 신형을 돌려 사라지고 있었다. 실내엔 이제 옥화진만 남게 되었는데 그는 멍하니 실내를 돌아보고 있었다.

방이라고 해봤자 창문도 없는 답답한 방. 그 방의 한구석에 자리한 채 그는 이 생각 저 생각을 하는 모양이었는데 문득 무언가 생각이 난 듯 두 눈의 초점이 한꺼번에 돌아오고 있었다.

"그렇군……."

한참을 생각하다 정리가 된 듯 옥화진은 조용히 입을 열었다. 방 안에 있는 작은 탁자. 그 앞에 놓인 의자에 앉으며 옥화진은 다시금 입을 열었다.

"현백… 그 친구를 생각하지 않고 있군. 이야기의 논점 중 가장 중요한 것이 빠졌어."

고개를 흔들며 옥화진은 입을 열었다. 확실히 그가 알기로도 지금 현백의 일행과 현백은 이유는 모르지만 따로 움직이는 것으로 확인되었다. 저들의 생각대로 될 리가 없었던 것이다.

"변수를 생각한 것인가? 아님 안 한 것인가?"

딱딱하게 굳은 얼굴로 그는 기억을 떠올리고 있었다. 상호산 상문곡에서 봤던 그 현백의 모습, 한 마리 야수였던 현백의 모습을 말이다.

*　　　*　　　*

"어떻게······?"

뒤로 한참을 물러선 마송은 놀란 감정을 숨기려 하지 않았다. 두 눈을 크게 뜬 채 입을 살짝 벌리고 있었는데 도저히 그는 현백의 무공을 이해할 수가 없었다.

분명 현백은 지금 왼 어깨에 피를 뿌리고 있어야 했다. 그런데 피는커녕 가쁜 숨을 몰아쉴 뿐 전혀 이상이 없었다.

솔직히 처음에 자신의 철조가 막혔을 땐 그저 운이 좋다고 생각했었다. 억세게 운이 좋은 놈이라 생각하고 두 번째 공격을 가했다. 그런데 두 번째도 똑같은 순간에 막히고 있었다.

그가 펼친 조법은 거의 완벽했다. 사람의 시선을 다른 곳으로 돌리고 치명상을 날리는 그의 조법은 그동안 실망시킨 적이 없었다. 그런데 지금 그러한 일이 일어나고 있었던 것이다.

벌써 여덟 번째 공격이었다. 그동안 같은 초식이라도 그 방향과 속도를 모두 달리하여 공격을 했고 그 공격 모두 다 먹히는 듯했다. 그러나 마지막 순간 모두 실패하고 있었던 것이다.

"하하… 나 참……."

멋쩍은 웃음을 지으며 그는 다시금 달렸다. 이제 아홉 번째 공격을 하는 것이다. 그는 아직도 이 현실이 믿기지 않고 있었던 것이다.

툭… 투툭.

이마에서 흐른 땀이 턱을 따라 뺨을 타고 흘러내린다. 그리고 턱 선을 따라 흐른 땀은 그대로 바닥에 하염없이 떨어지고 있었다.

오랜만에 이마에서 땀이 흐르고 있었다. 아니, 그간 이렇게 흘릴 만한 상황을 맞이하질 않았었다. 거의가 동수 아니면 조금 높은 무공, 혹은 낮은 무공을 지닌 사람들, 당연히 겨루는 시간이 짧을 수밖에 없었다.

한데 지금 눈앞에 있는 자. 스스로를 마송이라 부른 이자의 무공은 정말 대단했다. 움직임 그 한 가지만으로 현백을 스스로 수세로 돌아서게 만들었던 것이다.

내력의 크기로 따진다면 개방의 모인보다 조금 아래로 판단할 수 있는 자였다. 그러나 문제는 그 빠르기, 신형의 움직임에서 이보다 빠른 자를 아직 현백은 본 적이 없었다.

쾌검이라면 검의 속도가 빠른 것이고 이는 곧 어깨부터 주의를 하면 어떻게든 풀어볼 수 있는 문제였다. 하나 지금 이 상황은 쾌검보다도 더욱더 힘든 상황이었다.

신형 자체의 속도가 형언불가였던 것이다. 정말 냉정하고 이성적으로 판단한다면 도저히 그의 공격을 막을 수는 없었다. 하지만 그럼에도 불구하고 현백이 마송의 공격을 막을 수 있는 이유는 단 한 가지였다.

감각… 아니, 본능에 의해 그는 움직이고 있었다. 그 본능이 말하는 대로 도를 움직여 상대의 철조를 봉쇄하고 있었던 것이다.

사사사사사사!

이번에도 역시 눈 안 가득 마송의 모습이 보여지고 있었다. 이전보다 더욱 빠르고 기민하게 움직이는 그의 모습은 차라리 현란함에 가까웠다. 현백은 이번엔 아예 눈을 감았다.

더 이상 보아봤자 눈만 현혹됨을 이미 뼈저리게 깨닫고 있었다. 모든 것은 감각에 의존하는 것이 훨씬 낫다는 생각에 그는 조용히 주변을 돌아보고 있었다. 물론 그의 감각 속에서 말이다.

쉿… 쉬싯… 쉿…….

귓가에 바람이 스쳐 가는 것이 느껴지고 있었다. 그 바람 속에서 상대의 움직임이 읽히고 있었지만 판단을 내릴 땐 이미 늦은 상황이었다. 현백은 그 바람의 정보를 버리고 오로지 감각의 판단만을 보고 있었다.

그러던 한순간 신호가 오고 있었다. 뒷머리 쪽에 강렬한 감각이 쪼개지듯 느껴지자 현백은 신형을 빠르게 돌렸다. 그리곤 도를 들어 막으려 할 때였다.

"……!"

바뀌었다. 오른쪽으로 그 감각이 바뀌며 현백을 압박하고 있었다. 현백은 다시금 오른쪽으로 신형을 돌리려다 멈칫했다.

쉬쉬쉬쉬쉿~!

감각이 느껴지지 않는 곳이 없었다. 모든 감각이 다 발동하고 있었고 그 감각 속에서 현백은 일순간 어찌할 바를 몰랐다.

야수의 감각. 그것이 지금껏 현백이 믿는 바였다. 최후의 순간 가장 극렬한 살기를 느꼈기에 그것으로 막아낸 것이 지금까지의 일이었다. 그런데 이젠 그 감각이 이상해지고 있었다.

투툭… 툭.

빠르게 떨어지는 땀방울의 감각도 모른 채 현백은 오로지 생각에 집중했다. 다음엔 이자가 어디를 공격할지만 계속 생각하던 바로 그 순간이었다.

"……!"

현백의 신형이 딱 멎었다. 좌우로 빙글빙글 돌며 당황하던 그의 신형은 더 이상 움직임이 없었다. 아니, 움직일 필요가 없다는 것이 맞는 이야기였다.

보였다. 아니, 보이는 것처럼 느껴지고 있었다. 분명 자신은 두 눈을 감고 있었지만 뭔가가 보이는 것이다.

상대의 움직임, 마송의 움직임이 그대로 보이고 있었다. 좌우, 혹은 상하로 신형을 바꾸면서 움직이는 마송의 모습이 마치 괴물과도 같은 형상으로 눈을 감은 현백의 눈에 보이고 있었다.

어릴 때 어른들에게 들었던 기억, 아니, 그의 사부 칠군향에게 들었던 그 이야기들이 생각나고 있었다. 사람들의 기억 속에 있는 그 이야기는 어린 현백을 오줌 지리게 만들었다.

얼굴도 없는 괴물, 그러면서 크기가 자유롭게 늘어나는 괴물의 형상이 지금 현백의 두 눈에 있었다. 그리고 그 괴물의 한 팔이 쭉 뻗어오고 있었다.

파아아앗!

당연한 말이지만 현백 역시 팔을 뻗었다. 그러자 괴물의 팔이 변했다.

피리리리릿!

삽시간에 늘어나며 현백의 머리를 향해 날아오자 현백은 고개를 슬쩍 돌렸다. 현백의 얼굴에 찬바람이 일고 있었다.

쉬이이이이이……

얼굴 가죽이 화끈거릴 만큼 강렬한 바람이 현백의 얼굴을 스치고 지나갔지만 현백은 왠지 그 바람이 싫지가 않았다. 뒤로 슬쩍 신형을 젖힌 채 그 감각을 온몸으로 느꼈다.

야수… 야수의 감각이라 생각했었다. 온몸 구석구석을 타고 흐르는 이 감각은 야수의 그것과도 같다고 생각했었다.

그런데 아니었다. 이건 야수의 감각이 아니었다. 뭔가 웅크린 그런 감각이 아니라 웅크려질 수밖에 없는 것이었다.

야수처럼 뛰노는 감각. 특별히 감각 기관이 한순간 비약적으로 능력이 올라간 것이라 생각했었건만 그것이 아니었다.

바람, 환연교주 토루가가 했던 이야기를 이제야 현백은 느낄 수 있었다. 동물의 힘이 아니라 자연의 힘이라는 그 말을 말이다.

시시시시싯!

귓가에 삼엄한 바람이 불지만 현백은 모조리 그 바람을 피해내고 있었다. 때론 뒤로, 혹은 좌우로 흔들리며 그 바람이 일러주는 대로 피하고 있었다. 감각은 육체적인 본능이 말하는 것이 아니라 자연의 움직임을 느끼는 감각이었던 것이다.

"……."

그 감각을 온몸으로 느끼며 현백은 차분히 눈을 떴다. 그의 눈에 한 사람의 얼굴이 보였다. 얼굴 가득 땀을 비 오듯 흘리는 마송의 얼굴이었다.

시링!

슬쩍 도를 들어 허공으로 올린 채 현백은 조용히 뒤로 물러섰다. 그리곤 나직한 목소리로 그를 향해 입을 열었다.

"마송이 본명인지 아닌지 모르지만 이 점 하나만은 분명히 하지."

"……."

오른 소매로 이마에 흐른 땀을 닦으며 마송은 질린 얼굴을 하고 있었다. 그런 마송의 귓가에 현백의 목소리가 들려왔다.

"고맙다. 이건 진심이야."

파파파파파팟!

"……!"

말과 함께 마송의 눈에 현백의 신형이 보이기 시작했다. 그가 만들었던 환영보다 수십 배는 더 어지러운 광경이 눈앞에 펼쳐지고 있었던 것이다.

2

풍도(風道), 현백은 그렇게 이름 붙이고 싶었다. 지금 그가 느끼는 그 모든 것들을 일컬어 풍도라 말할 수 있었다.

흐르는 바람은 원인이 분명하다. 그 바람의 흐름에 따라 세상이 흐른다. 세상의 흐름 속에서 현백은 풍도를 쫓아왔었다.

지금껏 그가 움직인 것은 그 풍도를 피해 움직인 셈이었다. 예측할 수 없고 기이막측한, 이른바 야수같이 보일 수밖에 없는 움직임은 그렇게 나타날 수밖에 없었던 것이다. 우연이 아니라 필연적인 결과였었던 것이다.

하나 이젠 알 것 같았다. 눈앞에 보이는 이 마송이란 자와 손을 섞으며 최선을 다해 경주한 끝에 결국 그 이치를 깨달았다. 풍도란 이름을 붙여도 아무런 거리낌이 없을 만큼 큰 깨달음이었던 것이다.

스파아아앗!

거의 눈에 보이지도 않을 만큼 빠른 마송의 조법이지만 현백은 한 치 정도 거리를 둔 채 피해내고 있었다. 밀려오는 바람이 그가 나갈 방향을 일러준다. 하고 싶지 않아도 몸은 이미 이에 익숙해져 있었고 그 익숙함 속에서 빠른 신형으로 움직이고 있었다.

스웃… 째애애애앵!

그 바람 사이에 도를 찔러 넣으면 되는 일이었다. 내력이 흐트러지지 않도록 기식을 잘 조절하면서 움직이는 일은 생각보다 쉬운 일은 아니었다. 그러나 충분히 가능한 일이었고 지금도 그렇게 움직이고 있었다. 당황한 것은 자신이 아니라 눈앞에 있는 마송이었다.

"이익! 이야아압!"
차자자자장!
신경질적으로 조법을 날리면서 마송은 뒤로 크게 물러났

다. 도무지 이해할 수 없는 이 멍청한 상황을 그는 이해할 수가 없었다. 아니, 이해하고 싶지도 않았다.

상식적으로 이미 현백은 누워 있어야 했다. 병기를 서로 섞는 순간 이미 상대의 무공 수위를 간파할 수 있었고 적어도 두 단계 정도 아래라는 것을 그는 알 수 있었다.

그런데 변했다. 조금의 시간 동안 현백은 싸우면서 뭔가 깨달은 것이다. 그리고 그 깨달음이 무엇인지 모르지만 그는 마치 귀신과 싸우는 듯한 느낌을 받고 있었다. 있을 수 없는 일인 것이다.

"설마 내가 전력을 다하는 일이 있을 줄이야……."

고오오오오…….

양손의 철조에 강한 내력을 주입하며 마송은 중얼거렸다. 분명 한 자에 이르는 철조지만 그 철조에 들어간 내력으로 인해 철조는 반 장이나 커져 있었다. 검기 같은 기운이 철조 앞으로 길게 내리 드리워져 있었던 것이다.

"나의 무공은 모두 조법. 이건 도평진천조(濤平鎭天爪)라고 하는 초식일세."

키이익!

슬쩍 바닥에 그 기운이 닿자 네 개의 선이 깊게 파이고 있었다. 진정 두려울 정도로 강대한 내력이었는데 마송은 현백을 노려보다 다시금 입을 열었다.

"원래는 그냥 말만 하고 가려 했으나 이젠 그럴 수가 없을 것 같군. 여기까지 온 이상 난 최선을 다할 것이야."

"······."

"조심하게."

스스슷.

말과 함께 그는 신형을 움직였다. 지금껏 움직였던 것처럼 그렇게 화려한 움직임을 보이는 것은 이전과 다를 것이 없었지만 뭔가 다른 점이 하나 있었다.

위력··· 그 위력이 눈에 띄게 강렬해지고 있었던 것이다. 잔영들이 아직 지근 거리가 아님에도 불구하고 온몸이 강렬하게 뜨거워지고 있었다.

딱히 어디가 안전하다고 볼 수가 없는 상황이었다. 현백은 다시금 온 힘을 끌어올리며 상황에 대비했다. 움직임도 움직임이지만 최소한의 내력이 상대에 비해 너무나 모자랐던 것이다.

스스스스스.

현백의 주변에 있던 공기들이 요동을 치기 시작했다. 또다시 빠르게 기류를 형성하며 한순간 몸으로 빨려 들어가고 있었는데 그때였다.

"큭!"

가슴속으로 치밀어 오르는 무언가가 있었다. 머릿속 가득 하얗게 변하면서 중심조차 잡기가 힘든 상황이 되었다. 현백은 지금 자신의 상태가 어떤 것인지 한순간 깨달았다.

한계. 또다시 한계에 부딪친 것이었다. 얼마 전 개방 모임에서처럼 그는 자신의 한계를 이기지 못하고 그 선을 넘어버렸다. 그러나 할 수 없는 상황이었다.

피피피피핑… 콰자자자작!

다섯 줄기의 혈조가 허공에 울리고 다섯 개의 조흔이 땅을 할퀴고 있었다. 분명 마송의 일격이 시작된 것인데 현백은 자신이 어떻게 대처하는지도 모른 채 움직이고 있었다.

"…쿨럭!"

결국 비릿한 무언가가 입 안 가득 넘치자 현백은 자신도 모르게 잔 사레를 터뜨렸다. 붉은 피가 입에서 허공으로 튀고 있었다. 한데 다행히 그 상황 모두가 머릿속에 인지되고 있었다.

아직은 아니었다. 내력은 조금 더 커져 있었지만 몸이 더 이상 큰 내력을 받아들이지 않을 듯싶었다. 한 번 겪어보았던 고통으로 인해 본능적으로 두려움을 가지고 있는지도 몰랐다.

"하아압!"

좌자자자장!

양손을 교차시키며 마송은 현백을 압박했다. 도무지 이번엔 피할 곳이 없었다. 물경 일 장여의 공간에 빽빽한 그물이 그려진 것 같았다.

그러나 현백의 감각에 그 그물의 틈이 보이고 있었다. 어떻게 보이는지 말로 표현하기 힘들지만 분명 그렇게 보였다. 그리고 그 보여지는 틈을 따라 현백이 움직이기 시작했다.

콰가각… 콰가가가각!

흐릿해지는 현백의 신형 뒤로 마송의 혈조가 남긴 긴 자국들이 보이고 있었다. 마송은 공격을 하면서도 모골이 송연해지는 느낌이었다.

도무지 믿을 수가 없는 일이었다. 어째서 이런 일이 가능한지 이해할 수가 없었는데 이건 사람이 할 수 있는 일이 아니었다.

순차적으로 날린 자신의 일격, 그건 그냥 무공이 아니었다. 검으로 따지자면 검막 정도에나 비견될 수 있을 정도로 강력한 일격인 것이다.

한데 그 공격을 피해내고 있었다. 차라리 강렬한 내력을 사용하여 이를 파훼한다면 이해할 수 있었다. 그런데 신법 하나만으로 지금 피해내고 있었던 것이다.

있을 수 없는 일이었다. 양손에서 교차로 나가는 일격이라 하지만 그 속도 차이는 거의 느낄 수가 없었다. 한데 이자는 그 속도 차이의 틈을 비집고 피해내었던 것이다.

그것도 같은 일격이 아니었다. 크기나 속도를 다르게 쏟아내는 공격들, 그 공격을 근 이십여 차례나 퍼부었는데도 현백에게 완전한 승리를 얻어내진 못했다. 고작해야 피륙에 상처나 조금 냈을 뿐인 것이다.

"합… 차아앗!"

콰아아아아……!

마송은 이제 아무것도 보이는 것이 없었다. 그의 사부가 아직 현백을 죽여선 안 된다고 이야기했었지만 그는 이제 그런 것을 따질 때가 아니었다. 이젠 자존심의 문제였던 것이다.

온 힘을 다해 그는 내력을 한 번 더 끌어올렸고 이어 철조를 든 손을 양쪽으로 쫙 펼쳤다. 그리곤 폭풍처럼 휘두르기 시작했다.

"이야아아압! 이젠 끝이다!"

콰가가가가가……!

현백을 향해 폭풍우 같은 기의 회오리가 날아가고 있었다. 날리는 마송조차 변화를 짐작할 수 없을 정도로 많은 수의 내력이 한꺼번에 밀려가고 있었던 것이다.

타탓.

살짝 공중에 떴던 신형을 바로잡으며 마송은 이번에야말로 현백의 신형을 땅에 누일 수 있을 것이라 생각했다. 살기로 번들거리는 마송의 눈은 현백의 신형을 쫓아 움직이고 있었다.

오히려 편안한 심정이 되었다. 더 이상 내력을 올릴 수도 없었고 그러고 싶지도 않았다. 스스로의 한계를 명확하게 깨달은 지금 더 이상 내력을 끌어올릴 수도 없었던 것이다.

마치 가랑잎과 같이 움직였던 그의 신형이었다. 감각으로 읽은 적의 공격을 피함에 있어 육체적인 움직임과 동반해 몸 안의 내력의 구심점을 이동하여 움직이는 것, 그것이 자신의 움직임이었다.

명확했다. 그동안 그저 감각에 의존하던 것을 오늘에야 확실히 정립하게 된 것이다. 조금 후의 결과가 어떻게 될지는 몰라도 이 정도만 해도 그는 만족했다. 풍도를 따라 움직인다라는 개념을 정립하게 된 것이다.

조금의 시간이 더 있으면 뭔가 더 나은 것도 느낄 수 있었겠지만 이젠 그럴 시간이 없었다. 눈앞에 강렬한 기운이 닥치는 것을 온몸으로 느꼈던 것이다.

콰가가가가!

"……."

순간 아찔하다고 생각될 만큼 거대한 위력의 공격이었다. 위력도 위력이지만 그물 세네 개가 한꺼번에 던져진 듯한 상황에 이젠 피할 도리가 없었다.

그렇다고 그냥 죽을 수는 없었기에 현백은 도를 들어올렸다. 피하지 못한다면 뚫어야 했다. 현백은 자신의 도에 내력을 분배했다. 그와 함께 모든 감각을 최고조로 끌어올리며 상황을 주시했다.

두근!

가슴속의 고동 소리가 그대로 전해져 올 만큼 현백의 집중력은 최고조로 높아져 있었다. 현백은 검을 들어 가슴에 올려놓았다.

두근!

두 번째 고동 소리가 들려왔다. 그리곤 마송이 보낸 내력의 움직임이 포착되기 시작했다. 현백은 한 걸음 뒤로 물러서며 상황을 살폈다.

두근!

세 번째 고동 소리가 울리고 현백은 그 시간을 알 수 있었다. 그리고 그 고동 소리의 울림과 동시에 상대의 변화를 알아챘다. 현백은 뒤로 물러나던 신형을 멈추고 양다리에 힘을 주었다.

두근!

"하아압!"

파아아앙!

네 번째 고동 소리가 들렸을 때 현백은 신형을 날렸다. 한순간에 틈이라고 보인 곳, 바람이 가르쳐 준 그 길을 향해 몸을 날린 것이다. 한순간 현백의 몸은 야수의 웅크림이 되어 세상을 갈랐다.

쉬이이잇!

자신의 도를 아래에서 위로 쳐 올리는 순간 이전처럼 도끝이 좌우로 떨리고 있었다. 내력의 이동으로 인해 그렇게 되었다고 생각했던 바로 그 떨림이었다.

그러나 바람의 길을 느낀 이 순간, 그것이 전부가 아니라는 것을 알 수 있었다. 떨리는 이유는 다른 이유도 있었다.

도의 길을 강제로 열었던 것이다. 주변에 있는 많은 바람의 길을 가르면서 생기는 저항도 한몫했었던 것이다. 그리고 그 길로 인해 지금 현백은 모험을 걸었다.

쩌어어어엉!

"쿨럭!"

강렬한 울림과 함께 현백은 다시금 피를 한 모금 토해내었다. 도를 쥔 손에 감각이 없을 정도로 강렬한 일격이었지만 여기서 이대로 그냥 있을 수는 없었다.

사사사샷… 파파파파팟!

몸 이곳저곳에서 핏줄기가 솟구치고 있었다. 스치듯 지나간 철조의 내력 때문인데 현백은 때론 허리를 젖히고 때론 앞으로 숙이기도 하면서 치명상만은 면하고 있었다.

그러나 마지막 한 번은 그도 어쩔 수 없었다. 쏟아져 오는 기력의 파도 속에 현백은 이를 악물었다. 이번이야말로 진검 승부라 생각하며 온 내력을 모조리 도에 주입하기 시작했다.

우우우웅!

현백의 도에서 깊은 울림이 쏟아지고 있었다. 호구에 검동이 아닌 검파가 오도록 거꾸로 쥔 현백은 허리를 숙인 채 오른손을 뒤로 빼며 허공으로 들어올리고 있었다.

몸 전체를 마치 고양이와 같은 몸으로 만들었다. 관절이란 관절은 모두 살짝 굽혀놓은 채 내력만 도에 크게 주입하고 있던 현백은 이어 허리를 펴며 온몸의 관절을 쫙 폈다.

"이야아아아압!"

부우우우!

커다란 기합성과 함께 현백의 도가 움직이고 있었다. 뒤로 빼내었던 자신의 도가 아래에서 위로 그어지기 시작하면서 주변 공기들이 거대한 내력의 울림을 동반하고 있었다.

고오오오오!

문득 현백으로선 의외의 현상이 벌어지고 있었다. 뭔가 이상한 느낌… 오른손이 너무나 무거운 느낌이 들고 있었던 것이다.

마치 누가 움직이는 자신의 오른손을 뒤에서 꽉 눌러 잡고 있는 듯한 느낌에 현백은 이를 악물며 그대로 손을 위로 들어 올렸다. 한데,

"헛!"

파아아아!

빛살… 그건 하나의 빛살과도 같은 기운이었다. 한순간 오른손에 길린 압력이 사라진 듯하더니 그의 오른손이 허공으로 치켜들렸다. 그간 앞으로 계속 밀어 올리던 손의 힘에 의해 현백의 신형은 팽이처럼 그 자리에서 빙그르르 돌았다.

그러나 그는 똑똑히 볼 수 있었다. 그 빛살을. 똑바로 된 빛

이 아니라 좌우, 혹은 상하로 이지러지는 빛살이 그의 도에서 발출되었다. 그리곤 날아오는 마송의 일격과 부딪쳤다.

쩌어어어엉… 꽈가가가강~!

"우욱!"

"컥!"

강렬한 소리와 함께 여기저기서 비명이 터지고 있었다. 그것이 누구의 것인지도 모를 정도로 여기저기서 흘러나오고 있었는데 현백은 흐르는 대기에 몸을 맡기며 발을 움직이고 있었다.

타타타탓… 쩌정!

뒤로 몇 걸음 정도 걷던 현백은 양 발에 내력을 집중하며 자리에서 우뚝 섰다. 어금니를 꽉 깨물며 그는 주위를 살폈다. 마지막 일격으로 인해 피어오른 흙먼지로 시야는 완전히 가려져 있었다.

"후욱… 후욱……."

가쁜 숨이 쉬어지고 있었다. 그리곤 온몸이 잘게 떨려오고 있었는데 무리하게 내력을 쓴 결과였다. 문득 그의 귓가에 작은 소리가 들려오는 것이 느껴졌다.

달칵… 달그락…….

도… 오른손에 든 도에서 나는 소리였다. 도파 끝에 달린 작은 수실 뭉치가 부딪치며 나는 소리였다.

딱히 어디라고 말하기 힘들 정도로 온몸이 떨리고 있었다.

이젠 몸 안에서 나오는 강렬한 기운은 더 이상 흘러나오지 않았다. 왜 그런지는 그도 알 수가 없었다.

스스스스.

약간의 시간이 흐르고 현백의 눈에 주위의 모습이 다시 들어오고 있었다. 이미 주위에 둘러쳐져 있던 노천다루의 차양들은 어디론가 사라지고 없었고 그저 보이는 것이라곤 중앙에 서 있는 마송의 모습뿐이었다. 마송은 두 눈을 부릅뜬 채 현백을 바라만 보고 있었다.

"후욱… 훅……."

가쁜 숨을 쉬며 현백은 안력을 집중하려 했지만 그것이 잘 되질 않았다. 점점 눈앞이 부옇게 흐려지는 것이 아무것도 보이질 않았던 것이다.

"…허!"

아무런 말이 나오질 않았다. 설마 하니 그와 자신이 동수를 이룰 것이란 생각은 정말 할 수가 없었다.

"허허……."

허탈한 웃음밖에 나오질 않았다. 모든 것을 다 바쳐 무공을 수련했던 시난 세월이 그의 뇌리를 스쳐 지나갔다.

비록 지금 보이는 것은 이십여 세의 어린 나이지만 실제로 그의 나이는 근 오십이 넘어 육십을 바라보는 나이였다. 주안술을 익혔기에 얼굴이 그리 보였던 것이다.

지금 눈앞에 보이는 이 현백이란 사내, 그가 알기론 약 삼십대 중반. 그것도 무공을 배운 지 십여 년이 조금 넘은 것으로 알고 있었다. 익힌 세월만 봐도 많은 차이가 있었던 것이다.

그런데 그 많은 차이를 넘어 자신과 동수라니……. 있을 수 없는 일이었다. 이건 정말 있어선 안 될 일이었던 것이다.

저벅.

한 걸음 앞으로 내밀며 그는 나아갔다. 이젠 두 눈의 광채는 사라져 있었지만 현백은 꼿꼿이 서 있었다. 그것도 두 손으로 자신의 도를 꽉 쥔 채 말이다.

조금 전엔 들고 있던 도까지도 흔들렸건만 이젠 그렇지도 않았다. 마송은 앞으로 나가 현백의 앞에 섰다.

"현백… 정말 넌 날 놀라게……!"

그에게 말을 걸며 은근히 내력을 끌어올렸던 마송은 입을 꽉 다물었다. 현백의 모습, 왠지 조금 이상했다.

이미 그는 의식이 없었다. 서 있는 그대로 의식을 잃어버린 것인데 마송은 그저 황당할 따름이었다.

"하……."

한숨 한 번 내쉬고 마송은 고개를 들어 하늘을 바라보았다. 이젠 완전히 어두운 하늘 아래 아까의 기억이 새록새록 떠오르고 있었다.

뇌전… 마치 뇌전과도 같은 기운이 자신의 기운을 헤집어놓았었다. 완벽하다고 생각했던 자신의 기운이 오히려 완벽하게 반으로 갈라져 사라져 버렸던 것이다.

 대관절 어떻게 이렇게 할 수 있는지 몰라도 중요한 것은 그게 아니었다. 지금 눈앞에 있는 이 젊은이는 어쩜 자신과 자신이 소속된 곳의 가장 큰 적이 될 수 있음을 직감한 것이다.

 스으웃.

 슬며시 마송의 팔이 허공으로 들리고 있었다. 지금이라면 현백의 목을 따는 것 정도는 너무도 쉬웠다. 저 길가에서 지나친 개미를 밟아 죽이는 것만큼 쉬운 일인 것이다.

 "……"

 그런데 그렇게 할 수가 없었다. 눈앞의 이자가 가장 큰 적이 될 수 있음을 알고 있지만 함부로 그럴 수가 없었다. 물론 그렇게 하지 않음엔 여러 가지 이유가 있었다. 그리고 그중 한 가지가 바로 뒤에서 들린 목소리 때문이었다.

 "그쯤이면 실컷 놀지 않았나? 더 놀고 싶어?"

 "……! 워… 월성님!"

 "월성님을 뵙니다."

 "월성님."

 묵직한 목소리에 음양쌍조와 소취는 단번에 신형을 부복하며 경어를 사용하고 있었다. 하나 마송은 마치 들리지 않는다는 듯 석상처럼 굳어져 있던 것이다.

 "내가 이야기한 것으로 아는데? 아직 그 녀석을 죽여선 안 된다고. 그새 잊었나?"

"그럴 리가 있겠습니까? 다만 저도 사람인지라 욱하는 마음은 어쩔 수가 없더군요."

슬며시 팔을 내리며 마송은 신형을 돌렸다. 그리곤 눈앞에 보이는 사람을 향해 다시금 입을 열었다.

"그나저나 괴상한 취미가 생기셨군요. 그 가면은 또 뭡니까?"

"왠지 이곳에 오면서 사람들을 별로 보기가 싫었다. 그래서 하나 장만했지."

마송의 앞에 있는 사내는 온통 검은색 일색이었다. 그러나 그 검은색 옷은 어떻게 만든 것인지 몰라도 비단처럼 윤기가 흐르고 있었는데 척 보기에도 상품 중의 상품의 옷이었다.

게다가 그의 얼굴엔 네모난 가면 하나가 씌워져 있었다. 두 눈만 뚫려 있는 가면 속에선 차가운 눈이 번뜩이고 있었는데 순간 그 눈이 웃으며 목소리가 들려왔다.

"한데 마송이라고? 평생을 일사자로 불릴 줄 알았더니 이름까지 생긴 것이냐?"

"놀려면 즐겁게 놀고자 그런 것이오. 별 뜻은 없으니 그리 아시면 됩니다."

왠지 두 사람은 상하 관계인 듯하면서도 아닌 것도 같았다. 서로가 경어를 하기도 하고 때론 하대를 하기도 하는 이상한 화법이 오고 갔던 것이다.

"다시 한 번 말하지만 아직은 저 현백이란 친구를 건드려선 안 된다. 알겠나… 마송?"

마치 다짐이라도 받듯 그는 마송을 향해 입을 열었고 마송은 씨익 웃었다. 그는 잠시 현백의 얼굴을 보더니 이내 밝은 모습으로 월성이란 사내에게 말했다.

"어차피 여흥으로 온 길, 이만큼 즐겼으면 되었지. 물론입니다, 월성님."

"헛헛! 돌아왔구나, 일사자로. 암, 그래야지."

한결 밝아진 그의 모습을 보며 월성이란 사내는 껄껄 웃었다 그러다 선 채로 기절해 있는 현백을 살펴보는 듯하더니 그의 손이 허공으로 들렸다.

스스슷… 파파파파팡!

갑자기 현백의 몸 이곳저곳에 그의 지풍이 작렬하고 있었다. 월성의 행동에 마송은 잠시 놀랐지만 이내 신색을 되찾았다. 그건 죽이려는 것이 아니라 살리려고 혈을 눌러놓은 것이다.

"아직은 이 중원에 너와 내가 나설 때가 아니다. 일단은 이사자와 삼사자만으로 세상을 봐야 할 터. 그만 돌아가자."

"네, 물론입니다. 모두 돌아가자."

"예, 일사자님!"

마송의 말에 여기저기에서 사람들이 움직이고 있었다. 모두들 바쁘게 주변을 정리하기 시작하여 이제 남은 것은 바닥의 상흔뿐이었고 그 어디에서도 다루가 있었다는 흔적은 없어지고 있었다.

"……."

어느새 월성이란 사내는 사라져 버린 후였다. 그의 신형이야 바람 같은 사람이니 그리 크게 생각할 필요가 없었다. 또 어딘가에서 필요하면 다시 나타날 테니 말이다.

그는 지금 현백을 바라보고 있었다. 솔직히 월성의 말이 아니더라도 그는 이 사람을 죽이고 싶지 않았다. 왠지 그런 마음이 슬며시 피어오르고 있었다.

왠지 적이 되겠지만 한쪽 마음에 담고 싶은 사람… 그런 사람이 바로 현백이었다. 마송은 피식 웃으며 신형을 돌렸다.

"잘 모셔라. 나중에 다시 만나게 될 테니. 오늘 너희들의 목숨은 이 사람을 살리는 것으로 대신하마."

누구에게 말하는 것인지 모르지만 마송은 신형을 돌려 사라지고 있었다. 그의 목소리만 허공에 맴돌고 있었는데 그 목소리가 다 사라지기도 전이었다.

스스슷.

현백의 주위에 사람들이 모여들고 있었다. 어디서 나타났는지 몰라도 푸른 장삼을 입은 사람 셋이 현백의 용태를 확인하고 있었다.

"일단 이곳을 벗어나야겠군. 움직이세."

"그러자구."

터턱.

현백의 신형이 한 사람의 어깨에 걸쳐졌다. 그는 현백을 어깨에 멘 채 좌우로 눈을 돌리더니 이내 신형을 움직였다. 삽시간에 그의 신형은 어둠 속으로 사라지고 있었고 한 사내는 그의 뒤를 바짝 따르고 있었다.

밤은 점점 깊어만 가고 있었다. 이젠 어두워진 것이 완연한 주변 속에서 남은 한 사내의 눈이 번뜩였다. 그는 바닥에 그려진 수많은 싸움의 흔적을 주시하고 있었다.

第五章

서로 다른 시작들

1

우드득!

"도대체 뭘 어떻게 하자는 것인지 정말!"

파가각!

의자의 팔걸이가 통째로 뜯겨 나가고 있었다. 실로 무시무시한 악력이었는데 하나 그 행동보다 무서운 것은 사내의 기세였다. 가까이 다가가기조차 힘들 정도로 강렬한 기운이 스며 나오고 있었던 것이다.

혹 주위에 산짐승이라도 있었다면 당장에 꽁무니를 빼었을 만큼 강한 기운이었지만 단 한 사람에게는 그리 크게 느껴지지 않는 것 같았다. 한 여인이 슬쩍 그의 옆으로 가 선 것이다.

"상공, 조금만 진정하세요. 흥분해 될 일이 아닐 듯싶습니다."

"아오… 알지만 정말 참기 힘드오. 허송세월도 하루 이틀이지 정말……."

채 다음 말은 하지 못하겠는지 사내는 뒷말을 살짝 흐렸다. 그러자 여인의 입에선 다시금 차분한 목소리가 들려왔다.

"천하에 위명을 울리는 탈명천검사 장 대협이 이리도 성정이 급하신 줄은 아마 많이 모르실 것입니다."

"급한 것이 아니라… 답답해서 하는 말이오. 예 매도 상황을 잘 알고 있지 않소."

사내는 바로 탈명천검사 장연호였고 여인은 그의 부인 예소수였다. 두 사람은 지금 작은 방 안에 있었는데 침상 하나와 탁자 하나가 전부인 아주 작은 방이었다.

"호호, 상공께선 조금만 진정하세요 곧 길이 보일 것입니다."

"정녕 예 매의 말처럼 되었으면 소원이 없겠소. 하나 아무래도 난 그렇게 될 것 같지 않을 것 같구려."

웬만한 일은 예소수가 좋게 이야기하면 이 장연호란 사내는 거의 다 들어주었다. 혹은 화가 나도 금방 풀어지곤 했는데 웬일인지 지금은 그렇지가 않았다. 하나 이 점은 예소수도 이해가 가는 부분이었다.

일의 진척이 너무도 더뎠다. 이유를 알 수 없지만 추색대는 그 출발이 너무나 늦은 데다가 움직이는 속도까지 더뎠으니 장연호가 화를 낼 만했던 것이다.

호북 무한을 출발하여 하북으로 그 방향을 잡은 추색대는 이미 십오 일 전에 출발을 했다. 출발 자체가 많이 늦기도 했는데 현백의 일행보다도 열이틀을 늦게 출발했었다.

그러니 그만큼 더 빨리 가는 것이 원래는 맞는 이야기였다. 하북성 부근으로 현백 일행이 갔으니 아마 지금쯤 도착해서 소문의 진상을 확인하려 할 터였다. 여기 있어도 소문은 들리니 말이다.

물론 지금 추색대의 목표가 현백의 일행과 같은 것은 아니었다. 현백의 일행은 어디까지나 사라진 자신들의 일행을 찾는 것이 목표였고 자신들은 흑월이란 단체와 강호에 돌아다닐 비급, 천의종무록을 찾아야 하는 것이 목표인 것이다.

그러나 그 천의종무록이란 비급이 아직까지 돌아다닌다는 이야기도 없고, 흑월이란 단체에 대해서도 아무도 몰랐다. 그러니 어쩜 목표가 없다고 하는 것이 옳을 듯싶었지만 그건 생각하기 나름이었다.

흑월이라는 단체. 지금까지 알려진 모든 것을 종합하면 현백과 고리가 연결되어 있었다. 특히나 비급서 천의종무록은 그들의 무공서, 그 무공서를 익힌 현백과 떼려야 뗄 수 없는 관계인 것이다.

서로 다른 시작들

그럼 감시해야 할 것은 현백과 그 일행이 제일 우선이다. 무슨 일이 있어도 그들이 먼저 당할 것이니 움직여야 했건만 그렇지 못한 것이다.

물론 판단의 근거는 있었다. 이 일행의 우두머리가 된 오위경은 아직까지 판단의 근거가 될 만한 정보가 없음을 분명하게 알렸고 그래서 움직임이 더딘 것이 사실이었다. 그러나 나름대로 무언가 다른 생각을 가지고 있다는 것을 적어도 그녀와 장연호, 그리고 개방의 오호십장절 토현은 잘 알고 있었다.

분명 정보는 계속 들어오고 있었다. 그도 그럴 것이 전 무림이 이 일에 나서고 있었으니 어찌 그렇지 않을쏜가? 이미 방향을 잡아도 한참 전에 잡아야 될 일을 그렇지 않도록 하고 있으니 그게 문제였던 것이다.

"사숙님… 사숙님 계십니까?"

"경호냐? 어서 들어오너라!"

마침 예소수도 뭘 어떻게 이야기해야 할지 모르는 순간 구원자가 나타났다. 바로 무당의 경호가 온 것인데 그는 방문을 들어서며 두 사람을 향해 공손히 머리를 숙이고 있었다.

"그래, 무슨 소식이 있느냐?"

"아닙니다. 아직까지 별다른 소식은 없습니다. 본 파에서도 지금 모든 인맥과 금전을 동원하여 흉수를 찾고 있기는 하지만 아직 그 실마리를 잡지 못하고 있습니다."

"후……."

실망스러운 소식에 다시금 장연호는 한숨을 내뱉었다. 뭐 하나 정말 제대로 되는 일이 없었다. 그때였다. 경호의 목소리가 장연호에게 향했다.

"저 사숙님… 적어도 장문인께선 이 모든 것을 다 알고 계셔야 하지 않겠습니까? 그래야 그 정보의 방향도 맞아떨어질 것이고……."

"아니다, 경호야. 아직은 아니야."

장연호는 경호의 말을 자르며 입을 열었다. 그는 잠시 심호흡을 한 후 다시금 입을 열었는데 명령보다는 설득에 가까운 어조였다.

"그렇게 된다면 강호의 일이 걷잡을 수 없게 되어갈 수가 있단다. 분명 우리가 찾는 그 흑월이라는 놈들 뒤엔 솔사림이 도사리고 있다. 이야기를 한다고 해도 그 이후엔 어찌할 터이냐? 솔사림에 전면적인 도전이라도 해볼 생각이냐?"

"……."

장연호는 정말 부드러운 목소리로 경호를 타이르고 있었다. 그는 오른손을 들어 경호의 어깨 위에 올린 후 다시금 말을 이었다.

"너의 생각을 모르는 것이 아니다. 스승의 원한을 갚고 싶어하는 마음을 나라고 왜 모르겠느냐? 나 역시 지금이라도 뛰어나가 그 흑월이란 놈들을 잡아 찢어 죽이고만 싶단다."

"……."

"하지만 순서라는 것이 있다. 지금은 그 순서를 어긋나선 절대로 될 일이 아니란다. 하니 조금만 더 참고 그들을 찾는 데 전력을 다하거라."

"예… 사숙님 알겠습니다."

경호는 결국 고개를 숙이며 수긍했고 이후 신형을 돌렸다. 지금 그가 하고 있는 일은 여기 장연호와 무당과의 소식을 전하는 중간책 역할이었다. 이제 그의 일은 끝났으니 또 본산의 소식을 알아보러 가야 하는 것이다.

"그럼 전 이만……."

"그래, 조심하거라."

사라지는 경호의 모습을 보며 장연호는 미간을 살짝 찌푸렸다. 충분히 이해할 수 있는 문제이긴 하나 지금은 그의 편을 들어줄 수 없다는 것이 마음에 걸린 것이다.

사부를 잃은 제자의 마음이 어떨진 꼭 입장을 바꾸어 생각지 않아도 잘 알 수 있었다. 그 마음을 모르는 척하며 그냥 있으려니 마음에 걸린 것이다.

"후우… 대체 언제나 일들이 시원하게 해결될는지……."

"곧 해결될 것입니다. 조금이라도 마음을 가라앉히세요."

"그래요… 그래야 되겠지요. 지금이라도 빨리 가면 좋으련만, 이젠 그럴 수도 없으니."

조금 진정하는 듯싶더니 이내 다시금 장연호의 마음이 조급해지고 있었다. 예소수는 정말 이 추색대는 문제가 끊이지 않는다는 생각이 들었는데 지금 장연호가 말한 것은 추색대를 쫓아오는 사람들을 뜻하는 것이었다.

구파일방의 세력뿐만이 아니라 그 외의 다른 세력도 지금 추색대의 뒤를 쫓고 있었다. 아니, 그들이 가면 같이 가고 쉬면 같이 쉬는, 일정회의 때 안 들어온다는 것 빼곤 같이 움직이는 셈인 것이다.

한데 문제는 이 추색대의 책임자인 오위경, 그의 태도였다. 은근히 이런 상황을 즐기려는지 움직임을 빠르게 하지 않았던 것이다.

"다른 사람들의 안위도 알 수가 없는데 정말… 어찌해야 할꼬……."

"……."

결국 그저 한숨만 쉬는 장연호를 보며 예소수는 그의 본심을 알 수가 있었다. 그 무엇이 어떻게 되든 가장 중요한 것은 바로 현백에 대한 일이었다. 지금 현백은 그 종적을 알 수가 없었던 것이다.

보름 전부터 현백은 강호에서 찾아볼 수가 없었다. 그가 어떤 일을 당한 것인지, 아님 스스로 사라진 것인지 모르지만 지금 장연호를 불안하게 만드는 가장 큰 요인이 바로 이것이었다. 현백이 사라진 것이다.

"잘될 것입니다. 분명히."

"……."

슬쩍 어깨에 손을 올린 예소수를 보며 장연호는 작게 웃음을 지었다. 왠지 어울리지 않는 작은 웃음이었지만 지금은 이 정도의 웃음으로도 족한 그녀였다.

"사형, 이제 속력을 조금 내야 하는 것 아닙니까? 이대로 가다간 불만들이 너무 많이 쌓일 것 같습니다."

"……."

강상서의 말에 오위경은 아무런 대꾸도 없었다. 그는 방 안에 놓인 태사의에 앉아 왼손으론 턱을 괴고 오른손으론 팔걸이를 손가락으로 연신 두드리고 있었다.

톡… 톡… 톡…….

그저 아무런 이유 없이 팔걸이를 두드리지만 왠지 상당히 신경에 거슬리는 소리였다. 강상서는 뭐라고 더 이야기하려다 그만두었는데 이건 오위경의 버릇이었다. 뭔가를 골똘히 생각하는 와중엔 언제나 이런 자세에 이 소리가 났었던 것이다.

하지만 그렇다고 그냥 있기도 뭐한지라 강상서는 결국 용기를 내었다. 그리곤 오위경을 향해 다시 입을 열려 할 때였다.

"상서야."

"예, 대사형."

갑자기 자신을 부르는 소리에 강상서는 깜짝 놀라며 대답했다.

"어디 한번 너의 생각을 들어보자. 현 강호에 관한 문제가 대체 어떤 것이지? 생각하고 있는 것들이 있나?"

"진심이십니까?"

'설마 몰라서 이리 물으십니까? 라고 입을 열려다 앞뒤 다 자르고 간결하게 결론만 낸 강성서는 대답 대신 돌아온 날카로운 눈길에 찔끔한 표정을 지었다. 지금 오위경은 진심으로 이야기하고 있었던 것이다.

"흠… 가장 중요한 것은 역시 저희들의 행보입니다. 이 추색대의 행보가 현 강호의 최대 관심사지요. 지금 저희를 따르는 수많은 무림 세력을 봐도 위력을 알 수 있습니다. 구파일방이야 뭐 원래부터 저희와 함께하니 말할 것도 없고 유력한 세가들도 저희의 뒤를 바짝 따르니 당연히 우리가 그 중심이라 할 것입니다."

"그리고는? 설마 그것이 네 생각의 전부는 아니겠지?"

심드렁한 표정으로 말을 하는 오위경을 보며 강상서는 씨익 웃었다. 당연히 그게 다가 아니다라는 표정이었는데 그는 잠시 생각하더니 바로 입을 열었다.

"그럴 리가 있겠습니까? 두 번째는 무당의 행보입니다. 지금 그들은 모든 정보력을 다 동원하여 저들 흉수의 행방을 쫓고 있습니다. 이미 누군지 모르나 전면전을 각오한 그들의 행보에 사람들의 시선이 가는 것은 틀림없습니다."

"음… 그래, 그렇지. 문제는 그 원흉이 흑월이라는 것을 과연 언제 알게 될 것인지 그게 문제지."

그도 생각하고 있는 문제인 듯 오위경은 입을 열고 있었다. 강상서 역시 오위경이 그 정도는 알고 있다고 생각하고 있었는데 이어 그는 또다시 입을 열었다.

"그러고 나서 이 세 번째가 좀 문제인데… 개방으로 봐야 할지 현백으로 봐야 할지 그것이 좀 헷갈립니다. 세를 우선시한다면 단연 개방이지만 호사가들의 입을 생각해 보면 현백에 관한 문제 역시 소홀히 할 수가 없습니다."

"호… 네 생각이 궁금해지는구나. 어찌 그런 생각을 했지?"

톡.

손가락으로 팔걸이를 계속 두드리던 오위경이 일순 그 동작을 멈추었다. 두 눈에 초롱한 빛이 감도는 것으로 보아 아무래도 흥미가 아주 동한 듯싶었다. 그러자 강상서는 신이 나 입을 열었다.

"험… 이번 사안은 조금 미묘합니다. 알 수 없는 세력에게 개방의 오유가 잡혀 사라졌지요. 아니, 알 수 없는 세력이라 하긴 좀 그렇구나. 양명당의 고도간에 의해서 그런 것이니 말입니다."

"……"

"하여간 고도간이 현재 어디에 몸을 담고 있는지에 따라 달린 문제긴 하나 확실히 개방에선 그냥 두고 보고 있지 않습니다. 이미 적극적으로 개입을 하여 정보를 얻었고 그 정보에 따라 모인 장로와 차기 방주로 낙점된 호지신개 명사찬까지 움직이고 있습니다."

정말 신바람이 났는지 강상서는 입에서 침을 튀기며 이야기하고 있었다. 오위경은 문득 그 내용보다 말하는 강상서의 모습이 웃겨 입가에 살짝 미소를 머금었는데 아무래도 그 모습을 강상서가 오해한 듯싶었다. 더욱더 신이 나 입을 열기 시작한 것이다.

"비록 현백의 신형이 어디론가 사라졌다고 하지만 그는 강호에 반짝이는 수많은 모래알 같은 인사 중 하나일 뿐입니다. 그렇게 생각하면 역시 세 번째는 모인 장로의 일행으로 봐야 할 것입니다. 그들의 행보가 어찌 됨에 따라서……."

"틀렸다."

"……."

자신의 말을 한번에 잘라 버리는 오위경을 보며 강상서는 핼쑥한 표정을 지었다. 오위경은 다시금 손가락을 놀리며 강상서를 향해 말했다.

"큭… 현백이란 놈이 그리 쉽게 세상에서 잊혀질 것 같으냐? 이 내가 강호에 활보하는 한 현백은 잊혀지지 않는다. 사람들은 날 보면 현백을 떠올리게 될 것이야. 아니 그런가?"

"……."

오위경의 말에 강상서는 자신도 모르게 고개를 끄덕였다. 하긴 그 역시도 지금 자신의 사형이 힘든 상대라 말한 현백에 대해 무궁한 관심을 가지지 않았던가? 앞으로 잊혀질 수도 있지만 지금 당장 잊혀질 만한 사람은 아니었다.

"게다가 현백의 일행이나 지금 현백이나 결국엔 다 같이 만나게 될 것이다. 그 흑월이란 놈들이 뭘 생각하는지 모르지만 이미 만나야 될 곳도 정해준 상태지. 무슨 말인지 알겠지?"

"예… 그렇습니다. 아주 함정이라고 커다랗게 소문을 낸 그 장소이지요. 하북성 사하 부근의 추풍곡이라 했던가요?"

"큭! 그래, 바로 그 장소지. 대체 무슨 말인지 모르지만 전 무림을 상대로 시비를 건 것이나 마찬가지야. 물론 그렇게 소문을 낸 곳이 어디인지는 아무도 알 수 없겠지만."

강상서는 그 말을 들으며 오위경의 생각에 동의할 수밖에 없었다. 상황이 그렇게 흐를 것은 너무도 뻔한 것인데 물론 이것은 자신들은 이미 그 원인이 누구인지 잘 알기 때문이었다.

"하나 바보가 아닌 이상 모인 일행이 과연 그쪽으로 가겠습니까? 강호 경험이 풍부한 모인도 있고, 명사찬도 있습니다. 아마 경계를 잔뜩하며 주위를 맴돌고 말 것입니다. 실제론 충돌 같은 것은 없을 듯싶습니다만."

"아니, 그 반대가 될 것이다. 그들은 반드시 갈 것이야. 그것 외엔 지금 실마리를 잡을 것이 없으니……."

"……."

오위경의 말에 강상서는 고개를 갸웃거렸다. 왠지 앞뒤가 맞는 듯하면서도 말이 안 되는 듯한 느낌이 들었다. 입장을 바꾸어놓고 생각해 보면 승부가 뻔한 대결을 할 이유가 없었던 것이다.

"상서, 이해하려 하지 마라. 넌 이해 못한다. 우리들의 관계와 그들의 관계는 질적으로 다르다."

"예?"

강상서는 두 눈을 동그랗게 뜨며 반문했다. 대관절 관계가 어떻게 다르다는 것인지 알 수가 없었는데 오위경은 피식 웃으며 입을 열었다.

"쉽게 말해 내가 지금 구파일방의 최고수들과 한꺼번에 싸우고 있다. 누가 봐도 내가 필패지. 넌 이런 상황에서 날 대신해 싸울 수 있나? 자칫하면 목숨도 버려질 수 있는 상황이라면?"

"……."

더욱더 모르겠다는 듯 강상서는 오위경을 바라보았고 오위경은 그저 손사래를 쳤다. 어차피 이해하지 못할 이야기를 한 자신이 잘못이었다. 이들과 그의 관계는 피로 뭉쳐진 사형제의 관계가 아니니 말이다.

"됐다. 그 이야기는 그만 하지. 하지만 지금 당장 우리가 해야 할 일은 이미 정해졌다. 현백의 소재를 찾아. 어떻게 온 무림이 현백의 소재를 전혀 모르고 있지? 그 생각은 하지 못하나?"

"혹 그 말씀은……."

갑자기 강상서는 무언가를 느낀 듯 입을 열었다. 뭔가 의혹이 드는 듯한 느낌이었는데 오위경은 고개를 끄덕이며 말을 이었다.

"그래. 누군가 현백의 신형을 감추고 있다. 설사 본인이 몸을 숨겼다 한들 이렇게 무소식일 순 없어. 그 누군가를 찾아야 해. 어떤 이유로 왜 현백을 숨겼는지."

"그렇군요. 미처 생각하지 못했습니다."

새삼 감탄했다는 듯 강상서는 오위경의 얼굴을 바라보았고 오위경은 피식 웃으며 다시금 강상서를 향해 말했다.

"웃기는 표정 그만 하고 어서 움직여라. 시간이 별로 없어."

"예, 알겠습니다. 한데 정말 여기서 더 이상 움직이지 않으실 것입니까?"

마지막으로 뭔가 다짐이라도 한 듯 강상서가 묻자 오위경의 미간이 찌푸려졌다. 아무리 생각해도 강상서가 말이 너무 많은 듯싶었던 것이다.

"내가 움직이고 싶지 않아서 이곳에서 죽치겠느냐? 나라고 저 뒤에서 오는 떨거지들이 좋겠느냐? 좋은 것도 하루 이틀이지. 윗선에서 움직이지 말라 하시니 그리하는 것뿐이다."

"예?"

설마 지금 이렇게 천천히 움직이는 것이 윗선의 결정임을 몰랐던 강상서는 놀란 표정을 숨기지 않았다. 오위경은 아차 싶었지만 이미 입에서 나온 말 주워 담을 수는 없었다.

"최대한 천천히 움직인다. 이것이 윗선의 결정이다. 목표는 하북성, 그래서 지금 이렇게 움직이는 것이다."

"그… 그렇군요."

왠지 자신도 모르는 뭔가가 진행되고 있다는 생각에 강상서는 야릇한 얼굴을 만들었다. 그와 함께 오위경을 살짝 힐끔거렸는데 오위경은 인상을 확 쓰며 입을 열었다.

"큭… 좋아. 그리도 궁금하다면 이야기해 주지. 윗선의 결정이 그렇게 나왔다. 그리고 그 결정을 받기 직전 강호엔 소문이 돌았다. 조금 전 네가 말했던 그 소문. 틀림없는 함정이라는 그 소문이 말이다."

"……."

"바보 같은 표정은 그만 짓지? 상황이 이렇다면 어떤 상황일지 이미 잘 알고 있을 것이라 본다. 그래, 그 소문이 바로 우리가 나가야 할 방향을 결정지은 것이다. 그래도 모르겠나?"

서로 다른 시작들

평상시라면 강상서는 상당히 똑똑하다는 말을 듣는 사람이었지만 지금 오위경이 하는 말은 정말 알아듣기 힘들었다. 대관절 무슨 말인지 이해할 수가 없었던 것이다.

"아무래도 네가 이곳에 온 후 완전히 머리가 굳어진 모양이구나. 생각해 보거라. 그 소문을 듣고 우리가 나갈 길을 결정했다면 뭘 알 수 있겠느냐? 당연히 소문의 주체가 누구인지 알고 있다는 뜻이겠지. 아울러 그 소문의 진위 여부도 결정짓고 말이다."

"……! 그렇다면 소문이 진짜라는 것입니까?"

강상서는 두 눈을 부릅뜨며 오위경에게 물었지만 놀라는 것은 아직 이른 일이었다. 더 놀라운 이야기는 지금부터였던 것이다.

"삼제가 요즘 무슨 짓을 하는지 생각하면 그 주체가 어떤 사람인지 알 수 있지. 아마도 그 흑월이란 놈들이 퍼뜨린 소문일 것이다. 문제는 왜 그놈들이 현백을 잡아들이려 하는지 그것이 좀 의문스럽지만 말이야."

"…대사형?"

오위경은 강상서가 부르지만 이제 대꾸도 하고 있지 않았다. 대신 그의 손가락이 다시 움직이기 시작했다.

톡… 톡… 톡…….

일정하게 두들기는 손가락의 움직임을 본 후 강상서는 신형을 돌렸다. 더 이상 오위경과 대화해 보았자 그에겐 좋은 일이 없었다. 오위경이 시원하게 다 밝혀주는 사람이 아니니 말이다.

일단은 현백의 신형, 그것이 우선이었다. 오위경이 그에게 하라고 한 일은 바로 그 현백의 신형을 알아보라는 것, 그것이니 말이다.

그것부터 처리한 후에야 뭔가 더 이야기가 될 것 같은 생각에 강상서는 방을 나섰다. 그의 신형이 방에서 사라지고 방문이 조용히 닫히자 오위경의 나직한 목소리가 허공에 울렸.

"그런데 말이야… 분명히 계획이 어그러졌어. 그자들은 이번 일에 일행뿐만이 아니라 현백도 오길 바라고 있었겠지만 현백이 어디에 있는지는 아무도 모르지. 계획이 어긋났어."

변수, 바로 그것이 생겼다. 현백이라는 사람이 와야 됨에도 불구하고 현백이 오지 않고 있었다. 그 점이 어떻게 상황을 변하게 할지 그것이 지금 오위경에게 가장 궁금한 점이었던 것이다.

"게다가 움직이지 말라는 것은… 뭔가 터진다는 것인데… 대체 그것이 뭘까나?"

마치 어린아이가 사탕을 기다리는 것처럼 그렇게 오위경의 얼굴엔 장난기 가득한 미소가 어리고 있었다.

2

"뭐 좀 느껴지냐?"

"사숙님도 아무것도 느껴지는 것이 없는데 제가 뭘 알겠습니까? 차라리 장로님께 여쭈어보세요."

시큰둥한 얼굴을 숨기지 않으며 이도는 입을 열었다. 그러자 명사찬은 입술을 비죽 내밀었는데 그거야 본인이 더 잘 아는 이야기였다.

하북성 사하, 일행이 있는 곳은 바로 그곳이었다. 소문의 중심지로 기어이 온 것인데 그들을 맞이하는 것이라곤 적막어린 풍광뿐이었던 것이다.

"쩝… 보이는 것이라곤 이제 가을이 가까워왔다는 표시뿐이구만. 그래, 이제 뭘 어떻게 해야 하나?"

"녀석, 그럼 뭘 기대했느냐? 설마 거대한 환영회라도 기대한 것이야?"

계속되는 명사찬의 중얼거림에 이번엔 모인이 입을 열자 명사찬은 머쓱한 표정으로 고개를 돌렸다. 하나 역시 몇 번을 살펴봐도 별달리 느껴지는 광경은 없었다.

여기서 조금만 더 가면 이제 추풍곡이란 곳이었다. 지명이야 그렇게 불릴지 몰라도 이미 추풍곡의 입구는 육안으로도 보였는데 그곳에서도 별다른 기운은 없었다.

"아무래도 그 소문… 그냥 헛소문이었나 본데요. 젠장."

한가닥 희망을 가지고 찾아왔건만 결국 헛소문 같은 생각이 들자 이도는 실망감을 감추지 않았다. 모인은 잠시 그의 얼굴을 보다 손을 뻗어 어깨를 매만졌다.

"헛헛, 녀석. 상심하지 말거라. 우린 이제 막 도착했을 뿐이다. 아무래도 저 곡구로 들어가야 할 듯하니 어서들 준비하자꾸나."

말은 하지 않아도 제일 앞에 있는 창룡 주비도 살짝 실망한 감정이 얼굴에 드러나는 가운데 모인은 사람들을 재촉하기 시작했다. 그리곤 곡구를 향해 일행을 인솔해 나가려 할 때였다.

"……!"

모인의 신형이 그 자리에서 멈추었다. 아니, 멈출 수밖에 없었는데 바로 뒤를 따르던 이도는 무슨 일인가 싶어 고개를 들며 입을 열었다.

"어… 장로님, 무슨… 엇!"

파아아앙!

그가 채 말을 다 맺기도 전이었다. 모인의 신형이 앞으로 빠르게 폭사되자 이도는 자신도 모르게 양손을 가슴께로 끌어 올렸는데 그때였다.

팡! 파팡!

모인뿐만이 아니었다. 양편에 있던 주비와 명사찬까지 앞으로 달려나가고 있었다. 그리고 제일 앞에 나가 있던 모인의 주변에서 강렬한 폭음이 들려오고 있었다.

쩌어어엉!

서로 다른 시작들 181

"흡!"

놀라운 광경이었다. 한줄기 작은 기합성과 함께 모인이 뒤로 튕겨져 나오고 있었다. 붕천벽수사란 외호로 세상을 주름잡던 모인이 뒤로 튕겨 나오고 있었던 것이다.

"장로님! 조심! 차아압!"

터턱… 좌아아아앗!

명사찬이 앞으로 달려나갔던 이유는 명확했다. 그 역시 조금 늦기는 했지만 모인처럼 무언가를 느꼈던 것이다. 그래서 앞으로 달려나갔고 지금 모인의 뒤에서 그의 신형을 받치며 양 발로 대지를 미끄러지고 있었다.

"장로님! 허공으로!"

문득 들려오는 주비의 고성에 이도는 눈을 돌렸다. 주비는 장창을 양손으로 든 채 모인의 머리 위로 신형을 띄운 상태였고 모인은 양손을 가슴께로 모아든 채 이를 악물고 있었다.

양 손바닥을 살짝 둥글게 만들어 마치 공 하나를 잡은 듯한 형상을 취하고 있었는데 그 손 안에선 밝은 빛이 흘러나오고 있었다. 모인은 귓가에 주비의 목소리가 들리는 순간 양손을 머리 위로 치켜들었다.

파아앙!

강한 울림과 함께 모인의 양손에서 무언가 허공으로 발출되는 순간 주비의 창날이 세상에 포효하고 있었다.

시리리링.

유려한 곡선을 그리며 창날이 허공에 궤적을 그리다 한순간 섬전같이 움직이고 있었다. 주비는 창대의 제일 뒤를 잡고 모인의 손에서 발출된 물체를 향해 힘껏 창대를 밀어내었다.

쩌어어엉!

"읍!"

주비의 손에 상당한 울림이 느껴지고 있었다. 창대를 통해 이만큼의 압력을 느껴보긴 참으로 오래간만인 것 같았는데, 하나 결국 그 힘을 해소할 수 있었다. 주비는 힘에 의해 튕겨지는 물체에 시선을 고정시킨 채 허공에서 지면으로 내려섰다.

탓.

작은 발걸음 소리가 들려왔다. 그 어느 때보다 안정적인 자세였고 그건 몸의 상태가 아주 최상은 아니어도 어느 정도 수준 이상의 상태란 뜻이었다. 즉, 지금 그의 몸에서 나왔던 내력은 언제나처럼 같은 수준이란 말이었다.

그럼 이 손의 떨림을 이야기할 수 있는 것은 단 한 가지였다. 상대의 내력이 그만큼 대단하다는 뜻이었다. 그것도 모인 장로가 한 번 그 힘을 죽였음에도 불구하고 남은 힘으로만 이런 위력이라니…….

"……."

게다가 지금 그의 눈에 보이는 이 물체… 바로 모인이 막아내고 그가 최종적으로 힘을 잃게 만들었던 그 물체였다. 그건 그저 아무 곳에서나 볼 수 있는 돌멩이 한 조각이었다.

"모두… 괜찮은 거예요?"

"……"

뒤에서 이도가 놀라 물어보지만 아무도 거기에 답하는 사람은 없었다. 주비처럼 모인과 명사찬도 상황을 이미 파악한 후이니 말이다.

"큭! 환영 인사 한번 거칠군 그래. 아니, 우리가 거친 것으로 받아들였다고 봐야 하나?"

슬쩍 비틀린 음성을 흘리며 명사찬은 앞으로 살짝 나섰다. 그의 시선이 향하는 곳은 바로 저 앞에 있는 곡구였는데 그곳엔 낯선 풍경 하나가 새로 씌워져 있었다.

어느새 나타났는지 일단의 인물들이 보이고 있었다. 명사찬은 누가 이야기한 것도 아닌데 왼쪽으로 움직이고 있었다.

"한번쯤은 본 듯한 느낌이군 그래……. 상문곡에서 본 놈들이었나?"

슬며시 오른쪽으로 신형을 옮기며 주비가 입을 열었다. 명사찬과 주비가 좌우로 날개를 뻗친 형상이 되었다.

"하면 고도간 그놈들과 같은 패거리로군요. 우리가 잘못 온 것은 아니네요."

대강 상황을 짐작한 듯, 이도 역시 양손을 툭툭 털며 앞으로 나갔다. 대담하게도 중앙으로 나가는 그를 보며 명사찬은 피식 웃으며 입을 열었다.

"뜻은 좋지만 일단 뒤로 와라, 녀석아. 거긴 아직 네가 서 있을 곳이 아니다."

"큭, 그럼 이곳에 모인 장로님을 먼저 세워요? 안 되죠. 그럼 전 나서지도 못할 텐데요."

"뭐?"

당돌한 이도의 말에 명사찬은 두 눈을 동그랗게 떴다. 물론 아직까지 상황이 어려운 것은 아니지만 쉽게 볼 상황은 아니었다. 언제 어떻게 상황이 변할지 모르니 말이다.

제일 앞에서 전두 지휘 한다는 것은 쉬운 일이 아니었다. 특히나 위치상 좌우의 균형을 잡아주어야 하기에 어려울 수밖에 없었는데 이도는 떡하니 그 자리를 잡은 채 눈을 부라리고 있었다. 명사찬은 피식 웃으며 한마디 하려다 대신 다른 사람의 목소리를 들었다.

"놔두어라. 허허, 이제 저 녀석도 쉽게 볼 수 없을 것이야. 네가 보지 않은 사이 많은 변화가 있었어. 내 신경 쓰마."

"……."

무인의 전음이었다. 그 말은 모인이 뒤에서 그를 바라본다는 뜻이니 더 생각할 것도 없었다. 명사찬은 고개를 돌려 다시금 곡구를 바라보았다.

어느새 사람들의 모습이 꽤 보이고 있었다. 저 안으로 들어

서로 다른 시작들 185

가면 알 수 있는 일이지만 전투를 앞두고 살짝 떨리는 가슴은 어쩔 수 없었다.

그 가슴을 진정시키며 그는 앞으로 움직이기 시작했다. 그와 함께 그의 동료들도 움직이고 있었다.

* * *

똑또르르르…….

살짝 흘려지는 목탁의 소리가 왠지 청량하게 느껴지는 하루였다. 아직 하루를 마감하기엔 조금 더 시간이 필요하지만 이제 하나둘씩 정리를 위해 움직일 시간이었다.

저녁 공양이 약 반 시진 후이니 딱 좋을 시간이었다. 소사미 호장은 파릇하게 깎인 머리를 쓰다듬으며 입을 열었다.

"에… 이봐, 호가! 너 어떻게 할 거야? 금년이면 우리도 소사미 신분에서 벗어나는데 무승을 선택할 거지?"

"녀석. 그게 우리가 정할 수 있는 거냐? 사부님들이 다 알아서 해줄 텐데 뭘 그리 조급하게 생각하냐?"

이제 십오 세나 되었을까? 얼굴과 목소리는 딱 그 정도의 나이로 보였지만 그들의 키는 그렇지가 않았다. 이미 훌쩍 커서 성인만 했던 것이다.

스읏… 스읏…….

세월의 흔적이 묻어나는 벽돌길을 비질하며 두 사람은 이마에 살짝 땀을 흘리고 있었다. 문득 호장은 다시금 입을 열었다.

"근데 너, 요즘 보니 무공보다 불경에 더 마음을 쏟는 것 같던데 무슨 일 있냐? 무공이 좋아 여기 온 거 아니야?"

"하하, 당연히 무공이 좋았지. 한데 요즘 마음에 좀 걸리는 것이 있어서 말이야."

"뭐?"

마음에 걸린다라… 그 자신도 열다섯이지만 왠지 여기 있는 이 호가란 친구는 정말 나이가 많게 느껴지는 녀석이었다. 훨씬 어른스럽다고나 할까?

"솔직히 더 말하기는 그렇고, 그냥 불경을 읽으면 마음이 편해져. 그래서 요즘 더 자주 접하는 것뿐이야."

"아… 그래?"

역시나 어른스러운 대답에 호장은 씨익 웃으며 입을 닫았다. 아마도 집안에 무슨 일이 있는 것 같은데 거기까지 호장이 알아야 할 이유는 없었다.

뭐, 워낙 친한 녀석이니까 곧 알려줄 것이라 생각하며 호장은 다시 비질에 집중하려던 순간이었다. 그의 눈에 낯선 사람들이 보이고 있었다.

"응?"

이곳은 소림사에서도 조금 깊은 곳에 속했다. 굳이 따지자면 장경각 부근이었는데 이곳에서 외인을 보는 것은 약간 낯선 일이었다.

소림에 오는 헌화객이나 혹 다른 용무로 오는 사람들은 이곳이 아니라 지객당으로 가는 것이 일반적이었다. 이쪽으로 온다고 해도 누군가 인솔자가 있기 마련이었는데 인솔자도 없어 보였다.

"누구시지?"

슬며시 혼잣말을 하며 호장은 빠르게 앞으로 움직였다. 그리곤 막 그들을 향해 입을 열려 할 때였다.

"잠깐 호장……"

뒤쪽에서 들려온 호가의 목소리에 호장은 걸음을 멈추었다. 낯선 사람들은 저 앞, 약 오 장여 앞에서 버티고 있었는데 보여지는 호가의 얼굴은 상당히 굳어 있었다.

"조금 이상한 사람들인데? 아무래도 알리는 것이 좋을 것 같아."

"그렇기는 한데 그렇게 사람 불러올 동안 이 사람들이 기다려 줄 것 같지가 않은데? 일단 먼저 알아보자고."

씨익 웃으며 호장은 잠시 멈추었던 걸음을 다시 옮기기 시작했다. 호가는 그의 뒤를 따르며 수중의 빗자루를 꽉 쥐고 있었는데 호장은 기어이 그 앞으로 가 합장을 하며 입을 열었다.

"아미타불… 시주님들께선 어떻게 여길 오신 것인지. 이곳은 본사에서도 함부로 들어올 수 없는 곳입니다."

"……."

꽤나 정중하게 호장은 입을 열었지만 사람들은 그저 묵묵부답이었다. 호장은 그 분위기에 왠지 이상함을 느끼며 다시금 사람들의 모습을 살펴보았다.

회색, 그것도 암회색에 가까운 옷을 입은 사람들이었다. 발목과 소매의 단이 너풀거리지 않도록 각반과 끈으로 꽉 묶어놓은 것이 무공을 하는 사람들이라는 것을 알 수 있었다.

아니, 그것보다도 저 등 뒤에 걸린 도 한 자루를 보면 무림인이라는 것을 잘 알 수 있었는데 왠지 그 모양이 조금 독특했다.

앞쪽에서 보는 것이라 도파만 보였는데 도파의 모양이 일반적으로 보이는 것이 아니었다. 살짝 휘어진 것이 좀처럼 볼 수 없었던 모양인 것이다.

"시주, 제 말이 들리지 않으십니까? 혹 청력을 잃으신 분인가요?"

다시금 정중히 입을 열지만 대답이 들리지 않는 것은 마찬가지였다. 호장은 잠시 그들의 눈치를 살피다가 다시금 입을 열었다.

"아미타불… 이곳은 외인이 들어올 수 없는 곳입니다. 혹 잘못 들어오신 것이라면 어서……."

파아아앗!

서로 다른 시작들

"……."

그저 이야기만 하는 것뿐이었다. 호장은 자신이 말하는 중간에 괴이한 소리가 들린다고 생각했었다. 물론 그와 함께 눈앞에 뭔가 밝은 빛줄기 하나가 치달아 올라갔다.

하나 그것이 뭔지는 잘 몰랐다. 워낙 순식간에 일어난 일이라 그런 것인데, 그때였다.

파아아!

"크아아악!"

호장의 입에서 비명성이 흘러나왔다. 어느새 그의 오른 손목에서 피가 분수처럼 뿜어 오른 것인데 그곳에 있어야 할 손은 어디론가 사라진 후였다.

"호… 호장! 이놈들!"

타탓… 파아앙……!

호가가 느꼈던 괴이함은 그대로 맞아떨어졌다. 상대는 이소림사에 좋은 감정을 가지고 있지 않았던 것이었는데 이들은 침입자였던 것이다.

호가는 재빨리 왼손으로 호장의 뒷덜미를 잡아당겨 뒤로 던지며 오른손을 쭉 뻗었다. 비록 아직 입문 단계이긴 하나 그의 손에서 항마봉법(降魔棒法)의 초식이 바람처럼 흐르고 있었다.

팡! 파파팡! 파팡!

비록 빗자루이긴 하지만 그 중앙의 막대기는 그리 녹록하게 볼 물건이 아니었다. 생활이 수련인 소림의 규율에 따라 막대기의 무게가 삼십 근이나 했던 것이다.

당연히 안에는 철심이 박혀 있었고 웬만한 칼이나 검보다도 효율적이었다. 호가는 온 힘을 다해 제일 앞에 나와 있던 사내를 향해 봉을 휘둘렀지만 그의 노력은 모두 허사였다.

카카카칵!

삼십 근이란 무게를 이용하여 펼치는 봉법은 웬만한 중검에 필적하는 효과를 가지고 있었다. 그건 아직은 입문 단계라는 호가의 항마봉법을 그래도 도와주는 것이긴 했는데 하나 그것도 그리 오래가진 않았다.

스슷… 시이이잇!

"……!"

두 눈이 부릅떠질 만큼 기이한 움직임이 호가의 눈앞에서 일어나고 있었다. 사내가 앞으로 움직인 것인데 그 모습이 일반적인 사람들이 보여줄 수 있는 움직임이 아니었다.

도저히 눈으로 쫓을 상황이 아니었다. 빠른 속도도 속도였지만 무엇보다도 변화가 엄청났다. 등을 힘껏 웅크린 채 흐르듯 움직인 것인데 이건 사람의 움직임이 아니었다.

네 발 달린 짐승, 그것의 움직임이었다. 어떻게 이런 움직임을 보여줄 수 있는지 호가가 마음속으로 의문을 표시할 때였다.

슷…….

서로 다른 시작들

"……."

아주 작은 소리가 호가의 귓가에 들려왔다. 눈에 보이는 것도 없었고 뭔가 느껴지는 것도 없었다. 그러다 문득 하늘이 노랗게 보이기 시작했다.

"아……."

참지 못할 현기증을 느끼며 그는 땅으로 신형을 쓰러뜨리고 있었다. 노랗게 물든 그 하늘 아래 누군가의 얼굴이 보였다. 그것은 목만 대지 위에 구르고 있는 호장의 모습이었다.

그리고 그것이 호가가 가진 생의 마지막 기억이었다.

"이상하리만치 가슴이 답답하구나. 아미타불……."

"심화(心火)가 보이십니까?"

붉은색 가사를 단정히 입은 노승이 입을 열자 그 옆의 사내가 바로 말을 이었다. 두 사람 다 나이가 상당히 많아 보였는데 중앙의 노승은 빙긋 웃으며 말을 이었다.

"허허허, 심화라고 이야기할 것이 있을까나? 모든 것은 부처님의 뜻일진대 내 어찌 심화라 하겠는가?"

"하나 방장께선 그 누구보다 감각이 영민하신 분입니다. 방장께서 그렇게 생각하신다면 뭔가 있는 것이겠지요."

"허허허. 소 사제가 나에게 원하는 것이 있더냐? 왜 이렇게 날 치켜세우지?"

슬며시 웃으며 말을 받는 두 사람이지만 둘 다 그리 녹록한 사람들은 아니었다. 한 사람은 소림이라는 거대한 문파를 이끌어가는 방장이었고 또 한 사람은 지객당을 맡고 있는 사람이었던 것이다.

한천불수(寒天佛手) 백무(白無)와 신장승(神將僧) 백소(白小), 이 두 이름으로 불리는 두 사람은 소림의 핵심이랄 수 있었다. 백은과 백양의 사형제인 이들이 현 소림을 이끌고 나가는 사람들이었던 것이다.

"한데 은과 양 사제 모두를 다 강호로 내보냄은 좀 지나치신 것이 아닙니까? 아무리 봐도 그 두 사람이 같이 나설 이유가 없는 것 같은데……."

"허허허, 그럴 수도 있겠지. 하나 요즘 강호는 충분히 경계할 만하네. 사람들이 전해오는 소식만 봐도 쉽게 판단할 수가 없지 않나? 양 사제의 머리에 은 사제의 무공이면 충분할 것이야."

마치 화제를 돌리기라도 하듯 말한 백소의 말에 백무는 고개를 끄덕이며 입을 열었다. 그러자 백소는 다시금 입을 열었다.

"물론 그렇기는 합니다만 정보가 너무 없습니다. 왠지 좀 더 두고 봐야 하는 것이 아닌가 합니다."

"음… 그래, 확실히 이상하긴 하지. 없어도 너무 없으니……. 이건 마치 누군가 입단속을 단단히 시키는 것 같아.

그건 그렇고 둘이 있으면 그냥 사형이라 하라니까?"

"하하! 습관이 돼서 잘 안 고쳐지는군요. 알겠습니다, 사형."

빙긋 웃으며 백소는 말을 이었고 백무 역시 웃음으로 화답했다. 백무는 잠시 생각을 하는 듯하다가 다시 입을 열었다.

"자네의 말처럼 좀 과한 일에 두 사람을 내보낸 것인지 모르네. 하나 난 마음에 걸려. 그 흑월이란 단체, 너무 뜬금없단 말이야."

"…누군가 뒤를 밀고 있다는 말씀이십니까?"

"아니면 강호에 나오자마자 무당을 건드릴 수가 있는가? 게다가 그 종적 또한 감추었지 않은가? 강호에서 도움이 없다면 있을 수 없는 일일세."

"…하긴."

수긍하는 듯 백소는 고개를 끄덕였다. 분명 그 흑월이란 단체는 좀 이상한 면이 있었다.

이리저리 쑤시고 다닌다는 느낌을 지울 수가 없었던 것이다. 대관절 그들의 목적이 무엇인지 몰라도 바보가 따로 없었다. 이건 죽으려고 용쓰는 일밖에 되지 않았던 것이다.

오죽했으면 무당도 어이가 없어 가만히 있을까? 무당도 지금 이 사실을 모르는 것이 아니었다. 겉으로는 흥수를 찾고 보복을 준비하는 듯 보이지만 실은 흥수는 이미 알고 있었다.

아니, 알고 있다고 믿었다.

무당만큼 거대한 문파가 그 정도의 정보력이 없다는 것은 말이 안 되었다. 따라서 지금 무당은 무언가를 노리고 있다고 봐야 했다. 아님 자체 내에 문제가 좀 있던가.

"어쨌거나 사젠 이제 좀 더 세상을……! 누구냐!"

파라라라라…….

앉은 자리에서 백무는 신형을 움직였다. 긴 장삼이 바람에 날리는 소리와 함께 백무는 약 반 장여의 공간 위로 떠오른 것인데 문득 그의 양손이 하늘로 들리고 있었다.

"감히 여기가 어디라고… 차앗!"

쩌어어어엉! 콰가가강!

굉음과 함께 백무가 앉아 있던 자리 위쪽의 천장이 통째로 뜯겨 나가고 있었다. 아울러 그 자리엔 부서진 기와뿐만이 아니라 다른 것도 보이고 있었다.

"소림을 우습게보는구나!"

치리리링……!

바로 옆에 내려놓았던 선장을 잡으며 백소는 신형을 일으켰다. 그리곤 오른발을 힘껏 구르며 허공으로 신형을 뽑았다.

파아아앙!

"이야아압!"

기합성과 함께 그는 지붕까지 단숨에 올라왔고 이어 그의 손에 들린 선장이 찬연한 빛을 내뿜기 시작했다.

파파파파파!

불자이기에 최후의 목숨 한 줌씩은 남겨둔 일격이었다. 한데 그의 예상을 뒤엎는 놀라운 결과가 나오고 있었다.

파파파파팡!

"……!"

모두 피하고 있었다. 위에서 보이는 자는 약 세 명, 그들의 신형은 믿을 수 없을 정도로 빠르고 영활했다. 특히 움직임 자체가 아주 인상적이었던 것이다.

짐승, 딱 산짐승의 그 조심스럽고 예측하기 힘든 움직임을 보이고 있었는데 그렇게 잠시 그가 놀라 주위를 돌아볼 때였다.

"아… 미… 타… 불……."

웅혼한 소리가 허공에 울리며 수많은 소림의 무승들이 여기저기서 쏟아져 나오고 있었다. 소림 나한전의 고수들이 쏟아져 나온 것이었다.

"방장님을 보호하고 침입자를 잡아들여라! 단 한 사람도 남김없이! 그리고 어서 소나한진을 펼쳐라!"

한 사람의 창노한 음성과 함께 일사불란한 움직임이 시작되었다. 소리친 사내는 재빨리 본전 안으로 들어왔는데 들어오자마자 가부좌를 한 채 포단 위에 앉아 있는 백무를 향해 입을 열었다.

"방장께 보고드립니다. 정체불명의 자들이 소림에 침입했

나이다. 이미 소사미들을 비롯하여… 오십여 명의 소림 제자들이 생명을 잃었나이다."

"뭐라!"

백무는 놀라 소리쳤다. 설마 하니 벌써 그 정도의 사람들이 죽었을 줄은 생각도 못했던 사실이었다. 백소는 앞에 와 소리친 사내를 향해 외쳤다.

"아무래도 이자들, 작정을 한 것이군요. 범여(凡餘)야, 어서 문도를 추스르거라! 어서!"

"예, 지객당주님……."

범여라 불린 사내는 바로 뒤돌아 섬전같이 달려나가고 있었다. 나가는 그의 뒷모습을 보니 그간 상당한 싸움이 있었음을 알 수 있었다. 뒷등에 피가 함뿍 적셔져 있었던 것이다.

"어떻게 감히 소림에 이런 일이……."

정말 놀랐다는 듯 백무는 그저 망연한 표정으로 입을 열고 있었다. 그러자 백소는 백무의 앞에 버티고 서 있는 채로 입을 열었다.

"누군지 모르지만 그냥 두진 않을 것입니다. 오늘의 혈겁이 끝나면 바로 우리 소림의 힘이 세상에 보이게 될 것입니다. 전 사형을 믿습니다."

나가서 싸우면 좋으련만 백소는 나가지 않고 있었는데 그건 백무 때문이었다. 소림의 방장은 양다리를 쓰지 못하는 사람이었던 것이다.

"약속하네, 소 사제……. 내 반드시 오늘의 빚을 갚고야 말 것이네."

백소의 등을 바라보며 소림의 방장 백무는 파아란 눈빛을 여과없이 흘러내고 있었다.

第六章

친구를 위해 가는 길

1

"……."

모든 것이 꿈만 같았다. 머릿속의 기억도, 지금 주변의 현실도 그저 아득하게만 느껴지는 것이다.

하나 한 가지만은 확실히 현실로 인식되고 있었다. 고통, 몸이 쪼개질 듯한 강렬한 고통은 지금 이것이 현실이라고 이야기하고 있었다.

"큭!"

그 현실을 직시하며 신형을 일으켜 보지만 돌아오는 것은 지독한 고통뿐이었다. 마치 온몸을 누군가 난도질을 하는 듯한 착각이 들고 있었던 것이다.

어째서 이렇게 되었는지 기억조차 제대로 나지 않고 있었다. 대신 그의 귓가에 여린 목소리 하나가 들려왔다.

"아직 움직여선 안 될 것입니다. 지금 움직이면 상처가 덧날지도 모르니 일단은 그냥 있으세요."

"……."

현백은 정신이 번쩍 드는 느낌이었다. 이 귀에 익은 목소리에 그는 힘들게 고개를 돌리려 애썼다. 그러나 목은 채 돌아가지도 않고 있었다.

한데 그가 굳이 고개를 돌리지 않아도 되는 상황이 생겼다. 눈앞에 여인의 얼굴이 나타났다. 현백이 고개를 돌리지 않는 대신 그 여인이 얼굴을 내밀었던 것이다.

"저 기억하시겠죠?"

"미… 호?"

틀림없는 미호공주였다. 먼저 알고 있던 미호공주와는 완전히 다른 인물, 기품까지 느껴지는 진짜 미호공주가 틀림없었던 것이다.

그의 기억 속에서 이들을 만나고 헤어진 지 그리 오랜 시간이 걸리지 않았던 것으로 느껴지고 있었다. 도무지 뭐가 어떻게 된 것인지 알 수가 없었는데 그때였다. 또다시 귀에 익은 사내의 목소리가 들려왔다.

"허허허, 이제야 깨어났군요. 다행입니다."

"……!"

사내의 목소리 역시 상당히 귀에 익었고 이번 목소리는 그 얼굴을 보지 않아도 잘 알 수 있었다. 환연교주 토루가의 목소리였던 것이다.

"기억은 납니까? 어찌 된 일인지?"

일체의 감정이 없는 목소리가 들려오자 현백은 힘겹게 고개를 가로저었다. 뭔가 기억이 날 듯 말 듯한데 정확히 나질 않고 있었던 것이다.

"그래, 그럴 수 있을 것입니다. 워낙 거대한 힘을 경험했을 터이니… 몸이 더 좋아지면 그때 이야기하지요. 지금은 이야기해도 소용이 없을 터……."

"아니……."

시일을 두고 이야기하자는 토루가의 말을 단번에 자르며 현백은 입을 열었다. 그리곤 어금니을 꽉 깨문 채 신형을 일으키고 있었다.

"크으윽!"

두둑! 둑!

며칠이나 누워 있었는지 몰라도 온몸의 근육들이 아우성치고 있었다. 양손으로 침상의 바닥을 잡고 일어서는 아주 간단한 동작이었지만 정말 현백은 온 힘을 다해 그 동작을 하고 있었다.

"읍……."

살짝살짝 비명성이 흘러나왔지만 결코 현백은 동작을 멈

추려 하지 않았다. 그리곤 결국 자리에 일어나 앉았는데 앉자마자 그의 시선은 전방으로 향했다. 어쩔 수 없다는 듯 고개를 좌우로 흔드는 토루가의 얼굴을 향했던 것이다.

방 안엔 미호공주와 토루가 딱 둘만 있는 것이 아니었다. 생각보다 꽤 많은 사람들이 있었는데 그중 주목할 만한 것은 낯선 세 사람이었다. 토루가와 미호, 그리고 사다암까진 잘 알겠는데, 그 외의 세 사람은 초면이었던 것이다.

그러나 그들의 기도는 그리 작지가 않았다. 어쩌면 사다암에 필적할 만한 강대한 내력을 가지고 있는 듯 보였는데 현백의 궁금증을 눈치 챘는지 토루가가 입을 열었다.

"현 대협 당신은 처음 보겠지만 이들은 아닐 것입니다. 우리 환연교를 지키는 호교 가문, 삼천가의 사람들입니다. 당신을 이리로 데리고 온 것도 이들 세 사람이지요."

"……."

토루가의 말에 현백은 고개를 살짝 끄덕여 고마움을 표시했다. 어쨌든 그들이 자신의 목숨을 살렸다는 생각이 들고 있었는데 문득 그중 한 사람의 입술이 열렸다.

"명령에 의한 것이니 고마워할 필요 없소이다. 난 아직도 중원인이 우리의 무공을 알고 있는 것이 마음에 들지 않으니……. 본인은 위천가의 사람이고 여기 두 사람은 의천, 용천 가문의 사람들이오. 그냥 위, 의, 용이라 부르면 될 것이오."

상당히 무뚝뚝한 목소리가 흘러나오고 있었다. 그냥 툭툭 내뱉는 듯한 목소리지만 그의 음성에서 감정 따윈 발견할 수가 없었다. 감정이라기보단 지극히 사무적이라는 말이 옳을 듯싶었다.

"혹시 몰라 현 대협의 뒤를 쫓도록 했었습니다. 흑월이 중원에 온다면 분명 당신부터 만날 것이라 생각했는데 결국 그렇게 되었군요."

"……."

토루가의 말에 현백은 아무런 말을 하지 않았다. 대신 주위를 둘러보기에 여념이 없었는데 이곳은 객잔이 아니었다. 객잔치곤 주변의 장식들이 상당히 화려해 보였던 것이다.

방도 큰 것이 객잔이라면 이 정도의 큰 방은 없었다. 별채라도 빌리지 않는 이상. 토루가는 현백을 향해 계속 입을 열었다.

"우리의 교세가 그저 운남에서만 크다고 생각지 말아주시길……. 중원에도 우리의 교도가 있고 그 교도들이 모이는 곳도 있습니다. 이곳 역시 그중의 하나, 이상하게 생각하지 마세요."

"뜻밖이군. 중원에 교두보를 지니고 있었단 말입니까?"

생각하기에 따라서 현백의 말처럼 들릴 수도 있었나. 하나 토루가는 별다른 감정의 변화가 없었다. 살려준 것만으로도 고마운데 무슨 소리냐고 할 수도 있었는데 말이다.

"모든 것은 생각하기 나름, 그렇게 생각한다면 나 역시 할 말은 없소이다. 하나 우리의 교리를 아는 당신이라면 생각을 바꿀 것이라 믿소. 상생과 화합이 우리의 교리이니……."

"……."

교리라는 것이야 정하기 나름이니 사실 이런 말은 들을 필요도 없었다. 그냥 현백이 느끼기에 그렇다면 그런 것이었다. 토루가의 말은 돌려 생각하면 맘대로 생각하라는 것이었다.

어느 정도 인정도 하면서 부정을 하는 아주 애매한 대답이었지만 현백은 더 이상 그것에 관한 이야기는 하지 않았다. 대신 그는 자신이 알고 싶은 것을 질문으로 던졌다.

"대관절 어찌 된 일이오?"

"정말 전혀 생각나지 않습니까? 아니, 어디까지 기억이 납니까?"

조금 대답하기 난감한 듯 그가 되묻자 현백은 곰곰이 생각에 잠겼다. 조금씩 조금씩 기억이 되돌아오고 있었는데 현백은 생각을 거두고 입을 열었다.

"마송… 그자와 싸웠던 기억이 마지막이오. 그 이후엔 기억나는 것이 없소."

"…마송?"

현백의 말에 토루가는 미간을 찡그리며 말했다. 그런 이름은 알지 못했기 때문이다. 그때 삼천가의 입이 열렸다.

"일사자가 스스로를 일컬어 마송이라 했습니다. 이유는 모르지만 그리 이야기하더군요."

"일사자가?"

조금 의외라는 듯 토루가는 고개를 갸웃거렸는데 아무리 생각해도 그 의미를 알 수 없었다. 그는 조금 생각을 하는 듯하다가 다시금 입을 열었다.

"정말 모르겠군요. 현백, 당신은 그들의 정확한 정체는 알고 상대를 한 것인가요? 그자들이 흑월의 사람들이라는 것을 알고 있었는가 말입니다."

"그저 짐작했을 뿐입니다."

토루가의 말에 현백은 그제야 자신이 싸운 사람이 흑월의 사람이라는 것을 알았다. 하나 일사자라는 것은 그도 알지 못했었다.

"일사자란 의미가 무엇을 의미하는지 아십니까? 흑월에서?"

"……."

다시 이어지는 질문에 현백은 고개를 들었다. 그것을 알 리가 있겠냐는 듯한 얼굴이었는데 토루가는 괜한 질문을 했다고 생각하며 입을 열었다.

"내가 전에 이야기한 대로 흑월은 세 명의 사자가 있습니다. 일, 이, 삼사자가 그것이지요. 그 사자들이 어떻게 순서가 정해질 것 같은가요? 아… 그들은 사형제의 관계가 아닙니다."

"……."

 미루어 짐작해 보라는 말이었지만 현백은 그렇게 할 필요가 없었다. 토루가는 자신이 질문하고 바로 대답했던 것이다.

 "승부입니다. 그들은 승부로 순위를 정하지요. 그렇게 세 명의 서열이 정해진 것입니다. 마송이라 불렀던 자가 일사자, 몽오린이란 자가 이사자, 그리고 이미 당신이 봤던 여인이 삼사자입니다. 그중 이름을 아는 것은 이사자뿐이었지요."

 삼사자라는 말에 현백의 시선은 자신도 모르게 움직였다. 진짜 미호공주의 얼굴을 향해 움직인 것인데 그녀는 그저 웃고만 있었다.

 "서로 간의 서열을 정하는 것은 간단합니다. 삼사자는 이사자와, 이사자는 일사자와 서열을 놓고 싸우는 것이지요. 그들은 그렇게 서열이 정해졌지요. 철저한 강자존(强者存), 그것이 바로 그들의 이념이오."

 "강자존……."

 현백은 그 말을 되뇌었다. 강자존의 원칙, 가장 원초적인 원칙이면서도 제일 효과적인 것이었다. 힘 앞에서 서로 그 순위를 정한다는 것은 뒤탈도 제일 없는 일이니 말이다.

 "한데 말입니다, 그들이 말하는 강자존의 원칙은 자신들만 적용되는 것이 아닙니다."

 "……."

 "흑월에서 가장 그 정점에 있는 권력자 월성, 그 역시 마찬가지이지요. 즉, 지금의 일사자는 과거에 월성이었던 사람입니다. 그러니 당신은 흑월 최고의 무사 중 한 명과 싸운 것입니다."

"......!"

현백의 눈이 살짝 커졌다. 설마 하니 마송이 과거 월성이었을 줄은 꿈에도 생각지 못했던 것이다.

"그간 우리는 저 흑월에게 상당한 관심을 쏟았었지요. 같은 천존을 모시면서도 다른 사람들, 그러면서 적이 된 그들과 우리의 관계를 방관자라 해도 다름없는 현 대협께 이해해 달란 말은 하지 않겠습니다."

슬며시 회한이 떠오르는 얼굴을 한 채 그는 허공을 살짝 응시하고 있었다. 아무래도 뭔가 일이 있는 것 같았는데 그거야 현백이 알 바가 아니었다.

"당신에게 알리지 않은 일이 하나 있습니다. 그건 좀 먼 이야기였는데 당신이 속한 충무대가 남만에 올 때 즈음 흑월의 월성이 바뀌었지요. 바로 얼마 전 자네가 만나본 그 마송이란 사람이 그때의 월성이었지요."

"......"

"한데 이상한 것은 그 바뀐 월성이 중원인이었습니다. 이름도 얼굴도 모르지만 그렇게 알고 있었어요. 우리 역시 그들 속에 사람을 심어놓았고 그들이 이야기한 것이니 틀림없을 것입니다."

"내가 충무대로 들어가 남만에 왔을 때 중원인이 월성이 되었단 말입니까?"

"그렇습니다."

현백은 미간을 살짝 찌푸렸다. 뭔가 이상한 생각이 들고 있었는데 그것이 어떤 것인지는 잘 알 수가 없었다. 딱딱 아귀가 맞으면서도 살짝 어긋나는 느낌, 그런 느낌이 들고 있었던 것이다.

"그 새로운 월성이 시간이 흘러 중원으로 흑월을 데리고 온 것이지요. 난 이미 월성이 바뀌었을 때부터 이럴 것이라 생각했었습니다. 시일이 좀 많이 걸렸을 뿐. 내 말을 알겠습니까?"

이미 이 일은 예견되어진 것이란 뜻이었다. 현백은 고개를 끄덕이며 그 말에 동조하다 조금 한기가 이는 것을 느꼈다.

"추운가요? 하긴 이제 완연한 가을이니 추울 수도 있겠군요."

현백의 모습에 미호공주는 자리에서 일어나 창가로 걸어가 창문을 닫았다. 현백은 이상한 느낌에 입을 열었다.

"내가 얼마나 누워 있었던 것이오? 좀 시일이 지난 것 같은데?"

"……."

현백의 말에 아무도 대답하는 사람이 없었다. 그러고 보니 창가의 햇살도 이전의 기억과는 조금 달랐다. 훨씬 더 따뜻해 보였고 무엇보다도 그 창가 너머의 색이 달랐다. 초록이 아니라 약한 황토색이 보였던 것이다.

"좀 있었지요. 보름이 흘렀습니다."

"……!"

문득 들려오는 사다암의 목소리에 현백은 두 눈을 크게 떴다. 설마 하니 그 정도의 시간이 흐른 줄은 몰랐기 때문이다. 그는 양 발을 움직여 침상에서 내려오려 했다. 하나 내려오는 것 대신 엄청난 고통이 온몸을 엄습하고 있었다.

"큭!"

"아직 무리입니다. 왜 이리 말을 안 듣나요?"

다시금 토루가는 부드럽게 입을 열었지만 현백은 움직이려는 것을 멈추지 않았다. 그는 꼭 가야 할 곳이 있었기 때문이다.

"추… 충표… 오유……."

"……."

온몸이 부서지는 고통 속에서도 현백의 입속에선 두 사람의 이름이 흘러나왔다. 그리고 그 이름을 듣는 순간 토루가는 쓴웃음을 지었다. 그가 이야기하려는 것이 무엇인지 알 수 있었던 것이다.

친구들… 그들을 구하기 위해 그는 달려가려 하는 것이다. 물론 지금 이 몸으로는 무리였지만 말이다.

친구를 위해 가는 길 211

"그 이야기는 조금 더 쉰 다음에 하지요. 일단은 푹 쉬세요."

스으읏.

토루가가 현백의 머리 위로 손을 한 번 들어올리자 현백은 그 자리에서 바로 쓰러졌다. 이어 사람들은 현백의 신형을 바로 뉘였다.

"이러지도 저러지도 못하는 상황이군요. 시원하게 가르쳐주는 것도 잔인한 것 같고……."

"강호의 정세가 하루가 다르게 바뀌었거늘 어찌 지금 알려줄 수 있겠습니까? 모든 것은 이 친구의 몸이라도 나으면 그때 이야기하지요."

토루가의 말에 사다암은 고개를 끄덕였다. 지금은 그것이 우선이었다. 일단은 몸을 회복하는 것이 현백의 최대 관건이었던 것이다.

"난 좀 더 여기 있겠네. 자네들은 좀 쉬게나."

"알겠습니다. 그럼……."

토루가는 삼천가를 돌려보내었고 그건 사실상의 축객령이었다. 현백의 팔을 잡은 채 토루가는 진맥을 하기 시작했고 사람들은 하나둘씩 나갔다. 이윽고 방에 둘만 남게 되자 토루가의 입술이 살짝 열렸다.

"전설이… 현실이 되는가? 허허허!"

공허한 웃음이 허공에 울리고 있었다. 그 웃음 속엔 참으로 복잡한 감정들이 담겨져 있었다.

　　　　　＊　　　　＊　　　　＊

"오! 어서 오십시오, 백양 대사님. 오신다는 소식에 정말 고대하고 있었습니다."

"아미타불… 아무 소용도 없는 빈승을 이리 환대해 주시니 감읍할 따름입니다."

맨들한 머리를 살짝 숙이며 백양은 감사의 표정을 지었다. 그와 함께 같이 온 제자들 역시 기쁜 표정을 감추지 않았는데 그들을 환대한 사람은 바로 오위경이었다.

"허허허, 이제 추색대의 본격적인 구성이 끝난 것 같군요. 이젠 빠르게 움직일 수 있겠습니다."

"그렇군요. 말만 추색대가 아니라 진짜 추색대가 되었으니……."

오호십장절 토현과 무당의 탈명천검사 장연호는 진심으로 기뻐하고 있었다. 그도 그럴 것이 지금 막 도착한 이들 소림의 사람들을 마지막으로 구파일방의 사람들 모두가 다 모이게 되었던 것이다.

그간 이곳에 있던 문파들은 개방과 무당, 그리고 화산의 사람들이었다. 그러던 상황에서 아미파의 벽호수니(劈虎收尼) 원영(圓榮), 곤륜의 양포자(陽包子) 혜상(慧想) 노조, 청성의 양운검(陽雲劍) 환주(還周) 도인과 형산의 세오인(世吳人) 자안(慈

친구를 위해 가는 길　213

安) 선생까지 오고 이제 소림에서도 사람이 왔으니 모두 다 온 것이라 해도 과언이 아닌 것이다.

점창과 종남은 근래 들어 그 세가 약해져 있어 지난번 영웅대회에서조차도 참여가 힘든 관계로 그들에게 뭔가 기대할 것은 없었다. 하니 이제 실질적인 참여자는 모두가 다 온 셈이었던 것이다.

"아미타불… 참여하시는 분들이 모두 모인 것도 좋지만 이젠 대주께서 갈 길을 정하는 것이 좋을 것 같습니다. 온 지 저도 며칠 되었지만 확실한 일정을 몰라 본 파에 알릴 수가 없었습니다."

"저 역시 아미의 원영 대사와 생각이 같습니다. 대주께선 이제 확실한 일정을 발표해 주십시오. 저희들뿐만이 아니라 이 의로운 길에 자발적으로 참여하는 사람들을 위해서라도 해야 할 일입니다."

곤륜의 양포자 혜상 노조도 원영의 말에 힘을 실어주자 대부분의 사람들은 고개를 끄덕이며 무언으로 혜상 노조의 말을 지지하고 있었다. 이제 추색대의 인원이 모두 꾸려졌으니 제대로 움직여야 할 순간이었던 것이다.

"하하하! 물론입니다. 이미 그들에 대한 정보를 수없이 듣고 있었습니다. 다만 정확하게 관점을 어디다 두는가에 따라 많은 고민을 했는데 최근에 들어온 정보로 이제 우리가 가야 할 길이 정해진 것 같습니다."

오위경의 말에 많은 사람들은 기대 어린 표정을 짓기 시작했는데 특히 무당의 장연호와 개방의 토현은 온 정신을 집중하며 오위경의 말에 신경 쓰고 있었다.

이제 오위경이 움직이면 그 뒤의 솔사림이 움직일 터였다. 그렇게 되면 알고 싶지 않아도 솔사림의 진정한 의도를 알 수 있게 될 확률이 높으니 그런 것인데 오위경은 잠시 생각하는 듯하다가 이내 입을 열었다.

"여러모로 생각을 해보았지만 결론은 간단합니다. 얼마 전 여러분은 중경에서 있었던 일을 기억하실 것입니다. 그 일에 양명당이란 단체가 깊숙이 개입한 것 역시 잘 알고 있으실 것입니다."

"양명당이라면 수인도 현백이란 친구와 충돌이 있었다는 그곳 말이오? 언뜻 소문은 들었소이다."

청성의 환주 도인은 탁자 위에 올려놓은 검집을 슬며시 쓰다듬으며 말했다. 그러자 오위경은 다시 입을 열었다.

"그렇습니다. 바로 그자들입니다. 그리고 그때 보았던 정황 중 분명 중원의 무공이 아닌 세외의 무공을 쓰던 자가 있었습니다. 전 그자들이 바로 흑월이라 불리는 세력이 아닌가 싶습니다."

"……"

오위경의 말에 모두가 조용히 하고 있었는데 사실 이거야 누구나 다 생각할 수 있는 문제였다. 왜 지금 생각을 했는지 그게 더 이상한 문제였는데 오위경은 다시금 입을 열어 중인들에게 소리쳤다.

"한데 얼마 전 그들이 하북성에 나타났다는 말을 들었습니다. 말도 안 되는 소문으로 현백 대협의 일행을 함정으로 불러들였다고 말입니다. 해서 전 먼저 그곳으로 가는 것이 어떨까 합니다."

"이제 와서 가는 것은 너무 늦은 것 아니오? 진작에 갔으면 몰라도 지금은 일이 진행되도 한참 진행되었을 날짜인데?"

마음속에 가지고 있던 불편한 감정이 그대로 표출되는 듯 장연호가 입을 열자 곳곳에서 이와 같은 생각들이 있었던 듯 장연호에게 동조하는 듯한 표정을 짓고 있었다. 이미 보름을 넘어 이십 일 가까이 시일이 지났으니 당연한 일인 것이다.

사실 그동안 완전히 모른 체하고 딴짓하다가 이제 와 도우러 간다는 것은 참 이상하기 그지없었다. 그러나 오위경은 추호도 다른 뜻이 없다는 표정으로 다시금 입을 열었다.

"물론 그런 감이 없잖아 있습니다. 그래서 이미 본 파의 사람들에게 도움을 조금 요청한 상태였었습니다. 그들로부터 전갈이 아직은 본격적으로 일어난 것이 없다 하니 한시라도 빨리 가면 될 것입니다."

"그런 생각이라면 이 장모는 더 이상 말을 하지 않겠소. 어서 가 그들을 돕는 것이 좋을 테니······."

현백의 일행을 다시 만난다는 생각에 장연호는 바로 입을 열었고 토현 역시 고개를 끄덕였다. 제일 껄끄럽던 이 둘이 조용하니 이제 할 일은 완벽히 정해진 것이었다.

"자, 그럼 일은 그렇게 논의하는 것으로 하고… 응?"

"사… 사부님!"

이제 회의를 끝내려던 오위경은 뜻밖의 사태에 입을 닫았다. 한 승인이 허겁지겁 회의장 안으로 들어온 것인데 복장을 봐선 소림의 사람 같았다.

"허어… 웬 호들갑이냐! 놈! 여기 여러 영웅들의 모습이 보이지 않더냐!"

점잖게 호통을 치며 가벼운 행동을 한 제자를 나무라지만 그는 아랑곳하지 않았다. 오히려 안절부절못하는 모습을 계속 보이다 백양 대사의 귓가에 입을 대고 무언가를 속삭였다.

"뭐라!"

백양 대사가 자리에서 벌떡 일어서고 있었다. 붉어진 얼굴을 한 채 일어서는 그를 보며 사람들은 심상치 않다고 느꼈는데 이윽고 그가 입을 열었다.

"아무래도 이번 행사에 소림은 참여하기 힘들 것 같소이다."

"……"

뜻밖의 발언에 모두의 눈이 커졌다. 대관절 무슨 일이기에 저 백양 대사가 놀라고 있는지 알 수가 없었는데 그는 더 이상 말도 없이 회의장을 나가려 하고 있었다.

친구를 위해 가는 길 217

"이보시오, 백양 대사. 그냥 가시면 어떡하오? 무슨 일인지 알려주어야 우리도 대책을 논의하지요?"

"……."

토현의 말에 백양 대사는 나가려던 발걸음을 멈추었다. 그리곤 두 눈을 꽉 감고 호흡을 크게 했다.

"후우……."

긴 호흡이 흘러나오며 이제 좀 진정되는 듯한 기미가 보였는데 그 순간이었다. 백양 대사로부터 놀라운 이야기가 흘러나왔다.

"본 파가… 의문의 세력으로부터 습격을 받았다고 하오이다. 그 피해가 상당하니… 그만 돌아가 봐야겠소."

"감히 누가 소림을……!"

"세상에……!"

여기저기서 있을 수 없는 일이라는 듯한 반응이 흘러나왔다. 그도 그럴 것이 소림이다. 태산북두로 칭해지는 소림이 당하다니…….

"그럼 이만……."

백양 대사는 더 할 말이 없다는 듯 바로 신형을 움직였다. 그는 순식간에 대청을 빠져나갔고 오위경은 말없이 그의 뒷모습만 바라볼 뿐이었다.

"여러분……."

잠시의 시간이 흐르고 난 후 오위경은 입을 열었다. 그렇게 세인들의 주목을 끈 후 그는 말을 이었다.

"아무래도… 계획을 다시 세워야 할 것 같소이다."

왠지 침통한 그의 목소리가 사람들의 귓가에 울리고 있었다.

2

꿀럭… 꿀럭…….

"이도야, 그렇게 물 마시다간 탈난다. 조금씩 입술을 축이듯 마셔."

양가죽으로 된 수병 입구를 입에 댄 채 이도는 벌컥벌컥 물을 들이켰다. 그 모습에 명사찬은 조금은 농을 섞어 입을 열었는데 그의 말은 틀린 것이 아니었다.

"그래, 사찬이의 말이 맞구나. 조심하거라. 그러다 심화가 생길 수도 있어."

"후아! 예, 장로님. 장로님이 그리 이야기하시니 주의해야죠."

"그 말은 내 말만 있었으면 콧등으로 들었겠다는 뜻으로 들린다?"

이도의 말에 명사찬은 눈을 살짝 흘기며 입을 열었다. 그러자 이도는 씨익 웃으며 명사찬을 바라보았는데 명사찬은 그저 이도의 머리를 한번 쓰다듬고는 별다른 말을 하지 않았다.

아니, 그는 이 말대답 꼬박꼬박하는 이도가 오히려 대견스러웠다. 이제 눈앞의 이도는 그가 알던 그 이도가 아니었다. 한 사람의 무림인으로서 당당히 그 몫을 하는 사람이었던 것이다.

이 골짜기에 들어온 지 오늘로 사 일째. 그간 여기 있는 네 사람은 상당한 싸움을 벌였다. 비록 큰 상처를 입은 사람은 없어도 꽤나 낭패한 몰골이었는데 그 와중에 이도는 제 역할을 충실히 다했던 것이다.

무공이야 현백이 가르쳐 준 용음십이수가 있었으니 그리 놀랄 것은 없었다. 그간 혼자서 백방으로 노력해 온 것도 잘 알기에 그 수준이 많이 늘어난 상태였다. 한데 문제는 그 태도였다.

아니, 분위기라고나 할까? 제법 무인의 냄새가 났고 적을 앞에 두고 예전과 같은 갈등 같은 것도 없었다. 확실하게 땅에 뉘어야 할 땐 그리했던 것이다.

그저 뒤에다 놓고 돌봐주기만 하는 존재가 아니었다. 지금부턴 한 사람의 무인으로 그를 대해야 했다. 아니, 그만이 아니라 온 무림이 이도를 그리 대해야 할 것이었다.

"근데 정말 이상한데요. 이자들 그리 독하게 나오지 않고 있어요. 게다가 의당 있을 줄 알았던 고도간도 안 보이고⋯⋯. 아무래도 뭔가 꿍꿍이가 있는 것 같지 않아요?"

거기에다 이젠 제법 상황 판단까지 할 줄 알게 되었다. 명사찬은 싱긋 웃으며 다시금 입을 열었다.

"그래, 니 말처럼 뭔가 이상하긴 이상하지. 예상과 다른 것도 있고… 충분히 경계할 만은 해."

왠지 진짜 함정이 따로 숨겨져 있다면 정말 끔찍한 일이지만 그렇게 될 것만 같은 생각이 머릿속에서 맴돌고 있었다. 명사찬은 정말 그것만은 아닌 것 같다고 이야기하고 싶었지만 내심 불안하긴 했었던 것이다.

"그럴 수도 있겠지. 게다가 우리가 충분히 쉴 시간을 주면서 싸우자는 것을 보니 더더욱 그런 생각을 가질 수밖에. 하나 아무리 그렇게 생각을 한다 해도 저들이 노리는 것을 알 수가 없어. 이만한 손실을 감수하면서까지 대체 뭘 하는 것인지……"

모인의 목소리가 들려오자 모두의 미간이 살짝 찌푸려졌다. 그의 말처럼 정말 이건 적들에게 이득 되는 것이 없었다. 저들의 무공이 높다고 한들, 여기 있는 모인과 명사찬, 그리고 창룡 주비보다 강한 사람은 없었다.

그렇다 보니 뭘 어떻게 하든 모두 패퇴시킬 수 있었고 아직까지 버틸 수 있는 가장 큰 요인이 된 것인데 이도가 생각하기엔 정말 웃기는 짓이었다.

아무리 적의 인원이 많다고 해도 지금까지 원거리 무기 한 번을 사용하지 않았다. 아니, 그건 둘째 치고 가장 쉬운 방법을 하고 있지 않은 것이다.

차륜전. 누구라도 쉽게 떠올릴 수 있는 방법을 그들은 하고 있지 않았다. 충분히 시간을 주고 쉬게 만든 후 이들은 싸움을 걸어왔다. 그러니 지금껏 패퇴할 이유가 없는 것이다.

수십 수백 명이 온다 한들, 자리를 잘 잡으면 그만이었다. 그래서인지 이쪽에서도 완전한 실수를 쓰진 않았다.

"뭐… 저쪽에서도 뭔가 생각이 있겠지만 우리 측도 이상하긴 이상합니다. 본 방에서 지금쯤 꽤 사람들이 오고도 남을 시간이라 생각했건만 전혀 아닌데요?"

"그래, 그 점도 내가 이상하게 여기는 거다. 오기 전에 방주님께 분명히 전했으니 지금쯤은 이 근처의 문도들은 다 모였어야 정상인데……."

명사찬은 조금 이해가 가지 않는다는 듯 입을 열었다. 그리고 그 점은 말을 안 해서 그렇지 모인 역시 야릇하게 생각하던 차였다. 아무리 생각해도 개방에 무슨 일이 일어난 것이다.

이곳엔 명사찬과 이도만 있는 것이 아니었다. 자신 역시 이곳에 있었는데 내색하긴 싫어도 그는 이 개방의 장로였다. 그 장로가 이곳에서 온 힘을 다해 싸우고 있는데 전혀 아는 척도 없다는 것 자체가 이상한 일인 것이다.

"생각은 나중에 하는 것이 좋을 것 같군요."

"음? 또 와요?"

주비의 목소리에 살짝 지거운 듯한 표정을 지으며 이도가 입을 열자 모두의 눈이 움직였다. 주비가 보는 곳엔 일단의 무리들이 나타나 있었는데 역시나 이전과 같은 시간, 그리고 같은 수의 인원이 나타나 있었다.

뒤쪽으론 거의 수백의 사람들이 모여 있지만 앞쪽엔 약 이십여 명만이 나와 있는 것. 그것이 지금 이 사람들의 진세였다.

당연한 일이지만 저들의 목숨을 빼앗기 전엔 그들은 물러서지 않는다. 그런데 그렇다고 목숨을 걸고 덤비지도 않으니 이번에도 그냥 똑같은 일이 벌어지는가 싶은 순간이었다. 갑자기 이도를 비롯한 일행의 눈이 살짝 굳었다.

"진짜가 온 건가?"

"큭… 그런 것 같은데?"

이도의 말에 명사찬은 비틀린 웃음을 지으며 입을 열었다. 그들이 보는 적들, 그 제일 앞에 한 사람의 그림자가 있었다. 이전엔 절대 없었던 사람인 것이다.

그는 앞으로 차분히 걸어와 약 삼 장여를 두고 멈추었다. 가까이서 보니 그 체구가 보통이 아닌 사람이었는데 등허리에 비죽 나온 것을 보니 도끼 자루인 듯 보였다.

"그동안 재미없었을 것이오. 아닌가?"

"두말하면 잔소리였다. 네가 이들의 수괴냐?"

사내의 굵직한 목소리에 명사찬이 바로 응수를 하자 사내는 빙긋 웃으며 말을 받았다.

친구를 위해 가는 길 223

"수괴라. 그쯤으로 이야기해 두지. 바로 본론으로 들어가지. 제안을 하겠다."

"……."

뜬금없이 무슨 제안을 하자는 것인지 알 수 없었는데 사내는 명사찬을 보며 다시 이야기했다.

"돌아가라. 그럼 우리도 돌아가겠다. 서로 간의 피흘림 따윈 없는 것이 좋지 않은가?"

도무지 이해할 수 없는 말을 하는 그를 보며 이도는 미간을 찡긋거렸다. 대체 이자의 속셈을 알 수가 없는 것이 대충 싸우다 이젠 끝내자?

"하나 정히 다시 싸우고자 한다면 우리도 이젠 제대로 붙어주지. 이제까지처럼 선선한 승부가 아니라 진짜 승부가 될 것이다."

이젠 위협이었다. 이도는 대관절 이놈이 무슨 이야기를 지껄이고 싶은 것인지 감이 잘 오질 않았는데 그때였다. 지금껏 조용히 있던 주비의 목소리가 들려왔다.

"진짜로 승부를 걸든 아님 지금까지처럼 눈 가리고 아웅하든 그건 내가 알 바가 아닌데……."

"……."

"우리가 왜 이곳에 왔는지 모르나? 오유와 지충표, 두 사람은 어디 있나?"

"훗, 이런 정신하곤……."

제일 중요한 일이 이제야 나오고 있었다. 지충표와 오유, 그 두 사람을 구하기 위해 이들은 여기 온 것이었다. 내리 싸우는 바람에 그 상황을 잊을 뻔했지만 말이다.

"그 두 사람에 대한 문제라면, 두 사람 다 잘 있다."

"……."

이도는 뭔가 다른 말이 나오길 기대하고 있었다. 어디에 있고, 혹 그냥 놔줄 수 없으면 요구 사항이 어떻게 되고, 이런 이야기가 나올 것으로 생각하고 있었다.

그런데 더 이상 아무런 말이 나오질 않고 있었다. 갑자기 성질이 확 올라오고 있었는데 그건 이도만 그런 것이 아닌 듯싶었다.

"이것들이 장난하나? 당장 내 앞에 두 사람을 데려와라. 그렇지 않으면 진짜 가만있지 않겠다."

명사찬의 목소리였다. 그는 으르렁거리며 어금니를 꽉 깨물고 있었는데 그러자 저 앞에 있는 사내가 소리쳤다.

"역시 말은 필요없었군. 더 이상의 협상은 없다. 모두……."

"볼일은 다 끝났나? 우릴 여기 데려다 놓고 따로 벌인 일들은 다 끝났냐는 말이다."

"……."

말꼬리를 자르며 이야기하는 주비의 말에 사내의 입이 꽉 다물려졌다. 보통 이런 반응은 정곡을 찔렸을 때 나오는 것인데 그렇다면 그의 말이 옳다는 뜻이었다.

"뻔한 것이지. 어쨌든 우린 지금 강호에서 가장 이야기되는 사람들 중의 하나니까… 모두의 이목이 모인 지금 적당히 상대를 해주어야 말이 되겠지?"

"……"

"그리고 이젠 그 역할이 끝났다. 그러니 조용히 끝내자 이런 이야기인 것 같은데……"

주비는 앞으로 걸어나가기 시작했다. 창날을 쥔 그의 손에 힘줄이 툭툭 불거져 있었는데 이미 상당한 내력을 끌어올린 듯 보였다.

"나를 가지고 놀 작정이었다면."

쉬이이잉!

가벼운 바람을 일으키며 주비는 수중의 창을 휘둘렀다. 이어 주비의 목소리가 허공에 울렸다.

"사람 잘못 봤다!"

파아아앙!

말과 함께 주비의 신형은 한줄기 연기가 되었다. 그리고 그의 움직임을 시작으로 나머지 세 사람도 섬전같이 신형을 날리고 있었다. 지금까지완 비교도 되지 않는 살기를 내뿜은 채 말이다.

*   *   *

"큭……."

어떻게든 몸을 일으킨 후 움직인다. 아주 간단하지만 현백에게 있어 그건 세상에서 가장 힘든 일이었다. 떨리는 몸을 간신히 다잡는 가운데 현백은 오른발을 앞으로 내밀었다.

"우욱!"

온몸에서 저릿한 감각이 느껴지고 있었다. 어금니를 꽉 깨물며 참으려 하지만 입술 사이를 비집고 나오는 차가운 비명은 그도 어쩔 수가 없었다.

탓…….

또 한 걸음 내밀며 그는 앞으로 움직이기 시작했다. 역시나 고통은 어쩔 수 없지만 이제 그 고통은 점점 익숙해지는 것이 느껴졌다. 현백은 마치 미친 사람처럼 몸을 움직이고 있었다.

탓…….

힘겹게 발걸음을 내밀수록 그의 이마엔 더욱더 많은 땀방울이 맺혀지지만 현백은 멈출 수가 없었다. 그저 앞으로 또 앞으로 전진하는 것만이 마치 이 세상에 태어난 이유인 것처럼 현백은 나아갔다.

그러던 한순간 현백은 신형을 멈추었다. 채 오십 보나 걸었을까? 문득 머릿속에서 끊어진 기억들이 다시 생각났던 것이다.

무공, 그것은 무공에 관한 것들이었다. 한순간 풍도를 깨달

앉던 현백, 그 풍도에 따라 몸을 움직였었다.

공기 중에 흐르는 풍도를 타느냐, 혹은 거스르느냐에 따라 신형의 변화와 속도가 결정됨을 현백은 이번 일을 통해 확연히 느낄 수 있었다. 그리고 그 느낌은 몸이 이렇게 힘들어졌지만 감각으로서 느낄 수가 있었다.

바람이 이는 느낌이라고나 할까? 그가 아니라 그의 주변에 있는 모든 것들이 다 느껴지는 듯한 생각이 들고 있었다. 문득 현백은 뒤편에서 무언가 움직이는 것이 느껴지자 신형을 돌렸다. 그곳엔 어쩔 수 없다는 표정의 토루가와 미호공주가 서 있었다.

"정말 말을 듣지 않을 것인가요? 지금은 움직여선 안 될 때라 하였을 텐데요?"

"······."

짐짓 화가 난 듯 양 허리에 손을 올린 채 미호는 현백에게 쏘아붙였지만 그 모습이 그리 미워 보이진 않았다. 보면 볼수록 그녀는 왕족이란 느낌이 들지 않고 있었다.

"허허허, 천하의 수인도를 누가 말릴까? 내가 졌습니다, 졌어요."

토루가까지 너털웃음을 지으며 고개를 흔들자 현백은 시선을 돌렸다. 그리곤 계속 발걸음을 옮기다 입을 열었다.

"바람의 힘, 알고 있었습니까?"

"···느꼈나요?"

문득 들려오는 현백의 목소리에 토루가는 살짝 긴장을 하며 입을 열었다. 그러자 현백은 살짝 고개를 끄덕였다. 이어 현백의 목소리가 들려왔다.

"바람의 힘, 또는 바람의 길, 천의종무록에 그리 쓰여져 있었던 것으로 기억합니다. 한데 그것이 정말일 줄이야. 난 그것이 어떠한 경지를 빗대어 이야기하는 것으로 생각했었습니다."

살짝 입술을 비틀며 이야기하는 현백은 겸연쩍은 기억 하나를 떠올리고 있었다. 과거 잡다한 내력을 가진 지충표가 그에게 물어본 것이었다. 모든 내력을 다 합칠 수가 있냐고 말이다. 그리고 그때 현백은 이야기했었다. 바람의 모습을 빗대면서 말이다.

그런데 그것이 옳지가 않은 것이었다니… 아니, 옳지 않다기보단 스스로도 잘 모르면서 남을 가르친 꼴이 되었다. 생각할수록 지충표에게 미안해지는 순간이었던 것이다.

"한데 삼천가에게 말을 들어보니 현 대협께선 바람의 힘이 아니라 무엇인가를 또 해내었다고 하더이다. 삼천가도 더 이상은 표현하기가 곤란하다고 하니 정말 궁금합니다. 대체 그것이 뭔가요?"

"……."

그의 말에 현백은 움직이는 신형을 멈추었다. 그 점이 바로 현백이 가장 힘들어하는 부분이었다.

친구를 위해 가는 길

기억들이 뚝뚝 끊겨지는 시점도 바로 이때였다. 자신의 도를 들어 내력을 실은 후 다시 밀어 치려 하던 순간이었다.

오른손에 걸린 압력이 너무나도 대단해서 포기하고 싶었던 기억이 났다. 그러나 눈앞에 오는 강대한 힘에 그저 이 꽉 깨물고 앞으로 도를 내밀었던 그 순간, 현백도 믿을 수 없는 광경이 펼쳐졌었다.

바로 기억은 여기까지였다. 어떻게 해서 그 위험이 제거된 것은 알겠는데 그것이 어떠한 과정을 통해서 되었는지는 전혀 기억이 없었던 것이다.

단지 단 하나 오른손이 너무나 움직이기 힘들었다는 그 기억 하나뿐이었다. 그 외엔 정말 모든 것이 모호했던 것이다.

"나도 모르겠습니다. 뭐가 어떻게 된 것인지… 풍도를 따라 움직이고 싸웠던 것은 알겠지만 그 외의 것들은 정말 기억이 없어요."

"풍도라? 허허, 참으로 좋은 말이군요. 풍도라… 그 말이 딱 들어맞습니다. 하하하하!"

뭐가 그렇게 좋은지 모르지만 토루가는 너털웃음을 지었고 현백는 그런 그를 뚫어지게 바라다보았다. 그 표정은 이제 알고 있는 것을 모두 털어놓으라는 말과도 같았는데 현백의 시선을 의식했는지 그는 조용히 입을 열었다.

"말보다 보여주는 것이 좋을 것 같군요. 이걸 한번 보시지요."

스슷… 스스스스…….

"……!"

순간적으로 보여지는 토루가의 움직임에 현백은 두 눈을 크게 떴다. 토루가의 그것은 현백의 그것과 전혀 다르지 않았던 것이다.

마치 표범의 움직임과도 같이 기민한 데다 때론 강렬한 기운마저 풍기고 있었다. 두 눈이 담담한 것만 현백과 다를 뿐 기본적으로 같은 움직임이었던 것이다.

"그렇군. 내가 그동안 오해했었던 것이라니."

같은 무공서를 본다 한들 깨닫는 사람이 다르다면 그 결과는 다를 수밖에 없다는 것이 그간 현백이 가진 생각이었다. 그런데 지금 토루가의 모습을 보니 그렇지가 않았다. 어느 정도 같은 과정을 거치게 되는 것이다.

"오해라기보다 이제부터가 시작이라는 것이 옳은 이야기요. 당신은 당신의 능력 개발이 이제야 시작이 되는 것이지요. 기본이 끝났다고나 할까요?"

슬쩍 웃으며 말을 하는 토루가의 모습에선 그 어떤 감정도 찾아볼 수가 없었다. 말의 뜻만 보자면 현백을 놀리는 것일 수도 있었다. 그러나 표정은 정말 진지했었던 것이다.

"그 이야기는 이 정도로 하고, 일행은 어찌 되었습니까? 시금쯤 무슨 소식이 있을 것 같습니다만?"

"……."

현백의 말에 토루가는 일순 어두운 얼굴을 했다. 왠지 말을 하기 꺼리는 그의 모습에 현백 또한 긴장하고 있었는데 토루가는 한숨을 푹 쉬더니 입을 열었다.
"흐음… 뭐라고 이야기를 해야 할지, 일단 앉아서 말을 하는 것이 좋겠군요. 여기 앉으시지요."
"아니, 여기서 듣겠습니다. 무슨 일입니까?"
"……."
차가운 현백의 목소리에 토루가는 다시금 쓴웃음을 머금었다. 다른 것은 몰라도 일행의 일에 현백의 표정은 완전히 굳어 있었다. 뭐, 그것은 본인의 성격이니 뭐라 할 것은 아니었다.
그런데 그 일행 속에 왠지 자신은 빠져 있다는 생각이 들자 그런 것인데 토루가는 애써 생각을 털어내었다. 쓸데없는 생각을 할 때는 아니니 말이다.
"고전하고 있답니다. 솔직히 나 역시도 그들이 먼저 움직였지만 곧 다른 문파나 하다못해 개방이 그들을 도울 줄 알았습니다. 하지만 그렇지가 않아요. 무림에 다른 일이 일어나 모두들 그곳에 신경이 가 있는 상태라……."
"다른 일?"
"그렇습니다. 다른 일."
한자한자 힘주며 토루가는 입을 열었다. 그러자 현백의 얼굴은 더더욱 굳어졌는데 토루가는 현백의 얼굴을 살피며 다시금 입을 열었다.

"흑월이 일을 내었어요. 그들이… 소림을 쳤습니다."

"……!"

뜻밖의 상황에 현백은 놀라지 않을 수가 없었다. 흑월이 중원에 그 마수를 드러내는 것은 알고 있었지만 설마 하니 바로 소림을 칠 줄은 전혀 몰랐던 것이다.

그리고 현백은 그간 흑월의 주적은 중원이 아닌 이 토루가 일행으로 믿고 있었다. 한데 그러한 현백의 생각을 한꺼번에 바꾸어 버릴 정도의 일이었던 것이다.

"그런 표정 짓지 마십시오. 나도 그들이 왜 그런 무모한 짓을 저질렀는지 알 수가 없는 것은 같으니까요. 아무리 흑월이라 한들, 태산북두라 불리는 소림을 건드리다니… 그것도 본산을."

"미친 것이지요. 진정 죽고 싶어 환장을 한 것입니다. 아무리 그들이 강대한 세력이라 한들 소림을 이길 수는 없어요. 당장 온 무림이 들고일어날 태세입니다."

갑자기 들려오는 소리에 현백은 고개를 돌렸다. 그곳엔 다름 아닌 사다암이 서 있었다. 노한 얼굴을 한 채 문 앞에 선 그는 자신의 의견을 말하고 있었다.

"왜 그런 일이 벌어졌는지 모르지만 그것 때문에 걱정이오이다. 자칫하면 다시금 명과 우리 운남국이 다시 전쟁을 벌일 수도 있소. 허, 정말……."

누가 운남국의 관리 아니랄까 봐 그는 다른 생각을 하고 있었다. 하나 현백의 입장은 명확했다. 그의 입장에선 할 일은 하나였다.

"그래서……."

"응?"

현백의 목소리에 사다암은 입을 열었다. 현백의 얼굴은 차갑게 굳어 있었고 그는 토루가를 향해 입을 열고 있었다.

"그 일 때문에 개방에서조차 신경 쓰지 않고 있단 말입니까? 그래서 지금 내 친구들이 그들만으로 싸우고 있구요?"

"……."

현백의 목소리에 토루가는 아차 싶었다. 지금 그에게 중요한 것은 그따위 무림의 정세가 아니었다. 오로지 그 자신의 친구들에 대한 생각뿐이었던 것이다.

시링…….

"혀… 현백!"

미호의 다급한 목소리가 들려왔다. 그는 탁자 위로 다가와 자신의 도를 잡아 들었던 것이다. 언제나처럼 엉덩이 뒤춤으로 도를 돌려보낸 그는 가죽 갑주를 걸치고 있었다.

"기어이 지금 가겠다는 것인가요? 그렇게 움직이면 가서 도움을커녕 해만 될 뿐이에요!"

미호는 현백을 말리려 손을 뻗으며 다가오고 있었다. 하나 그녀의 손은 허공을 갈랐는데 현백의 신형이 뒤로 미끄러지

듯 움직이고 있었던 것이다.

"지금부터 가면서 회복해도 늦지 않소. 아니, 지금 가지 않으면 늦겠지. 그동안 여기 있어선 안 되는 일이었소."

"……."

무뚝뚝한 그의 목소리가 허공에 울리자마자 그는 신형을 돌려 움직이고 있었다. 언젠가 모인이 사준 커다란 장삼까지 걸친 그는 빠르게 움직여 방을 나갔다.

"전혀 다친 사람 같지 않군요. 그냥 보내도 될 정도입니다만……."

"그만큼 의지력이 강하다는 뜻입니다. 각간께서도 잘 알고 계실 것입니다. 이어타혈지(以瘀打血指)의 위력을……."

"이어타혈지! 아니, 어째서 그런 악마 같은 수법을 현백에게 사용하셨습니까!"

이어타혈지란 말에 사다암은 두 눈을 부릅뜨며 토루가에게 소리쳤지만 토루가는 그저 피식 웃으며 고개를 저을 뿐이었다. 옆에 있던 미호가 물었다.

"오라버니, 이어타혈지라니요? 이름이 괴이하군요. 병으로서 혈을 치는 지법이란 말이 대체 어법에 맞기나 하나요?"

"……."

미호의 말은 틀린 것이 아니었다. 병으로서 타혈하다, 즉 병으로서 혈을 치는 지법이란 괴이한 이름이었는데 사다암은 고개를 끄덕이며 입을 열었다.

"그래, 네 말이 틀린 것은 아니지. 이어타혈지는 그렇게 생각할 수도 있다. 그러나 그렇게 뒤틀리게 생각할 것은 아니란다. 이건 사람을 죽이는 방법이 아닌 살리는 방법이니……."

"……."

뜻 모를 이야기에 그녀는 그저 눈을 동그랗게 뜰 뿐이었는데 사다암의 이야기는 계속되었다.

이어타혈지는 사실 따지고 보면 요상 방법의 하나였다. 운공요상이라는 좋은 방법이 있기는 하지만 그건 시일이 많이 걸린다는 단점이 있기도 했다. 그래서 환연교에서, 아니, 천의종무록엔 또 다른 요상법이 있었다. 그리고 그것이 이어타혈지였던 것이다.

인체에 있는 대혈에 지력을 쏘아 보내는 것이 그 주요한 방법인데 온몸에 휘도는 내력의 속도를 근 세 배 이상 정도 빠르게 돌림으로써 그만큼 빠른 회복이 가능하게 했다. 또한 그렇게 내력을 돌린다는 것은 기본적으로 몸 안에 받아들일 수 있는 내력의 크기 또한 커진다는 것을 의미했다.

그러나 그만큼 죽음보다 더한 고통이 느껴지는 것도 사실이었다. 아픔을 관장하는 혈들을 건드릴 수밖에 없었고, 평소보다 빠르게 휘도는 내력은 쉴 새 없이 그 고통을 건드릴 수밖에 없었던 것이다.

그래서 이 요상법은 알고만 있을 뿐 실행하는 사람은 거의 없었다. 자칫 잘못하면 그 고통 속에 죽을 수도 있으니 말이다.

"정말 지독한 수법이군요. 그것이 어찌 사람을 고치는 것인가요? 죽이는 방법이지."

"그러니 내 이해할 수 없다는 것이지. 그럴 정도로 우리가 절박한 것은 아니지 않습니까? 어쨌든 천의종무록의 반은 우리에게 있습니다."

미호의 말에 사다암은 바로 말을 받자 토루가는 입가에 완연한 웃음을 지었다. 이어진 그의 말은 정말 놀라운 내용이었다.

"허허허, 이 사람들, 내가 나 하나 좋은 결과 얻자고 남을 핍박하겠습니까? 설마 하니 이어타혈지를 내가 쓴 것이라 생각했나요?"

"예?"

점점 더 이해할 수 없는 상황이었다. 대관절 현 상황이 이해 자체가 안 되었는데 이어지는 토루가의 말에 두 사람은 멍한 표정을 지을 수밖에 없었다.

"그건 내력만으로 따져도 일 갑자가 넘는 자가 해야 하는 일입니다. 전 하고 싶어도 할 수가 없어요. 내가 아니라 월성이 한 일이지요. 이 또한 내가 이해할 수 없는 일이기도 하구요. 참으로 알 수 없는 세상이야."

"……"

토루가의 말에 사다암은 멍한 표정을 지었다. 그렇다면 이건 대체 어떻게 돌아가는 것인지 짐작을 할 수가 없었다. 흑월과 싸우다 다친 현백인데 그 요상법을 시전하고 갔다라?

"현백은 아마 그 사실을 모르는 것 같아 말해주지 않았네. 저 정도의 의지력이라면 이어타혈지로 좋은 결과를 내겠지. 어쨌든 그는 천의종무록의 요상편은 그저 훑어만 본 듯하군요."

나름대로 결론을 내린 토루가는 이어 한쪽을 향해 손을 들었다. 그러자 언제 나타났는지 삼천가의 사람들이 나타나 있었다.

"모두 현백의 뒤를 봐주시기 바랍니다. 절대 그가 해를 당해선 안 됩니다."

"교주님, 저희 가문은 교주님의 안위를 지키기 위함입니다. 이젠 본래의 임무를 수행하고 싶습니다만……."

토루가의 말에 세 사람은 고개를 흔들었고 대표로 한 사람이 입을 열었다. 아마도 같이 있으면서 말을 맞춘 모양인데 토루가는 빙긋 웃으며 입을 열었다.

"세 분께선 역사를 보고 싶으시지 않으십니까? 환연교의 호교무공이 어떤 것인지를 말입니다. 진정한 환연교의 진산무공을 두 눈으로 보고 싶지 않으십니까?"

"예?"

토루가의 말에 세 사람은 눈을 동그랗게 떴다. 갑자기 무슨 환연교의 무공에 관한 문제가 나오는지 이해할 수가 없었는데 토루가는 그들을 보며 계속 입을 열었다.

"분명히 말씀드립니다. 여러분의 무공 역시 천의종무록상의 무공들, 그것이 발전한 것이 삼천가의 가전무공이 된 것입니다. 하나 그 무공은 임의대로 뒤트는 것이 많아서 본래의 것이 많이 소실된 상태입니다. 이는 아시겠지요?"

"……."

"게다가 그 무공을 정리한 사람은 전대의 교주. 한데 그의 무공이나 저의 무공이나 별반 다른 것이 없습니다. 즉 저흰 더 이상의 깨달음을 얻지 못해 완전한 천의종무록상의 무공을 펼치지 못했습니다. 하나 현백은 다릅니다."

토루가의 표정은 진지했다. 그의 목소리를 약간 떨리고 있었는데 아마도 가슴이 벅차오는 듯했다. 오랜 세월 동안 잊혀졌던 환연교의 무공이 부활함을 두 눈으로 보게 되었다고 그는 확신하고 있었던 것이다.

"현백은 그 이후의 것을 해내 보였습니다. 그것이 여러분이 보았던 현백의 모습입니다. 그래도 그를 지키지 않을 것입니까? 만일 그래도 가지 않겠다면 이 토루가, 일생일대 최초의 명령을 내립니다. 그곳에 도착할 때까지 그를 지켜주십시오."

"…알… 겠습니다, 교주님. 교주님의 뜻을 따르지요."

토루가가 이렇게까지 나오는 것을 세 사람은 일찍이 들은 적도 없었다. 무엇을 할 때 그저 자연의 섭리대로 따르는 것

친구를 위해 가는 길

이 환연교의 교리, 그 교리를 지키는 교주가 이를 수행함은 너무나 당연한 일인 것이다.

하다못해 교도의 죽음까지도 자연의 현상으로 받아들인다. 그런데 그런 사람이 누구의 운명을 지키라는 말을 한다면 그건 뭔가 있는 것이었다. 따르지 않을 수가 없는 것이다.

세 사람은 재빨리 신형을 돌리며 방을 나서기 시작했다. 문득 떠나는 세 사람의 뒤로 토루가의 나직한 목소리가 들려오고 있었다.

"환연의 진리가 세상을 비추기를… 환연의 진리가……."

흡사 미친 사람처럼 이야기하는 토루가의 목소리 속에서 그의 염원이 얼마나 강렬한지를 뼛속 깊숙이 느낄 수 있었다.

第七章

각자의 의지

1

*카*카칵…….

"크아악!"

비명 소리가 허공에 울려 퍼졌지만 주비의 창날은 인정사정없었다. 앞에 있는 사내의 옆구리에 큰 상처를 남긴 채 그의 창날은 허공으로 비상하고 있었다.

그의 창날이 허공에서 움직일 때마다 피가 뿜어졌다. 마치 용의 뒤틀림 같은 그의 움직임에 낭인들은 하나둘씩 땅으로 쓰러지는 상태였다.

다른 사람들도 다 같이 움직이긴 했지만 유독 주비의 창날에 쓰러지는 사람이 많았다. 그건 주비의 무공이 높아서였기도 했지만 다른 이유도 있었다. 뒤편에 있는 모인과 이도, 그리고 명사찬과는 달리 주비에겐 그리 강렬한 살수가 퍼부어지지 않았다.

그러니 주비의 곁에 있는 사람들은 다칠 수밖에 없었는데 그 점이 더욱더 주비를 화나게 만들고 있었다. 마치 너 따위는 언제라도 죽일 수 있다는 듯한 생각에 그럴 수도 있지만 확실한 것은 알 수 없었다.

주비뿐만이 아니라 그 뒤에 있는 일행 역시 이상한 생각이 들고 있었다. 하지만 지금은 한참 피 튀기는 싸움 중이다. 한가하게 왜 나에겐 이런 공격들이 안 들어오는지 물을 여유 따윈 없었던 것이다.

특히 가장 여유가 없는 것은 이도였다. 그는 그간 무공이 많이 는 것이 사실이지만 그래도 갑작스럽게 확 는 것은 아니었기에 고전하고 있는 중이었다.

"타앗!"

따다다당!

날아오는 도를 주먹으로 쳐낸 후 이도는 오른발을 앞으로 크게 내디뎠다. 이젠 그의 신형은 단 한순간도 머무르지 않았는데 틈만 나면 용음십이수의 비경을 발출했다. 용음을 연속으로 터뜨리고 있었던 것이다.

"어서 와라, 어서 와!"

찌지지징! 찌링!

치면 칠수록 그의 권에선 반탄력이 크게 생겨나고 있었다. 그 반탄력을 다시 되돌리며 이도의 권은 빠르게 움직이고 있었다.

그러한 힘이 양어깨가 빠듯하게 느껴질 정도로 크게 모였을때 이도는 신형을 뒤로 움직였다. 그리곤 왼손을 앞으로 놓고 오른손을 뒤로 뺀 채 양 발을 빠르게 움직였다.

타타타탓!

"좋아, 지금이야! 합!"

파아앙!

왼손 팔꿈치를 살짝 굽힌 채 앞으로 달려나간 이도는 눈앞에 달려오는 사내 한 명을 찍었다. 보기에도 끔찍한 거치도를 든 사내였는데 좌우로 각기 검과 판관필을 든 사내가 호위하듯 있었다.

그를 향해 달려간 이도는 적당한 거리를 계산했다. 그리곤 일 장여 앞에서 허공에 있던 오른발로 땅을 찍었다.

"차아아압!"

쩌어어엉!

강한 전각의 울림과 함께 이도의 신형이 앞으로 쭉 뻗어나갔다. 마치 실이 늘어나듯 쫙 늘어난 그의 움직임에 앞에 오던 사내는 잠시 놀란 듯 보였다. 하나 그는 곧 정신을 차리고 이도를 향해 도를 휘둘렀다.

파아아앗…….

참 기이한 각도였다. 도라기보다 마치 곤봉을 휘두르는 듯한 놀림, 좌측 위에서 우측 아래로 비스듬하게 쳐 내려오는데 친다기보다 창처럼 밀면서 오기에 생각보다 더욱더 강한 힘이 들어가 있었다. 속도 역시 훨씬 빠르게 느껴졌고 말이다.

 아마도 예전의 그였다면 당황해 몸을 뒤로 빼려 했을 터였다. 그러나 지금은 예전의 그가 아니었다. 그 상태 그대로 이도는 왼팔만을 쭉 뻗었다. 그리곤 바짝 날이 서 있는 사내의 도를 그대로 왼손의 철완으로 부딪쳤다.

 쩌어엉…….

 당연한 말이지만 도의 힘에 의해 왼손이 되튕겨 나오고 있었다. 하나 그 손이 뒤로 나옴과 동시에 이도의 오른손이 허공을 가르고 있었다. 왼발을 크게 앞으로 내디디며 허리를 힘차게 틀면서 온 힘을 오른손에 집중하고 있었던 것이다.

 "용음!"

 우르르릉! 쩌어어엉!

 "커어억!"

 벼락 같은 일격에 사내는 가슴을 맞고 뒤로 튕겨져 나갔다. 소리도 소리지만 사내의 가슴속엔 아마도 철갑이 숨겨져 있는 것 같았다. 그 철갑을 우그러뜨릴 만한 일격이 적중되었기에 더 이상 사내는 신경 쓰지 않아도 되었다.

 아니, 오히려 신경 써야 할 것은 자신이었다. 오른손을 치면서 되튕겨 온 반탄력이 느껴지자 그가 더 놀랐다. 지금의 일격에 내력을 다 쓴 것인 줄 알았더니 아니었던 것이다.

"이얍!"

우르르릉! 파가가강!

오른편에 있던 사내에게 왼손을 휘두르자 그가 가진 검이 모두 박살났다. 사내는 놀란 눈을 하며 뒤로 멀찌감치 물러나고 있었다. 이도는 순간 등허리에 느껴지는 예민한 감각에 축으로 삼던 오른발을 그대로 두고 왼발은 뒤로 차올렸다.

후우우웅…….

기묘한 느낌이었다. 몸 안의 내력이 점점 더 커져만 갈 뿐 해소되지가 않고 있었다. 가슴이 뻐근할 정도의 힘을 느끼며 이도는 치켜 올렸던 왼발을 내리며 그 반동으로 축으로 삼았던 오른발을 차올렸다.

파아아앙!

이도의 몸이 허공으로 떠올랐다. 한순간 양 발이 위로 올라간 모양을 하고 양손은 지면을 향했는데 다가오는 사내는 왼편에 검을 들었던 사내였다. 한데 아무리 해도 지금 이도의 신형이나 움직임으론 사내의 움직임을 제재할 수가 없었다.

뭐가 어떻게 된 일인지도 몰랐다. 이도는 뭔가 수를 내야겠다는 생각에 온 힘을 오른손에 주고 쭉 뻗었다. 그대로 대지를 향해 권을 내리꽂았던 것이다. 그런데,

꾸우우우우웅…….

각자의 의지 247

"헛!"

다가오던 사내의 입에서 헛바람이 흘러나왔다. 아니, 주변에 있던 모든 사람의 입에서 헛바람이 흘러나왔는데 그들의 몸이 공중에 떠버렸기 때문이다. 반경 약 일 장 반 정도 안에 있던 사람 모두 다 이도의 권에 충격을 받은 것이었다.

"합!"

쉬이이잉…….

그 자세에서 허리를 틀며 이도는 양 발을 크게 돌렸다. 그리고는 이유를 알 수 없지만 움직이지 못하고 있는 사내를 향해 양 발을 휘돌렸다.

파파파파팡!

"크아악!"

사내는 비명과 함께 한쪽으로 뒹굴었다. 이도가 손을 털고 바른 자세로 돌아왔을 때였다. 이도의 주위로 세 사람이 동시에 다가오고 있었다.

"이도야! 지금 그게 뭐야!"

"진각? 아니야, 진각도 이런 효과는 내지 못해……."

명사찬과 모인은 지금 전투 중이란 것도 잊고 흥분해 이도를 향해 이야기하고 있었다. 이도는 뭐가 뭔지도 모르겠다는 표정을 지었다. 그때 주비의 낮은 목소리가 들려왔다.

"용천혈로부터 기이한 내력이 치고 들어왔다. 내가 조금만 내력이 낮았어도 잠시 동안 움직이지 못할 정도였어. 대단한데, 이도?"

"예?"

상황이 이렇게 되자 오히려 놀란 것은 이도였다. 뭐 어떻게 해볼 생각도 없이 한 것뿐인데 이런 결과가 나오자 놀란 것이다. 그러고 보니 좀 전에 자신을 공격하러 오던 사내가 움직이지 못한 것도 이해가 가는 일이었다.

용천혈로부터 올라오는 내력에 움직이지 못했다라… 이건 용음십이수에도 없는 무공이었다. 모인은 고개를 끄덕이며 다시 입을 열었다.

"일단 지금은 싸움 중이니 나중에 이야기하자. 아마도 토현 형님이나 장 방주 정도면 이 현상을 알고 있을 것이다. 일단은 집중부터 하자꾸나."

"아, 예, 장로님!"

"……."

힘차게 대답을 한 이도였지만 왠지 그의 몸은 조금씩 떨리고 있었다. 모인은 그 모습에 심각한 표정을 지었는데 정말 이러다간 지독한 살수를 펼쳐야 될지도 모르는 상황이 될 수도 있기 때문이었다.

이들이 싸움을 설어온 지 벌써 여섯 시진이 넘었다. 솔직히 그만한 시간을 버티어냈다는 것이 이상할 정도였다. 이도야 말할 것도 없고 명사찬의 양손도 가늘게 떨리고 있었다.

버티고 있는 것은 맨 앞에 있는 주비 정도? 하나 이젠 버틸 수가 없었다. 결국 살수를 쓰며 이곳을 빠져나가는 것이 제일이었던 것이다.

"조금만 버티면 될 것입니다. 아마 본 방에서 올 거예요. 방주님께서 그냥 우리를 버릴 수는 없을 것입니다. 암요."

아직도 희망을 버리지 않는 이도를 보며 모인은 쓴웃음을 지었다. 그의 말처럼 되면 좋은 일이지만 그들의 도움을 바라기는 정말 힘들었다. 차라리 아직 오지 않는 현백이 오는 것이 더 나을 수도 있었다.

물론 현백 혼자 온다고 해서 뭐 달라지는 것은 없을 터이지만 최소한 고수가 세 명 이상은 될 테니 말이다. 아직 이도와 명사찬은 고수라 하긴 힘드니…….

흔히들 삼재진이라 하면 웃는 경향이 있는데 삼재진만큼 수비에 강한 진법도 없었다. 바로 그 세 명이 되질 않아 이토록 힘이 들고 있었다. 현백이라도 오면 아마 그것이 조금 가능할까 싶었던 것이다.

"아무래도 제가 좀 나서야 할 것 같습니다. 여러분은 잠시 이곳에 계십시오."

"응?"

갑작스레 들려오는 주비의 목소리에 모인은 무슨 말인가 싶었는데 주비는 바로 신형을 돌리고 있었다. 그리곤 창날을 앞으로 툭 던지며 창대의 끝을 잡고 있었다.

"합!"

기이이이잉…….

일순 주비의 신형 주위에 강한 기운이 펼쳐지는 그때 주비의 양 발이 움직이기 시작했고 아울러 그의 창도 움직였다.

콰가가가가가…….

뭐 볼 것도 없었다. 눈앞에 보이는 모든 것을 반으로 가르며 달려가는 주비의 신형을 막을 사람은 아무도 없었다. 그렇게 주비는 근 십여 장 이상을 달려가고 있었다. 그가 원하는 것은 단 하나. 저 앞에서 차분한 표정으로 보고 있는 한 사람이었다.

등에 거부 하나를 메고 있는 사람, 이 상황의 인솔자인 듯한 사람이 바로 그였는데 그는 움직이지도 않고 있었다. 그러자 주비의 눈이 매섭게 변했다.

"무공을 하는 사람이 남을 얕보다니! 차아압!"

찌이이잉!

주비의 몸에서 기이한 소리가 흘러나오고 있었다. 순간 터져 나온 황금색의 강렬한 기운에 거부를 든 사내는 놀라며 등 쪽에 손을 올렸다. 그런데 그 손보다도 더욱 빠른 한줄기 황금빛이 허공을 가르고 있었다.

"……!"

사내는 정말 놀라고 있었다. 설마 하니 지금보다 더욱더 빠른 창법이 있을 것이라곤 예측하지 못한 것 같았는데 사내는 막을 생각을 버리고 신형을 뒤로 빼내었다. 그런데 바로 그

각자의 의지 251

순간 창대가 변하고 있었다.

과우우우우…….

"헛!"

정말 놀람의 연속이었다. 분명 일자로 되어야 할 창대가 확 휘어 사내의 신형을 쫓아가고 있었다. 마치 용의 손톱과도 같은 주비의 창대에 신음성만 흘릴 때였다.

쩌어어어엉!

커다란 소리와 함께 사내의 앞에서 창날이 멈추었다. 창날과 사내의 사이엔 또 한 명의 사람이 서 있었다. 흑의를 입고 양손에 검을 든 사내였다.

"차아압!"

차차차창!

빠른 연격으로 주비의 창을 튕겨내고 사내는 뒤로 물러났다. 주비 역시 놀란 눈을 하며 뒤로 움직였는데 전혀 그 기척을 느끼지 못했기 때문이다.

"복장을 보니 이미 안면이 있는 자들과 관계가 있는 것 같군. 아닌가?"

"짐작대로… 양각이라 한다."

"큭… 내가 밀천사를 보고 있었군."

사내의 대답에 주비는 살짝 웃으며 말을 이었다. 확실히 이젠 알 것 같았다. 이들은 형문산의 사람들이었다. 그럼 정말 제대로 온 것이다.

"인사라… 난 옥화진이라 한다. 그러고 보니 이름도 제대로 이야기해 주지 못한 것 같군."

"옥화진? 낭인왕 옥화진?"

뜻밖이라는 듯 주비가 입을 열자 옥화진은 살짝 비틀린 웃음을 짓더니 바로 말을 이었다.

"창룡 주비… 과연 명불허전이로군. 그대의 창술. 확실히 일절이라 칭하기에 부끄럼이 없군."

"마음에도 없는 소리는 그만 지껄이시지. 그래서 지금껏 날 기만한 건가? 내가 그렇게 약해 보였나?"

아마도 주비에게 직접적인 살수를 가하지 않은 것을 이야기하는 듯싶었는데 옥화진은 싱긋 웃으며 대답했다.

"마음에도 없는 소리라… 훗! 과연 그것이 맞는 말인지 모르겠군. 정말 승부를 보고 싶어도 아직은 그럴 수 없으니……."

"아직은?"

왠지 그의 말은 하고 싶어도 할 수 없다는 기묘한 입장을 대변하는 듯싶었다. 주비는 잠시 생각에 잠겼다. 그러고 보니 이 낭인들, 어디선가 본 듯했다.

"……!"

그곳이었다. 같은 낭인인지는 확신할 수 없지만 그때 형문산으로 가다 만났던 사내, 초호의 옆에 있던 낭인들이 바로 이들인 듯싶었는데 확인할 수 있는 것은 단 한 가지였다.

"초호의 수하들이었군."

"……!"

그러자 이번엔 두 사람이 놀라고 있었다. 그의 상관 이름을 알고 있다라… 왠지 뭔가 이상한 느낌이 머릿속에서 떠나질 않았다.

"그자가 그러던가? 날 건드리지 말라고? 웃기는 이야기군."

"……."

이어지는 주비의 목소리에 옥화진은 눈을 살짝 가늘게 떴다. 초호와 이자. 왠지 관계가 깊을 듯싶었다. 혹시나 해서 살짝 찔러본 것이 의외의 결과를 나오게 만든 것이다.

"더 이상 날 화나게 하지 말고 당신이 직접 앞으로 나와라. 옥화진, 그대의 앞에 붙은 낭인왕이란 칭호가 부끄럽지 않다면 말이다."

주비의 눈에 불길이 일고 있었다. 당장이라도 공격해 올 듯한 기세였는데 옥화진은 고개를 좌우로 저으며 입을 열었다.

"그러고 싶지만 명령이 지엄해서 말이지. 그리고 자네를 원하는 사람은 따로 있네. 바로 저기……."

"무슨 헛수작……!"

주비는 얼굴을 찡그리며 앞으로 나가려 하다 바로 신형을 뒤로 돌렸다. 눈앞 가득 시커먼 그림자가 보이고 있었다. 그 그림자는 곧장 주비의 몸을 덮쳐 왔는데 주비는 창대의 중앙을 잡으며 섬전같이 창을 휘돌렸다.

파리리리링! 파아아아앙!

강렬한 소리가 들리고 주비는 뒤로 한껏 물러섰다. 근 대여섯 걸음이나 물러난 그는 바로 자세를 잡으며 얼굴을 들었다. 이내 그의 얼굴이 확 굳어졌다. 나타난 사람은 바로 고도간이었던 것이다.

"크크크, 오랜만이다. 이 빌어먹을 놈, 오늘이 네놈의 제삿날인 줄 알아라."

흉소를 흘리며 그는 주비의 앞으로 다가오고 있었다. 그러던 그의 오른손이 살짝 들렸다. 그러자 여기저기서 검은 그림자가 한꺼번에 날아올랐다.

"네놈을 갈기갈기 찢어 죽이고 싶지만 일단 먼저 네놈의 동료부터 찢어 죽이마. 저 뒤편에 있는 놈들부터 죽여주지. 크큭, 잘 보라구."

"……."

고도간의 목소리에 순간적으로 주비의 눈이 돌아갔다. 그렇지 않아도 이런 상황으로 지충표와 오유를 잃은 그였다. 한데 순간…….

빠아앙!

"커억!"

한순간의 신경이 흐트러짐이 어떤 결과를 낳게 하는지 극명하게 알 수 있었다. 주비의 신형이 뒤로 크게 물러서고 있

각자의 의지 255

었다. 그의 오른쪽 옆구리의 옷이 거의 너덜너덜해져 있었다.

"큭큭, 싸움을 앞두고 한눈을 팔아? 내 앞에서? 더욱더 강해진 내 앞에서? 크아아아!"

파아앙!

한껏 부풀어 오른 그의 모습은 하마공을 최대한으로 끌어올렸다는 것을 알 수 있었다. 지옥의 괴물 같은 그의 모습은 한순간 주비의 신형 앞에 떨어져 내리고 있었다.

* * *

두두두두……!

그야말로 미친 듯이 달리고 있었다. 물론 현백이 아니라 현백이 탄 말이 그렇게 달리고 있었는데 그의 뒤로 세 필의 말이 더 달리고 있었다.

"이봐, 현백! 벌써 여덟 시진째 달리고 있어! 말도 쉬지 않으면 죽는다고!"

삼천가 중 위천이 큰 소리를 질렀지만 현백의 질주는 멈추지 않았다. 그러자 위천은 더욱더 빨리 앞으로 달렸다. 이젠 힘으로라도 현백의 움직임을 멈추어야 했던 것이다.

곧 동이 틀 무렵이 다가오고 있었다. 약 두 시진 정도 후면 동이 터올 것 같았는데 이대로 간다면 그때까지도 버티지 못하고 말이 죽게 될 터였다. 여덟 시진째 말을 탄다는 것은 말도 사람도 모두 미치는 일이었던 것이다.

결국 상황이 이렇게 되자 현백의 말을 멈추기 위해 그가 나선 것이다. 그리고 현백의 말을 따라잡아 그에게 이야기하려 할 때였다.

"현백, 지금 내 말……!"

말을 하려 했던 위천의 눈이 휘둥그레지고 있었다. 현백의 모습은 거의 사람의 그것이 아니었다. 입에서 흘린 피가 벌써 가슴을 적시고 있었던 것이다.

"이런! 워워!"

자신의 말고삐와 현백의 말고삐를 동시에 잡아당기며 위천은 겨우 현백의 말을 세울 수가 있었다. 곧 지친 표정의 의천과 용천이 다가왔다.

"정말 대단하군. 아니, 몸이 아픈 사람이……."

두 사람은 한마디씩 하려다 현백의 모습에 두 눈을 둥그렇게 떴다. 현백은 멈추고 싶지 않아 말을 멈추지 않은 것이 아니었다. 멈출 수가 없었던 것이다.

문득 그들은 현백이 이어타혈지에 적중되어 있다는 말이 퍼뜩 생각났다. 그리고 더 이상의 이동은 무리라는 판단을 내렸다.

"이봐, 현백! 당장 말에서 내려와! 어서!"

위천이 그의 신형을 잡아당기려 했지만 왠지 현백의 손에선 고삐가 놓여지지 않았다. 현백이 죽을힘을 다해 잡아당기고 있었던 것이다.

"정말… 이 친구, 이대로 기절한 거야?"

용천은 믿을 수가 없다는 듯 입을 열었다. 그러자 위천은 고개를 저으며 말을 이었다.

"아니, 기절한 것은 아니야. 대신 고통을 잊기 위해 다른 생각에 집중하고 있다는 것이 맞겠지. 참나……."

고개를 좌우로 흔들며 그는 현백을 바라보았다. 독종도 이런 독종은 없었다. 내상이나 다름없는 피를 입에서 흘리면서도 고통을 잊기 위해 딴생각을 하다니…….

아니, 딴생각 자체가 가능한지 그것이 의문스러웠다. 이만한 고통이라면 아마 자신은 죽었을 터였다. 이렇게 다른 생각 따윈 하지 못했을 것이다.

"정말 대단한 친구라는 것은 알겠지만 이젠 무리야. 그만 내리게 하자고."

"글쎄… 왠지 난 그러면 안 될 것 같은데?"

"뭐?"

위천의 말에 의천은 놀란 눈을 만들었다. 그렇다면 그는 이대로 간다는 말이었는데 그건 위험한 일이었다. 있을 수 없는 일인 것이다.

"잠시만 기다려."

위천은 말에서 내리더니 재빨리 건너편 숲으로 움직였다. 그리고 곧 나무 몇 개를 검으로 잘라 가져왔다.

굵기가 팔뚝만 하고 길이는 자신의 키만 한 것이었다. 두 개를 놔두고 나머지는 어깨보다 넓게 자르더니 그는 안장에서 끈을 꺼냈다.

"위천, 뭐 하는 건데?"

"보면 안다."

의천의 말에 위천은 그냥 자신의 일을 계속하고 있었다. 얼기설기 뭔가 만들어지자 위천은 자신의 피풍의를 벗어 나무 둥치에 걸쳤다. 그렇게 해놓고 보니 하나의 작은 간이 침상이 만들어진 셈이었다.

그는 그 한쪽을 들고 가 말안장에 맸다. 그리곤 현백이 잡고 있는 말고삐를 바싹 자른 후 현백의 몸을 안아 간이 침상에 뉘었다.

"천천히 갈 수밖에 없겠지만 말 위보단 나을 거야. 이 말은 끌고 가며 쉬게 했다가 바꾸면서 가자고."

"허, 참⋯ 정말 자네 어떻게 된 거 아냐? 아니, 이런 상태의 친구를 어떻게 데려가? 이러다 이 친구 죽어."

의천은 이해할 수 없다는 듯 입을 열었지만 위천은 완고했다. 그는 의천을 향해 씨익 웃으며 말을 이었다.

"살면서 이렇게 지독한 자 봤어? 그리고 이만큼 강렬한 의지를 가진 사람을 봤어? 아마 친구들에게 가지 못하면 차라리 죽음을 택할 자야. 그렇지 않아?"

"⋯⋯."

"해주자고. 우리도 할 만큼은 해주자고. 이 미련한 놈에게 한번 기회를 주잔 말이지. 내가 하고 싶은 말은 그게 다야. 웃 차!"

철썩… 지이이…….

말 엉덩이를 살짝 채찍으로 치며 그는 자신의 말을 움직였다. 그러자 현백의 신형이 움직이고 있었다. 물론 아까보다 확실히 속도는 줄었지만 그래도 움직이고 있었다.

하나 그렇다고 해서 현백이 느끼는 고통이 사라질 것 같진 않았다. 땅에 툭툭 치여 현백의 몸이 떨리고 있으니 말이다.

"참… 이 친구 잔인한 친구일세……. 하려면 제대로 하자구! 용천, 이 끈을 잡아."

"어? 아… 그래."

갑자기 끈 한쪽을 건네는 의천을 보며 용천은 무의식적으로 잡았다. 의천은 그대로 앞으로 말을 몰더니 줄을 던졌다.

피리리릭… 콰각.

그러자 끈은 현백의 발치에 있는 나무 둥치 두 개를 한꺼번에 휘감았다. 의천은 이어 끈을 확 잡아당겼다.

"웃차!"

키이이이이…….

삽시간에 현백의 신형은 공중에 올려져 있었다. 양쪽으로 팽팽히 당겨진 줄 때문이었다. 그러자 위천의 목소리가 들려왔다.

"고맙다, 의천."

"헛소리 그만 하고 달리자고. 빨리 가지는 못하지만 훨씬 나을 거야."

"알았네. 그럼… 이랴!"

다시금 위천은 달리기 시작했고 그 속도에 보조를 맞추어 의천과 용천도 달리고 있었다. 줄을 팽팽하게 당겨야 하기에 거의 말 두 필은 나란히 달리고 있었고 속도 역시 그리 크게 나지 않았다.

그러나 이 정도도 다행이었다. 조금 전보다는 훨씬 안정적인 자세로 네 필의 말은 어둠 속을 달리고 있었다.

2

참으로 어이없는 인생이었다. 생의 마지막. 죽을 것 같은 고통 속에 현백이 떠올린 것, 그것은 바로 그의 단 하나뿐인 사부였다. 화산의 칠군향. 바로 그였던 것이다.

그저 그 사람의 얼굴이 떠올랐다면 그것도 좋은 일이지만 우습게도 칠군향은 현백의 앞에서 무공을 펼쳐 내고 있었다. 단 한 번도 무공을 펼친 적이 없는 사부 칠군향이 그의 의식 속에서 무공을 펼쳐 내고 있었던 것이다.

때로는 빠르게, 때로는 느리게 펼치는 무공은 강대함 그 자체였다. 한데 이상하게도 사부가 펼쳐 내는 무공은 바로 자신이 익힌 연천기였다. 연천기를 받아들인 사부는 정말 대단한 무공을 펼쳐 내고 있었던 것이다.

"큭! 멋지네요, 사부님. 진작에 그런 무공을 저에게 가르쳐 주시면 좋았을 것을… 왜 안 그러셨어요?"

반은 투정이 섞인 현백의 목소리가 허공을 울렸다. 스스로 이렇게 낯부끄러운 소리를 내었다는 것에 놀랄 지경이었는데 그의 사부 역시 빙그레 웃으며 그의 투정을 받아주고 있었다.

"허허허, 이 녀석아, 왜 안 가르쳐 주었냐? 분명 나는 가르쳐 주었다. 벌써 잊은 것이냐?"

"예?"

뜻 모를 소리에 현백은 놀라 되물었다. 언제 사부가 그에게 무공을 가르쳐 준 적이 있는가? 곰곰이 생각해 보던 그는 아차 싶었다. 딱 하나 구결로 가르쳐 준 무공이 있었던 것이다.

"아, 매화칠수를 말씀하시는군요. 하나 그건 매화칠수가 아닙니다. 사부님께서 지금 펼치시는 무공은 매화칠수가 아니라 제 무공 연천기입니다. 천의종무록상의 무공이라구요."

빙글 웃으며 현백은 그의 사부에게 말했다. 분명 그는 그렇게 알고 있건만 그의 사부는 다른 이야기를 하고 있었다.

"무슨 바보 같은 이야기를 하는 것이냐? 이것이 연천기라고? 아니다. 어째서 연천기가 초식이 있지? 그건 그저 흐름을 제어하는 기술일 뿐. 그리고 그 흐름에 몸을 맡기고 때론 그

흐름을 이용하는 기술일 뿐이다. 어째서 그것이 투로가 있는 무공이라 생각한 것이지?'

"……."

상황이 이렇게까지 흐르자 그는 기묘한 생각이 들었다. 지금 이 말은 틀린 것이 아니었다. 뭔가 다른 어떤 것이 머릿속에서 휘돌고 있었던 것이다.

그러고 보니 여태껏 싸울 때 그는 어떤 초식을 사용했는지 기억나지 않았다. 그저 되는대로 치고 밀었을 뿐. 그렇지만 분명히 그는 초식을 사용하고 있었다. 무형의 것을 쓰고 있다고 생각했건만 이미 유형의 어떤 것을 쓰고 있었던 것이다.

"허허허… 녀석, 잘 보거라. 태산을 제어한다. 하늘을 부수고 땅을 누르는 붕수(崩手)……."

위이이잉…….

어느새 현백이 들고 있는 도를 가져가 칠군향은 머리 위에서 내리긋고 있었다. 한데 도날이 아니라 도면으로 누르고 있었다.

"제어한 태산을 쪼갤 듯한 태세. 천하의 모든 것을 반으로 가르는 벽수(劈手)."

부우우우…….

아주 간단한 동작 역시 위에서 아래로 내리누르는 간단한 동작이고 이번엔 도날로 제대로 내리그었다는 것 정도가 다른 점이었다.

"반으로 가른 태산을 흩날리는 가루로 만든다. 산수(散手)."

부웅…….

이번엔 더 황당한 동작이었다. 아래에서 위로 치고 올라가는 동작. 오로지 그것뿐이었다. 하나 칠군향의 얼굴은 경건함 그 자체, 추호의 농담 같은 모습은 보이지 않았다.

"흩날리는 가루조차 용인하지 않으니 빛보다 빠른 도로 이를 벤다. 섬수(閃手)."

피이이잇……!

역시나 간결한 동작, 도를 들어 그냥 쭉 찌르는 동작일 뿐이었다. 물론 동작이야 섬수를 연상시키기에 충분했다.

"모든 것이 사라진 공간을 베는 검. 격수(隔手)."

이번엔 그냥 꼿꼿하게 선 채 현백의 도를 들어올렸을 뿐이었다. 지금까지 보여준 동작 모두가 다 말도 안 되는 것이었다. 그 정도라면 어린아이도 알 수 있을 정도로 쉬운 것이었다.

게다가 다음 두 동작은 보여주지도 않고 있었다. 그간 현백이 잊고 있던 바로 그 동작. 최소한 그것만이라도 보여주면 좋으련만 칠군향은 그저 현백을 바라만 보고 있었다.

"녀석, 생각이 나지 않느냐? 분명 난 가르쳐 주었다. 정말 생각이 안 나? 허공을 벤 검… 그 다음이 무엇이겠느냐?"

"……."

자신을 빤히 쳐다보며 묻는 그의 말에 현백은 아무런 말을 하지 못했다. 한데 순간 그의 입이 열렸다. 아주 작은 소리가 흘러나온 것이다.

"그 허공을 빨아들인다. 인수(引手)."

"허허허! 그래, 기억하고 있구나. 그리고 그 다음은?"

현백은 멍한 기분이었다. 자신도 모르게 그냥 말이 나온 것인데 역시나 이번에도 그의 입이 열렸다.

"빨아들인 허공을 영원의 세계로… 탄수(彈手)."

"그래, 잘 기억하고 있구나. 그럼 되었다, 되었어."

뭐가 되었다는 말인지 모르지만 칠군향은 현백의 도를 크게 뒤로 당겼다가 신형을 빙글 돌리며 밀어내고 있었다. 그리곤 현백을 향해 웃었다.

"사부님……"

현백은 대관절 무슨 뜻인지 몰라 칠군향을 불렀다. 그러나 칠군향은 웃기만 할 뿐 더 이상의 말이 없었다. 그러더니 갑자기 검무를 추기 시작했다.

붕, 벽, 산, 섬, 격, 인, 탄의 동작을 반복해서 움직이고 있었다. 그가 알려준 유일한 무공이 연속으로 흘러나오고 있는 것인데 아주 우스운 동작으로 연결되었지만 어느 순간 더 이상 우습지 않았다.

"…토루가?"

어느새 사부의 모습은 토루가로 변해 있었다. 토루가는 역시 칠군향이 하던 동작을 반복하고 있었는데 이번엔 현백도 그냥 웃으며 볼 수가 없었다.

휘이이이이이…….

움직임, 바람의 길이 눈에 보이고 있었다. 각 동작마다 충실히 보여지는 바람의 길이 보이고 있었다. 그리고 일순간 토루가의 모습이 또 한 번 변하고 있었다.

"……."

현백, 그건 자신의 모습이었다. 스스로가 움직이는 모습, 그간 자신이 움직였던 모습이 이제야 극명하게 나타났던 것이다.

바보. 그는 바보였다. 모든 것을 가슴속에 가지고 있음에도 불구하고 그것을 제대로 펼치지도 못한 사람이 바로 그였다. 그러면서도 충무대의 사람들이 가르쳐 준 무공을 써야 하는지 말아야 하는지 고민했다니… 애당초 그들의 무공은 필요없었던 셈이었다.

어설프게나마 그는 자신의 무공을 펼쳐 낸 것이다. 언제 어떻게 펼쳐 내었는지는 몰라도 분명 비슷한 순간들이 있었다. 그것을 이제야 기억한 것이다.

다시금 현백은 움직이기 시작했다. 물론 그 자신이 아니라 눈앞에 있는 현백의 모습이 움직이고 있었다. 또 하나의 자신이 보여주는 움직임에 그는 온 정신을 집중했다.

다각다각…….

"응?"

 한참을 움직이던 의천은 문득 느껴지는 기이한 느낌에 고개를 돌렸다. 그러자 바로 옆에 있던 현백의 모습이 보였다.

 왠지 현백의 얼굴에 미소가 살짝 감도는 것처럼 느껴지고 있었다. 그리고 보니 현백의 모습이 전체적으로 뭔가 달라진 것처럼 보였는데 딱히 뭐라고 하긴 힘들고 그저 사람이 조금 커졌다라는 느낌을 가지게 만들고 있었다.

 "허참, 이 사람 정말 번죽이 좋은 건가? 아니면 미친 건가?"

 그 자신도 알 수 없는 돌연한 상황에 의천은 고개를 좌우로 흔들었는데 문득 용천이 그 광경을 보게 되었다. 그는 의천을 보다 현백을 보곤 의천의 반응, 그 원인을 찾았다.

 현백의 모습이 조금씩 편안하게 변하고 있었던 것이다. 입가에서 흐른 피는 이제 완전히 딱지가 앉아 있는 모습이었고, 더 이상 피도 흘리지 않았다. 뭔가 조금씩 나아가는 모습이 보이는 것 같았던 것이다.

 "이 친구에 대해 하는 말이라면… 그냥 미친 것으로 보는 것이 나을 것 같군."

 "응?"

 뜬금없는 용천의 말에 의천의 입술이 열렸다. 그러자 용천은 현백을 바라보며 다시 입을 열었다.

 "미치지 않고선 이런 결정을 내릴 수가 없지. 목숨보다 중

각자의 의지

한 친구라는 말은 자주 하지만 정말 그렇게 할 수 있는 사람이 과연 몇이나 될까?"

"……."

용천의 말에 의천은 놀란 표정을 지었다. 설마 하니 용천이 이렇게까지 생각을 하고 있을 줄은 몰랐기 때문인데 용천은 빙긋 웃으며 다시 말을 이었다.

"근데 이 친구는 그리하고 있잖아. 미치지 않고선 그럴 수가 없지. 그런 의미에서 어때, 의천? 너도 그럴 수 있어? 나를 위해서라면?"

장난스러운 미소를 지으며 용천이 입을 열자 의천은 피식 웃었다. 그리곤 단숨에 대답했다.

"아니, 미쳤냐? 난 그렇게 안 한다. 절대 안 해……."

"헛헛, 그래?"

의천의 말에 용천은 웃었다. 어차피 농으로 한 이야기는 농으로 끝내기 마련이었다. 그런데 의천은 좀 더 다른 생각을 하는 듯했다.

"그런 상황 따윈 만들지 않겠다. 구하려면 네가 날 구해. 알겠지?"

"……."

의천의 말에 용천은 다시금 그를 바라보았다. 조용히 듣고만 있던 위천의 미소와 함께 세 사람은 그렇게 관도를 따라 움직이고 있었다.

*　　　*　　　*

피피피핑…….

슬쩍 신형을 누이며 주비는 장창을 밀어냈다. 하나 그냥 단순히 밀어낸 것은 아니었고 창대의 중앙 부근에 있던 오른손으로 그 변화를 만들어낸 것이었다. 좌우로 혹은 상하로 흔들며 고도간을 압박했던 것이다.

그런데 그런 주비의 공격이 전혀 먹혀들지 않고 있었다. 어떻게 된 일인지 정말 이해할 수가 없었는데 한순간 고도간의 무공이 확 늘어난 듯한 느낌이 들었던 것이다.

물론 고도간의 무공이 그리 작은 것은 아니었다. 그러나 이 정도는 아니었는데, 정말 보면서도 주비는 그 사실을 믿을 수가 없을 정도였다.

특히 놀라운 것은 그 움직임. 아슬아슬하게 자신의 공격을 피해내는 고도간의 몸놀림은 이전에 보았던 그런 움직임이 아니었다. 적어도 한두 단계 이상은 높아진 무공이 확실했던 것이다.

"크크크… 느리다, 주비. 느려. 너무 느려서 내가 재미가 없어."

스스슷… 파아앙!

좌우로 떨리는 신형을 보여주다 고도간은 주비에게 덤벼

들었다. 잔뜩 부풀어 오른 몸이라고는 전혀 믿을 수 없을 만큼 빨랐는데 저 앞에서 고도간의 신형이 떨린다고 생각한 순간 이미 눈앞에 와 있었다.

"합!"

주비는 장창을 밀어 올렸다. 아래에서 위로 크게 올리며 고도간의 신형을 베려 했고 당연히 고도간은 옆으로 피했다. 바로 그 순간 주비의 창날이 다시금 빛을 발했다.

"와류(渦流)……!"

고오오오오…….

들어올려진 창날에서 강렬한 기운이 솟구치고 있었다. 마치 소용돌이가 치듯 둥근 원을 그리며 창날이 빠르게 회전하기 시작한 것이었다. 왼손으로 창대의 후면을 잡고 오른손으로 그 중앙을 잡아 휘돌린 것인데 이제 어느 방향으로 공격이 갈지 정말 알 수 없는 순간이었다.

게다가 창대에 담긴 기운도 강렬하다는 말만으로 부족할 정도였다. 주비의 앞으로 달려나오던 고도간의 얼굴도 이 순간만큼은 굳어져 있었는데 주비는 이 틈을 놓치지 않겠다는 듯 바로 다음 초식을 이었다.

"평(平)!"

쫘아아아아앙!

마치 대지를 가르듯 주비의 창이 좌에서 우로 길게 그어지고 있었다. 그 강맹한 위력에 비한다면 정말 초라하기 그지없는 초식이었지만 그건 보기에만 그런 것이었다. 막상 그 앞에서 몸을 움직이는 고도간은 긴장을 극한으로 끌어올리고 있었다.

창대의 반경 약 이 척 정도는 와류를 형성하고 있었기에 함부로 다가갈 수가 없었던 것이다. 그러나 분명히 지금 주비는 공격을 했고 어쨌든 실패를 했다. 그럼 이제 자신의 차례였다.

"이야압!"

투우우웅…….

두터운 오른손으로 창대의 끝을 밀어내며 고도간은 신형을 날렸다. 척추를 축으로 몸을 빙글 회전하며 주비에게 다가가자 주비의 신형은 고도간의 신형과 바짝 붙게 되었고 고도간은 회심의 미소를 지었다.

이렇게 가까이 붙는다는 것은 고도간의 승리를 의미했다. 어쨌든 주비는 창을 쓰는 사람, 창술을 쓰는 사람이 가장 주의할 것이 바로 거리를 두어야 하는 것이니 말이다.

"죽엇!"

과아아앙!

솥뚜껑만큼이나 커진 왼손을 치켜 올리며 고도간은 소리쳤다. 이 정도의 거리라면 한 방이면 충분하다 생각하고 있었는데 그때였다. 주비의 창이 기묘하게 움직이고 있었다.

쉬이이잉…….

앞쪽에 있던 창대가 뒤로 빠르게 사라지고 있었다. 아니, 주비가 잡아당겼다고 하는 것이 맞았다. 주비는 그의 오른손 호구 바로 앞에 창날을 쥐고 있었다.

마치 단검을 쥐고 있다고 해야 하나? 그 상태에서 주비의 오른손이 움직이고 있었다. 고도간은 비릿한 미소를 지으며 왼손과 오른손을 번갈아 연격하기 시작했다.

까가가가강!

육장과 창날이 부딪쳤는데 놀랍게도 쇳소리가 나오고 있었다. 온몸을 단단하게 만드는 하마공을 거의 극성으로 올린 결과였다. 특히 고도간은 양손으로 내력을 집중하는 공부를 주로 했기 때문이다. 하나 놀란 것은 주비가 아니라 고도간이었다.

설마 창날을 바짝 쥐고 검처럼 사용할 줄은 몰랐기 때문이다. 그때였다. 주비의 신형이 뒤로 확 빠지고 있었다. 그런데 이상하게도 창대는 그대로 있었다. 주비의 오른손이 호구를 넓게 만들면서 창대는 두고 몸만 뒤로 빼내었기 때문이다.

콰각······.

문득 주비의 신형이 멈추어 섰다. 그와 함께 주비의 오른손이 움직이기 시작했다. 다시금 창대를 꽉 잡고 그대로 앞으로 밀어낸 것이다.

"연섬(聯閃)!"

피리리리링!

"……!"

고도간의 두 눈이 커졌다. 진정 대단한 능력이 아닐 수 없었다. 주비의 창은 거의 빛살이 되어 그에게 다가오고 있었는데 고도간은 이를 악물며 뒤로 신형을 빼내었다. 하지만 이미 늦은 감이 있었다.

"사라져라!"

스파라라랑!

위기에 몰린 고도간의 신형을 보며 주비는 최후의 일격을 날렸다. 기공을 담은 그의 장창이 연속으로 허공을 찔렀고 마치 검기와도 같은 기운이 앞으로 치고 나가고 있었다. 그 어디에도 고도간이 피할 공간은 없어 보였는데 그런 예상을 증명이라도 하듯 고도간의 신형에 주비의 공격이 작렬했다.

파파파파팡!

자욱한 흙먼지가 허공에 피어오르는 가운데 주비는 창대를 거두고 뒤로 두어 걸음 물러섰다. 그리곤 다시 창을 늘어뜨리며 준비를 했는데 이미 감으로 알 수 있었다. 이번 공격은 실패했다는 것을 말이다.

분명히 눈으론 고도간의 신형에 공격이 적중하는 것을 보았지만 그건 눈에서 보이는 것뿐이었다. 실제론 모두 허공을 갈랐던 것이고 고도간의 모습은 잔영이라 볼 수 있었다.

"너… 그 신법, 어디서 배웠나?"

"크하하하하! 궁금한가? 궁금해?"

각자의 의지 273

재미있어 죽겠다는 듯 비웃는 고도간의 목소리가 들려오고 있었다. 주비는 어금니를 꽉 깨물며 그를 바라보았는데 고도간은 바로 눈앞에 나타나 있었다. 역시나 그의 몸은 멀쩡했다.

"궁금하면 내 가르쳐 주지. 단······."

잠시 빙글거리며 이 순간을 음미하는 듯 보이던 고도간은 이내 도끼눈을 만들며 소리쳤다.

"몸으로 가르쳐 주마! 크아아아!"

파아아앙!

고도간의 신형이 움직이기 시작했다. 주비를 향해 다가오는 그의 움직임은 이전처럼 빠르기만 한 것이 아니었다. 뭔가 묘한 자세를 보여주며 다가오고 있었는데 거의 웅크린 자세가 많았다.

그리고 그 동작들이 모두 연결되며 어떤 사람이 생각나고 있었다. 고도간의 지금 움직임은 마치 현백의 그것과 너무도 닮아 있었던 것이다.

"어떻게 이런 일이······!"

모인은 눈으로 보면서도 믿을 수가 없었다. 지금 그의 눈앞에 잿빛 옷을 입고 있는 사내들, 그들의 움직임은 진정 현백의 움직임과 같았다. 마치 야수와 같은 그러한 움직임을 보이고 있었던 것이다.

솔직히 모인은 이들의 신형을 쫓아가며 공격하기는 힘들었다. 그렇다고 수비가 어려운 것은 아니지만 그건 자신의 이야기였다. 이미 지칠 대로 지친 이도와 명사찬은 지금 위험한 상태였던 것이다.

달려드는 사내들은 모두 여섯, 사실 그리 많지도 않았다. 그전에 덤비던 자들은 이미 저 뒤로 크게 물러서 있었으니 이들만 상대하면 그만이었지만 그것이 쉽지가 않았다. 무공 수준이 너무나 차이가 컸던 것이다.

저들에 비한다면 이들은 강호의 최고수급이라 해도 과언이 아니었다. 순수한 내력이나 그 외 무공의 척도로 따진다면 모인보다야 아래겠지만 명사찬도 힘들 정도의 사내들이었던 것이다.

"으득!"

어금니를 꽉 물며 그는 잠시 상황을 판단하기 시작했다. 누가 봐도 이 상황은 그들이 불리했다. 특히 공격의 한 축이 되는 주비가 저 앞에 나가 있음으로 해서 더욱더 어려운 상황이었다.

물론 그라고 주비의 마음을 모르는 것이 아니었다. 주비는 지금 일행을 위해 나간 것이고, 의도는 참 순수하고 좋았다. 결과가 이상하게 되었을 뿐 별다른 악의 따윈 있을 수가 없었다.

그런데 지금 저 앞에 있으면서 나름대로 고민을 많이 하는 것이 보였다. 갈수록 손발이 어려워지는 것이 고도간을 상대로 많이 고전하는 듯 보였는데 솔직히 그건 심리적인 요인이었다. 저 앞에 있으면서 너무 이쪽에 신경을 많이 쓰고 있었던 것이다.

앞서 선봉을 날리는 사람은 저래선 안 되었다. 하나 그는 이 또한 왜 저렇게 행동하는지 잘 알고 있었다. 그의 실수로 인해 지충표와 오유가 잡혀갔음에도 또 한 번 실수하는 듯한 생각이 들 터였다. 바로 그런 생각 때문에 더 힘든 상황을 맞이하게 되었던 것이다.

이래선 안 되었다. 어떻게든 상황을 타개하기 위해 모인은 손을 가슴께로 끌어 올렸다.

"흐으읍!"

스스스스스……

한순간 모인의 몸에서 강렬한 기운이 흘러나오고 있었다. 지금껏 만일의 상황을 위해 자제하고 있었지만 이젠 그럴 수가 없었다. 승부를 봐야 할 때가 온 것이다.

"이야아아압!"

파아아앙…….

내력을 실어 외친 그의 목소리는 허공을 쩌렁하게 울리고 있었다. 무엇 때문에 소리친 것인지는 알 수 없지만 모인의 신형은 이미 그 소리보다도 먼저 움직이고 있었다. 가장 먼저 눈앞의 두 명을 향해 다가갔는데 다가갔다고 느끼는 순간 이미 그의 양손이 움직이고 있었다.

짜자자자자장!

화려한 장의 연격에 두 사람의 신형이 뒤로 튕겨 나가고 있었다. 물론 두 사람 다 치명타는 맞지 않았다. 모인 스스로가 치명타는 자제하고 있었던 것이다.

지금 치명상을 입혀 상대를 쓰러뜨리는 것은 좋은 방법이 아니었다. 어떻게든 상황을 돌려보기 위해선 시간을 벌어야 했다. 일단 모두가 다 힘을 되찾은 후에 뭔가 도모해야 하는 것이다.

바로 그 시간을 위해 치명타는 쓸 수가 없었다. 그들이 쓰러지면 또 다른 새로운 사람들이 나올 터이니 말이다. 모인은 이도를 압박하는 두 사람을 향해 신형을 날렸다.

"이도야! 다시 한 번 내력을 쳐내려라! 사찬이는 이쪽으로!"

"……!"

"옛, 장로님!"

모인의 목소리에 이도는 이를 악물고 움직이기 시작했다. 순수한 신형의 빠름으로 본다면 이도는 정말 빨랐다. 삽시간에 십여 권 이상을 날린 이도는 이어 다시금 대지에 권을 날리고 있었다. 또 한 번 둔중한 울림이 허공에 울려 퍼지고 있었다.

꾸우우우웅…….

잠시, 아주 잠시였다. 권이 내리꽂히고 울림이 들리는 순간, 잿빛 옷을 입은 사내들의 신형이 멈칫거렸다.

정말 아주 작은 순간이었지만 그것으로 충분했다. 모인은 온 내력을 끌어올리며 신형을 허공에 띄우고 있었다.

"하압!"

파아앙…….

붕천벽수사 모인, 그 화려한 무공이 지금 허공을 수놓고 있었다. 마치 하얀 천에 끈을 달아 여기저기 휘감으며 돌아다니는 듯한 모습이 중인들의 눈에 들어오고 있었던 것이다.

휘리리리링…….

그것도 한 번에 네 명의 신형 사이를 휘젓고 다니고 있었다. 모인의 말에 명사찬이 재빨리 이도의 옆으로 오자 이도는 그 틈을 노려 권을 찔러 넣은 것이었다.

명사찬을 따라 달려오던 자들 역시 한꺼번에 이도의 권에 영향을 받았고 바로 그것이 모인이 노린 것이었다. 모인은 네 사람 사이에서 마음껏 신형을 휘저었고 이어 강렬한 타격음이 허공에 울리고 있었다.

스파파파파파파팡!

대관절 얼마나 많은 공격을 하는지 도무지 알 수가 없을 정도로 빠른 공격이 행해지고 있었다. 그리고 이어 이도와 명사찬의 눈에 잿빛 옷을 입은 사내들의 모습이 보였다.

퍼퍼퍼퍽…….

한꺼번에 모두 나가떨어지고 있었다. 그들의 앞섶은 모인의 공격으로 인해 이미 너덜해져 있었고 제대로 신형을 잡지도 못하고 꿈틀거리고 있었다. 그건 모인이 가진 내력으로 인해 생긴 현상이었다.

모인은 장력만 뛰어난 것이 아니었다. 장력도 장력이지만 그 자신의 신법에서 이상한 능력이 파생되고 있었는데 그것이 바로 지금의 효과였다. 상대의 기혈을 뒤틀어놓는 효과가 발생했던 것이다.

물론 그동안 이러한 능력을 거의 사용하지 않았지만 역시 모인이었다. 개방삼장로의 일인으로서 그 능력이 유감없이 발현되는 순간이었다.

"어디서 온 놈들인지 모르지만 똑똑히 들어라……."

웅혼한 내력을 실으며 그는 외치고 있었다. 듣고 싶지 않아도 절로 듣게 되는 커다란 목소리였는데 다음 그의 목소리는 더욱더 커지고 있었다.

"나는 모인이다. 개방삼장로의 일원이며 적어도 강호십대고수 안에 든다고 자부하는 것이 바로 나다. 한데 이런 나에게……."

스으으으으…….

모인은 다시금 힘을 모으고 있었다. 삽시간에 보인의 몸에서는 또 한 번 강렬한 기운이 치달아 오르기 시작했고 모인은 그 기운을 담아 외쳤다.

"머리에 피도 안 마른 것들이 덤빈다는 것이냐!"

쩌렁한 외침이 허공에 퍼지고 있었다. 그리고 그 외침만큼이나 벅찬 감정을 지닌 세 사람이 있었다. 이도와 명사찬, 그리고 저 앞에 나가 있는 주비였다. 적어도 자신들의 뒤엔 모인이 있다는 것. 그 사실 하나가 얼마나 대단한 것인지를 새삼 깨닫고 있는 것이다.

第八章

현백, 친구를 만나다

1

"마술인가? 정말 놀랍군. 저 쓸모없는 놈이 언제 저렇듯 무공을 익혔지?"

"알고 싶으십니까? 하면 직접 알아보십시오. 이 우제는 이제 필요없으니……."

"그 또한 무슨 말인가?"

갑자기 삐딱하게 나오는 양각의 말에 옥화진은 미간을 찌푸리며 입을 열었다. 그러자 양각은 피식 웃으며 말을 이었다.

"소제의 기억으론 대인께서 저 주비를 봐주라는 말은 입에 담지도 않은 것 같습니다만 어째서 형님은 있지도 않은 사실을 말하는 것입니까? 대체 무슨 계획을 가지고 계신 것이지요?"

"…헛, 이제 보니 그 이야기였나?"

옥화진은 웃었다. 싸움에서 한참 떨어진 곳에서 두 사람은 이야기하고 있었는데 아무래도 아까 주비와 그가 서로 주고받은 이야기 때문에 이러는 듯 보였다.

"뭐가 계획인가? 그저 뭣 좀 알아보려고 하는 것뿐이었네. 저 주비라는 자, 대인과 연결 고리가 그리 작은 것이 아닌 것 같아."

"그야 당연한 일 아니겠습니까? 한때 우리가 모시려 했던 사람입니다. 미련이 남는 것은 당연한 일이지요."

별다른 의문점이 없다는 듯 양각은 입을 열었지만 옥화진은 고개를 저었다. 분명 다른 무엇인가가 있었다. 그 정도의 작은 인연이 아닌 것이다.

"아니, 그 정도가 넘는 것 같다. 일순간 대인의 이름을 뱉는 것도 그렇고… 마치 아랫사람을 대하는 듯한 말투. 뭔가가 있어. 난 그것이 알고 싶을 뿐이다. 이제 알겠나?"

"…제가 생각하는 것 이상의 관계가 둘 사이에 있단 말입니까?"

"적어도 자네가 모시려 했던 사람일 뿐이라고 생각한다면 그렇네."

확신에 찬 그의 목소리에 양각은 눈빛을 살짝 굳혔다. 그가 아는 옥화진은 가벼운 사람이 아니었다. 뭔가 생각하는 것이 있다면 그건 상당히 날카로운 눈과 어느 정도의 증거를 가지고 판단하는 것이 그의 성정이었다. 하니 그가 뭔가 있다면 진짜 있는 것이다.

"죄송합니다, 형님. 요즘 제가 좀 날카롭다 보니……."

"허허허. 됐네, 이 사람아. 그럼 이제 답해줄 수 있나? 저 고도간이 어디서 저 무공을 익혔는지 말이야."

"답이고 뭐고 보십시오. 이것입니다."

"응?"

양각이 불쑥 품에서 내민 책자 하나를 옥화진은 얼떨결에 받아 들었다. 그리곤 그 책 제목을 보는 순간 그의 눈은 부릅 떠졌다.

"이건……!"

"예, 그렇습니다. 요즘 한참 시끄러운 책이지요. 천의종무록입니다."

틀림없는 천의종무록이라 써 있었다. 놀란 옥화진은 재빨리 안쪽의 내용도 살펴보았는데 빽빽하고 조밀하게 쓰여진 글씨들은 정말 비급이 맞았다. 언뜻 본 내용들이 다 무공에 관한 것인 듯 보였던 것이다.

"아니, 이게 어째서 자네의 품에 있는가?"

"제가 얻은 게 아니라 수하들이 가져온 것입니다. 저 고도간을 감시하던 수하들이 말입니다. 고도간이 그 빌어먹을 몽오린 놈에게서 받았다 하더군요."

"몽오린이?"

믿을 수가 없다는 듯 옥화진은 입을 열어 되물었다. 이런 비급은 정말 함부로 내주는 것이 아니었다. 특히나 외인에게는 말이다.

게다가 이건 천의종무록이었다. 요즘 세상을 가장 뜨겁게 달구는 비급이 이 책자였던 것이다. 그런데 이것이 자신의 품에 있다?

"이놈들 대체 무슨 생각을 하고 있는 것이지? 정말 강호에 혈풍이라도 불게 만들려는 것인가?"

"풋, 이미 불었습니다, 형님. 형님이 이곳에 계신 동안 그 몽오린이란 놈 사고를 쳐도 정말 큰 사고를 쳤습니다. 소림을 쳤어요."

"뭐야!"

옥화진은 크게 놀라 양각을 돌아보았지만 양각은 그저 저 앞에 있는 현백의 일행을 바라볼 뿐이었다.

"사실입니다. 이제 전 무림에서 우릴 찾게 될 것입니다. 어쩌면 지금 이렇게 움직이는 것도 마지막일 수가 있겠지요. 훗."

"…이놈!"

그제야 몽오린의 생각을 모두 알 것 같자 옥화진은 이를 갈았다. 이젠 몽오린을 따라 같이 움직일 수밖에 없었는데 몽오린이 옥화진이나 양각과 같이 있었다는 것만으로도 둘은 무림의 적인 셈이었다.

일이 여기까지 진행되었다면 퐁오린이 할 일은 한 가지였다. 자신에게 돌려진 무림의 관심을 돌리기 위해 이 비급을 꺼내들 것이다. 전 무림에 이와 같은 것 몇 개만 던지면 되는 것이다.

"뭐, 어떻게 보면 잘된 것일 수도 있습니다. 이제 우리가 하려는 일들이 빠르게 진행되는 계기이기도 할 테니까요. 우선 우리와 관계된 사람들의 인연부터 끊는 게 좋겠지요. 물론 스스로 도와준다고 한 사람들은 빼고 말입니다. 예를 들자면 지충표란 사람과 오유란 사람이 되겠지요."

"뭐야? 아니, 자네 왜 이러나!"

"형님, 그들을 보내야 합니다. 그렇지 않으면 그들도 위험합니다. 그 지충표라는 친구를 마음에 들어하는 것은 알고 있지만 어쩔 수가 없습니다. 더욱이 이젠 더 이상 본진에 데리고 있을 수도 없구요. 며칠 전 현단지가의 사람들이 왔었습니다. 지충표가 있다는 것을 안 그들의 얼굴이 확 변하더군요. 그 이후의 일은… 말하지 않겠습니다. 그래서 제가 이리로 데려오라 했습니다. 마침 대인께서도 곧 오실 테니 데리고 가라 하셨구요."

"그렇군."

그의 설명에 옥화진은 그제야 수긍할 수 있었다. 내부적으로 지충표와 오유는 더 이상 필요없었다. 그 두 사람은 고도간이 살기 위해서 데리고 온 사람, 그리고 현백을 끌어내기 위해 데리고 있는 셈이었다.

하나 현백은 아직 오지 않았고 계획은 실패했다. 더 이상 데리고 있을 일이 없는 것이다.

"보냅시다, 형님. 그리고 우리도 원없이 싸워보죠. 그것이 옳은 일입니다. 아마도 대인께서도 그럴 생각으로 데리고 오라 하셨을 것입니다. 설마 그들을 저들이 보는 데서 죽이려 데리고 오진 않을 테니 말입니다."

"……"

양각의 말에 그는 아무런 대답도 하지 않았다. 그저 눈앞에 움직이는 주비와 고도간의 신형만을 바라보고 있었는데 그의 눈은 한곳에 고정되어 있지 않았다. 특히 고도간의 움직임과 자신의 손에 들린 비급, 그 두 가지만을 계속 번갈아 보고 있었다.

파가각… 휘이이잉…….

한쪽 팔을 감아 넣은 후 모인은 허공에 그 팔을 치켜 올렸다. 그러자 한 사내의 신형이 허공으로 떠올랐다. 한 사내의 신형을 공중에 띄운 채 그는 신형을 돌리며 오른발을 허공으로 쳐들었다.

쩌어어엉!

"후웃!"

짧은 기합성과 함께 사내의 신형은 저리로 튕겨 나갔지만 이젠 끝없이 흘러나오는 그들의 모습에 아주 질리고 있었다. 모인의 옆엔 상당한 수의 사람들이 쓰러져 있었는데 결국 걱정하던 일이 일어나 버렸다.

이제 상황은 완벽한 차륜전으로 변해 버렸던 것이다. 일단 이 정도의 숫자를 유지하며 싸울 생각이었던 그의 계획은 그가 내력을 실어 외치는 순간 틀어져 버렸다. 어디선가 비슷한 사람들이 끝도 없이 나타났던 것인데 그만큼 모인의 무공은 위협적인 것이었다.

상황이 이렇게 틀어진 것에 대해 모인은 한편으론 황당하다는 생각을 지울 수가 없었는데 또 한편으론 다행이라는 생각도 들었다. 다행이라는 것은 저 앞에서 싸우는 주비에 관한 것이었다. 주비는 지금 훨씬 안정된 상태로 싸우고 있었던 것이다.

이대로 간다면 주비에 대한 걱정은 일단 덜어내도 좋을 듯 싶었는데 문제는 자신들이었다. 이 이상 버틸 상황이 아닌 것이다.

그 증거가 바로 자신이었다. 지금 서서히 모인의 나이가 드러나고 있었다. 내력과 체력이 한꺼번에 쭉쭉 빠지고 있었던 것이다.

당연히 그의 손은 독해지고 있었고 하나둘 상대가 쓰러져

갈수록 몸에 이상 징후도 많이 나타나고 있었다. 조금 더 있으면 어찌 될지 아무도 몰랐던 것이다.

아니, 조금 더가 아니었다. 바로 지금 문제가 생겼다. 결국 그의 내력이 제대로 돌지 못하는 상황이 생기고 있었다.

파아앙……

"……!"

한 사내의 가슴에 장을 적중시키고도 오히려 적중시킨 모인이 더 놀라고 있었다. 소리만 크게 났을 뿐 전혀 내력이 실리지 않은 공격에 사내가 고통을 참으며 모인에게 덤비고 있었다.

스스슷…….

모인은 신법을 펼치며 사내의 검을 피했다. 그리곤 다시 손을 들어 사내의 가슴을 쳐 올리려 했는데 한 번 끊긴 내력은 다시 이어지지 않고 있었다. 조금이라도 쉬어야 하는데 너무 무리했던 것이 화근이었다.

"차압!"

할 수 없이 그는 장 대신 금나를 택했다. 검을 잡고 있는 오른 손목을 잡아 슬며시 비틀면서 머리 위로 그 손을 들어올렸다.

우두둑!

섬뜩한 소리와 함께 그는 허공으로 튕겨져 올랐고 모인은 오른 어깨를 슬며시 뒤로 젖혔다가 바로 튕겼다.

파아앙…….

공격에 적중당한 사내는 중심을 잡지 못하고 저 뒤로 튕겨져 나갔고, 모인은 바로 자신이 있던 곳으로 돌아와 자세를 잡았다. 그러자 명사찬과 이도가 걱정스러운 눈빛으로 그를 바라보았다.

"장로님, 괜찮으십니까?"

"녀석, 네 몸이나 조심하거라. 아직은 끄떡없다."

모인은 빙긋 웃으며 이야기했지만 명사찬은 어금니를 꽉 깨물었다. 그야말로 이건 말뿐이었다. 모인의 몸 상태가 점점 좋지 않음을 그는 느끼고 있었던 것이다.

이젠 누구에게 의지할 때가 아니었다. 모인은 쉬어야 했고 그가 나서야 했다.

누가 말하지 않아도 그렇게 해야만 했기에 명사찬은 앞으로 나섰다. 그리곤 앞으로 나가려 할 때였다.

"…응?"

뭔가 이상한 분위기가 느껴지고 있었다. 지금껏 온 힘을 다해 덤비던 상대들이 앞으로 다가오지 않고 점점 뒤로 물러나고 있었는데 그냥 물러나는 것이 아니었다.

자신들의 동료, 차가운 바닥에 쓰러진 동료들을 모두 데리고 물러나는 것이 보였던 것이다. 마치 철수라도 하는 듯한 모습에 명사찬이 이상하게 느끼는 순간이었다.

"장로님, 조금 늦었습니다. 죄송합니다."

"아니, 자넨……."

"남궁 사숙님!"

뒤쪽에서 들려온 소리에 이도는 밝고 커다란 소리를 내었다. 이 목소리는 아주 귀에 익은 사람의 것이었다.

유행천개 남궁장명, 바로 그였다. 그가 수많은 문도들을 데리고 나타난 것이다.

"개방의 제자들은 모두 장로님을 호위하라! 진법을 펼쳐라!"

"우우우……."

"우우우우……."

남궁장명의 외침에 상당한 수의 개방 제자들이 여기저기서 나오기 시작했다. 근 백여 명이 넘는 사람들이 모인 장로의 뒤에 시립하고 있었던 것이다.

"장로님, 이제 명령을……."

"……."

남궁장명의 말에 모인은 고개를 살짝 끄덕였다. 이곳에서 가장 서열이 높은 사람이 자신이었으니 그가 지휘를 하는 것이 맞는 일이었다.

당장이라도 저들을 몰아내 버리는 것도 좋은 방법이기는 하나 모인은 그렇게 하지 않았다. 지금 중요한 것은 일단 여기 있는 이도와 명사찬을 쉬게 하는 일이었다.

그리고 저 앞에 있는 주비, 그를 도와야 했다. 이들을 치는 것이야 자신들이 아니더라도 충분히 할 수 있는 문제였던 것이다.

"일단 모두 이곳에 대기한다. 하나 언제든 싸울 수 있게 마음의 준비를 하도록."

"알겠습니다, 장로님. 모두 자리에 대기한다!"

모인의 결정에 남궁장명은 바로 소리치며 명령을 전달하자 개방의 제자들은 다들 옆으로 늘어섰다. 타구봉을 쥔 채 언제든 싸울 수 있도록 준비함은 물론이었다.

"후……."

힘든 상황이었다. 맨 처음부터 옆구리에 일격을 맞아 사실 크게 숨 쉬기도 힘든 상황이었건만 지금처럼 기분 좋은 때는 없었다. 그의 뒤편 친구들이 안전해진 상황.

이제 남은 것은 모든 힘을 다해 싸우는 것뿐이었다. 오래간만에 그는 마음속에서 승부욕이 끓어오르는 것을 느꼈다. 현백을 제외하고 이렇게 가슴이 뛰었던 적은 처음이었다.

물론 그것은 상대가 고도간이어서 그런 것이 아니었다. 분위기, 아주 오래간만에 느껴보는 그런 분위기가 기분 좋게 느껴진 것이었다.

"이런 기분… 정말 오래간만이군……."

시링…….

창대를 공중에 한 번 떨치며 주비는 자신의 기분을 한껏 끌어올렸다. 문득 그의 귓가에 고도간의 목소리가 들려왔다.

"제길, 여기나 저기나 다들 마음에 안 드는 일뿐이군. 뭐 하나 제대로 되는 것이 없어……."

주변의 상황을 보며 고도간은 이를 벅벅 갈고 있었다. 그는 한쪽에서 더 싸우지 않고 가만히 있는 회색 옷을 입은 자들을 바라보다 주비에게로 시선을 향했다.

"운 좋은 줄 알아라, 이놈. 내 오늘은 그냥 가지만 다음엔 어림없다. 네놈의 목을 따줄 테니 그 목 깨끗이 씻고 기다려!"

할 말 다 하고 그는 신형을 돌렸다. 정말 기분이 더러운 듯 툴툴거리며 움직이려 하는 순간,

"큭… 미친놈. 누가 네놈 생각대로 해준다냐?"

"…뭐라?"

고도간은 입술을 씰룩거리며 고개를 돌렸다. 주비는 장창을 꼬나든 채 고도간을 향해 다시 말했다.

"네 마음대로 왔다가 가겠다고? 그것도 내 앞에서?"

살짝 비틀린 웃음과 함께 주비는 앞으로 한 걸음 나아갔다. 그리곤 고도간을 향해 다시금 입을 열었다.

"뭐가 어떻게 되든지 간에 확실한 것이 하나 있지. 넌 죽는다. 바로 오늘……."

<u>고오오오오.</u>

말과 함께 서서히 주비의 몸에서는 금색의 기운이 흘러나오고 있었다. 고도간은 단 한 번도 이러한 주비의 무공을 본

적이 없었기에 두 눈을 크게 떴는데 주비의 몸에서 나온 기운은 이제 완연한 하나의 강기를 형성하고 있었다.

"내가 어떤 무공을 쓰는지조차 넌 모를 것이다. 아니 그런가?"

"……."

한때 주비의 상관이기도 했던 고도간은 아무런 말도 하지 못하고 있었다. 그가 아는 주비는 이런 무공을 하는 사람이 아니었다. 뭔가 조금 다른 느낌이 들고 있었던 것이다.

"이제야 가르쳐 주지. 이것이 바로 나의 독문무공이다. 금와모결이란 이름이 붙어 있지."

"금와모결?"

너무나도 생소한 이름에 고도간은 미간을 찌푸린 채 살며시 되뇌었다. 금와모결이란 이름은 정말 들어본 적도 없는 이름이었다. 하나 더 이상 그는 생각을 할 수가 없었다.

"그래, 금와모결. 그것이 너의 삶에 오늘 종지부를 찍어줄 것이다!"

콰가가가가…….

거대한 기운을 담은 주비의 창날이 고도간을 덮쳐 오고 있었다. 주비의 창날엔 더 이상 자비 따윈 담겨져 있지 않았다.

"이걸 보라고 날 오라 한 것이오?"

"……."

현백, 친구를 만나다

지충표의 목소리에 옥화진은 고개를 돌렸다. 그곳엔 언제 왔는지 지충표와 오유가 서 있었다. 두 사람 다 이젠 많이 건강해진 상태로 전혀 아픈 얼굴이 아니었다.

"그럴 리가 있겠는가? 이젠 때가 되어서 그런 것이지. 어차피 그곳에 남아 있어봤자 과거의 기억 속에 괴롭지 않겠나?"

"큭… 그건 그렇지. 고맙다고 해야 하나?"

살짝 비틀린 웃음을 지으며 지충표는 시선을 돌렸다. 그러자 저 앞의 광경이 들어오고 있었다. 주비와 고도간이 싸우고 있었고 그 뒤편 멀리엔 그리운 얼굴들이 보였다.

모인과 이도, 그리고 명사찬……. 현백의 모습이 보이지 않는 것이 조금 아쉬웠지만 잘 있을 거라 생각한 그는 고개를 돌려 오유를 향해 입을 열려 했다.

"……."

한데 그는 오유의 얼굴을 본 순간 말을 걸 수가 없었다. 농이라도 걸어 기분을 풀어보려 했었는데 오유의 얼굴은 저 앞의 이도에게 가 있었던 것이다.

하긴 그간 오유의 모습을 보면 평소의 오유가 아니었다. 날카롭고 절대 져주지 않았던 그 오유의 모습은 이젠 오유라 볼 수 없었다. 오뉴는 자신과 같이 있으면서 건강은 좋아졌지만 그 마음은 죽어가고 있었던 것이다.

왠지 아련한 그 얼굴을 보며 지충표는 양 주먹을 꽉 쥐었다. 뭔가 해야 할 일이 있을 것만 같았다. 하다못해 지금 이

순간 도망이라도 쳐야 하는 것이 그가 할 일이었던 것이다.

물론 그가 할 수 있는 일 중 가장 하책이 바로 도망치는 것이었다. 지충표는 조용히 신형을 돌렸다. 그리곤 옥화진에게 그는 나직이 입을 열었다.

"잠시… 이야기 좀 할 수 있겠소?"

"…그러지."

지충표의 목소리에 옥화진은 고개를 끄덕이며 그의 뒤를 쫓았다. 지충표는 약 삼 장여 정도 떨어진 곳에 가서 옥화진에게 입을 열었다.

"그녀를 보내주시오. 그럼 내가 남아 있겠소. 왜 내가 필요한지 모르나 인질이라면 나 하나로 충분하지 않겠소?"

"……."

지충표의 말에 옥화진은 잠시 입을 닫았다. 아마도 뭘 어떻게 이야기를 시작해야 할지 그게 궁금한 듯싶었는데 사실 이들을 인질로 사용해야 하는 것은 그들이 아니라 흑월이었다.

아무리 흑월을 도와주어야 하는 것이 그의 상관이 내린 명령이지만 솔직히 이번만은 따르고 싶지 않았다. 특히 이 지충표에겐 더더욱 그런 생각이 들지 않았다. 낭인 생활을 같이한 그에게는 말이다.

"난 니희들을 인질 따위로 삼을 생각은 애당초 없었다. 충표, 내 옆에 네가 있어주었으면 하는 것, 그것이 내가 원하는 것이었다."

현백, 친구를 만나다

"훗. 내가 진심으로 당신을 따를 것이라 생각하오?"

"……."

일순 지충표의 말에 옥화진은 얼굴을 굳혔다. 설마 하니 지충표가 이렇게까지 말할 줄은 몰랐는데 지충표는 이어 말을 붙였다.

"내가 만일 그 친구를 만나지 않았다면 지금 당신의 제안을 주저없이 따랐을 것이오. 당신이야말로 이 세상에서 가장 믿을 만한 사람 중의 하나였었지. 비록 지금은 좀 달라졌다고는 하지만 말이오."

"……."

"그러나 난 현백이란 친구를 봤소. 그 친구, 참 이상한 친구요. 무공도 어느 정도인지 모르고 친구도 별로 없소이다. 당신처럼 유쾌한 맛도 없었고, 누구처럼 호쾌한 맛도 없는 그런 친구요."

말을 하면서도 지충표는 슬며시 웃음을 짓고 있었다. 왠지 옥화진은 그 현백이란 친구가 부러워지고 있었다. 이 지충표 같은 까다로운 친구의 마음을 열게 만든 사람이니 말이다.

"그런데 그 친구… 묘한 매력이 있소. 제멋대로 길을 가는 것 같으면서도 결국 명분을 찾는 것도 그렇고 못 이기는 척 좋은 일을 하는 것도 그렇소. 옆에서 지켜보고 있으면 절로 웃음이 나는 친구요. 그래서 난 더 이상 당신을 따를 수가 없소이다."

"하면 이것은 어떤가?"

옥화진은 왠지 지충표의 목소리에 울컥한 기분이 들고 있었다. 그래서 그도 모르게 오른손을 들어 뭔가를 건네었다.

지충표는 그것을 받아 들었다. 책, 그것은 바로 한 권의 작은 책자였다. 그 제목을 본 지충표는 두 눈을 동그랗게 떴다.

"이건……!"

그건 바로 천의종무록이었다. 옥화진은 자신도 모르게 오른손이 나간 것이었고 그렇게 된 상황에 대해 이해할 수가 없었다. 도대체 자신이 왜 그 책을 지충표에게 주었는지 알 수가 없었던 것이다.

울컥한 기분에 이런 짓을 한 것이었다. 이 책이 진본이 아니라는 것은 이미 보는 순간 알 수 있었다. 어떻게 운남의 책이 중원의 한어로 쓰여 있을 수 있겠는가 말이다.

하나 분명한 것은 이건 무공서였고, 그것도 보기 쉽지 않은 무공서였다. 당연히 지충표 역시 혹할 것이라 생각했는지도 몰랐다. 그런데 지충표에게 이 책은 다른 의미로 느껴지고 있었다.

언젠가 현백이 말한 바람에 대한 이야기, 서로 다른 내력들이 섞일 수도 있다는 바로 그 이야기가 지금 막 생각이 났던 것이다.

"왜 이걸 내게 주는 것이오?"

일단 지충표는 그에게 입을 열었다. 하나 옥화진은 지충표에게 그 어떤 말도 할 수가 없었다. 어차피 의도된 행동이 아니기에 말이다.

대신 그가 할 수 있는 것은 신형을 돌려 원래의 자리로 돌아가는 일이었다. 마음속으로 못난 짓을 했다는 자책감에 휩싸인 채 말이다.

2

"……."

완연한 아침이었다. 저 앞쪽으로 동이 터오는 것이 느껴졌고 세상은 어둠을 힘차게 밀어내고 있었다. 오늘은 오늘의 해가 터오면서 새로운 시작이 되는 것이다.

하지만 그 시작과는 달리 현백의 머리는 멍한 상태였다. 뭔가 참 많은 일이 일어났으면서도 어떤 것인지 잘 모르는 느낌, 딱 그런 느낌이었다.

"정신이 좀 드나?"

문득 들려오는 소리에 그는 고개를 돌렸다. 그곳엔 세 사람이 자신을 바라보고 있었다. 위천, 용천, 그리고 의천이 그들이었는데 현백은 자리에서 몸을 일으켰다.

"흡……."

전에 비한다면 이건 거의 아프지 않은 것과 마찬가지였지만 그래도 아직까지 몸엔 상당한 고통이 남아 있었다. 그러나 움직이지 못할 정도는 아닌지라 현백은 자리를 털고 일어났다.

"……."

자신이 일어난 간이 침상을 보니 그간 무슨 일이 일어났는지 알 듯했다. 아마도 정신을 잃은 현백을 이들이 데리고 온 모양이었다. 새삼 고마운 마음에 그는 세 사람을 향해 목례를 했다. 비록 아주 작은 각도의 숙임이지만 그 의미는 충분히 전달되고 있었다.

"큭… 그렇게 인사받고자 한 일이 아니니 신경 쓰지 마시오. 그냥 그 자리에서 섰다간 나중에 무슨 소리를 들을 것인지 그것이 두려워 데리고 온 것이니."

위천의 말에 현백은 살짝 쓴웃음을 지었다. 확실히 그건 위천의 말이 맞았다. 만일 그가 몸이 좋지 않다는 판단하에 더 이상 움직이지 않았다면 현백이 가만있지 않았을 터였다.

"여기가 바로 추풍곡일세. 다 온 것이지. 우리도 막 도착한 와중이었소이다."

"……."

용천의 말에 현백은 고개를 들어 주위를 살폈다. 그러자 저쪽 근 백여 장 정도 떨어진 곳에 한 무리의 사람들이 보였다. 좌우로 길라져 대치하는 형국이었고 가운데에선 누군가 일대 일로 싸우고 있었다.

싸우는 사람이 창룡 주비임을 현백은 너무나 쉽게 알 수 있었다. 그는 그대로 앞으로 가려다가 신형을 멈추었다. 그러고 보니 삼천가는 움직이지 않고 있었던 것이다.

"우린 일단 자네를 이곳까지 보호하는 것이 임무. 끝났으니 돌아가야 하네."

"하나 가기 전에 자네의 움직이는 모습을 봐야겠지. 그러니 어서 가게나."

"…알겠소."

용천, 위천의 말에 현백은 조용히 입을 열었다. 그리곤 앞으로 걷기 시작했는데 그의 발걸음은 이제 거의 정상인에 가까웠다.

"이어타혈지는 이제 거의 사라진 것 같지?"

"부작용은 다 사라진 것 같소이다. 지켜보기만 하면 될 것 같은데……."

"아직 무공을 할 수 있을 정도일까?"

세 사람은 멀어지는 현백을 보며 각기 머릿속에 드는 의문을 이야기하고 있었다. 특히나 마지막에 의천이 말한 것은 정말 판단하기 어려운 질문이었는데 위천은 피식 웃으며 말을 이었다.

"할 수 있을 거야. 지금까지 오면서 본 모습을 잊었어? 하고도 남을 사람이야."

"큭, 하긴……."

위천의 말에 의천은 다시금 웃었다. 그리곤 이제 멀어져 가는 현백의 모습을 바라보고 있었다. 현백은 전혀 거리낌없이 중앙에서 싸우는 두 사람을 향해 움직이고 있었다.

스팡! 파라라랑! 파파팡!

용호상박이라고 해야 하나? 확실히 고도간의 무공은 비약적으로 발전되어 있었다. 특히나 그의 무공은 필설로는 표현하기 힘든 어떤 괴이한 점이 있었는데 질 듯 질 듯하면서도 최후의 순간 간발의 차이로 피하고 있었다.

물론 그것이 의도적일 리는 없었다. 아마도 주비의 반응 속도를 조금 못 따라가는 것이 아닌가 하는 생각을 하게 만들었는데 그만큼 주비의 창술은 빠르고 영활했다.

하지만 그 영활한 창술을 모조리 피하고 막는 고도간은 정말 찬사를 받을 만했다. 하지만 그 찬사는 앞으로 그리 오래 가진 않을 것 같았다. 주비의 공격은 그 속도와 깊이가 점점 빠르면서 깊어지고 있었던 것이다.

시시시시싱!

이젠 그냥 휘두르는데도 금색의 기운이 창대에 어리고 있었다. 어떤 공격을 하든 검기와 같은 힘이 치달아 나오니 고도간으로서는 아주 죽을 맛이었다. 서서히 그의 양손은 벌겋게 달아오르고 있었던 것이다.

조금, 아주 조금의 차이였지만 그 약간의 차이에 승부가 갈려 버리는 것이 세상 이치였다. 이제 누가 봐도 이 싸움의 승자는 여기 눈앞에 있는 주비였다. 물론 고도간은 절대로 그런 결과를 원하지 않았고 말이다.

"크아아아아!"

다시금 고도간은 커다랗게 소리를 쳤다. 마치 마음속에서 일어나는 이 불안한 느낌을 다 밀어버리기라도 하듯 커다랗게 소리를 질렀는데 그냥 기세만 키운 것이 아니었다. 나름대로 최후의 한 수를 그는 생각하고 있었다.

쩌어어엉!

강한 진각의 울림이 들리며 고도간의 양 발이 땅바닥에 한 치 이상의 족적을 남기고 있었다. 그만큼 강대한 기운을 끌어올렸다는 이야기인데 그 모습에 주비는 긴장하고 있었다.

"오냐! 한번 해보자! 과연 누가 여기서 살아남는지… 합!"

우두두둑!

"……!"

기합성과 함께 변하는 고도간의 몸을 보며 주비는 놀란 표정을 숨기지 않았다. 한순간 고도간은 주비보다 큰 머리 하나 이상 커지고 있었다. 평소엔 머리 하나 정도 작았던 것이 바로 고도간이었던 것이다.

뭔가 이상한 느낌이 드는 순간이었다. 고도간의 무공은 하마공. 하마공은 내공과 외공의 절묘한 조화로 거의 사공처럼 보이는 무공이긴 했다.

체내의 진력을 외부와 차단시켜 이를 휘돌리는 것을 근간으로 삼는 무공이 바로 하마공이었다. 그런데 지금 보여지는 하마공은 영 이상한 하마공이었던 것이다.

그 증거가 바로 이 신장의 차이였다. 하마공은 상하 좌우의 팽창이 원래 주요 현상이었다. 그런데 상하로 키가 변하는 것은 있을 수 없는 일이었던 것이다.

근육이 움직여 하마공의 모습을 만드는 것인데 그럼 지금 보이는 고도간의 모습은 뼈마디가 커졌다는 뜻이었다. 상식적으로 있을 수 없는 일인 것이다.

"눈 뜨고 똑바로 봐라. 이것이 나의 무공이다. 이것이 나를 오늘에 이르게 한 무공, 거형장(巨形掌)이다!"

우우우웅…….

그저 우뚝 서서 주비를 향해 있을 뿐인데도 고도간의 몸에선 강렬한 기운이 솟구쳐 오르고 있었다. 그러다 갑자기 고도간은 뒤로 신형을 움직였다.

쿵쿵…….

두어 걸음 뒤로 물러나 양손을 좌우로 활짝 펼치자 주비는 자신의 눈을 의심했다. 고도간의 양손 주위에 강렬한 기운이 펼쳐져 있었다. 마치 손의 모양처럼 생긴 그 기운은 은은한 보랏빛을 띤 채 근 반 장이 넘는 크기였던 것이다.

"후욱… 후아아아아압!"

그 기운을 키워내는 데도 상당히 힘이 드는지 고도간의 입에선 괴성이 흘러나오고 있었다. 괴성과 함께 그는 양손을 앞으로 움직였다. 마치 엄청나게 큰 박수를 치는 듯한 동작인 것이다.

"차앗!"

그 기운이 심상치 않음은 처음부터 이미 알고 있었기에 주비의 반응은 신속했다. 주비는 한 걸음 뒤로 크게 물러나며 왼손으로 창대의 끝을 단단하게 쥔 채 오른손으로 중단을 잡아 좌우로 힘껏 퉁겨내었다.

쩌저정!

강렬한 울림과 함께 주비의 양측에서 기의 폭발음이 들리고 있었다. 주비가 펼쳐 낸 금색의 기운과 고도간이 만들어낸 보랏빛의 기운이 부딪치며 폭발하고 있었는데 놀랍게도 주비의 기운이 밀리고 있었다. 주비는 뜻밖의 상황에 어금니를 꽉 깨물며 신형을 뒤로 크게 날렸다.

파아앙…….

주비의 신형이 뒤로 물러서자마자 고도간 역시 신형을 날렸다. 선공의 기회를 놓칠 수는 없다는 듯 그는 왼손을 앞으로 쭉 내밀며 달려오고 있었다. 역시 그 손엔 자색의 기운이 감돌고 있었고 그 기운은 신형보다 큰 일 장여의 앞까지 뻗어나와 있었다.

"도망이 쉬울 듯싶더냐!"

키키키킹!

한순간 기이한 소리가 들려오더니 고도간의 왼손이 갈고

리처럼 구부려지고 있었다. 마치 호랑이의 발처럼 구부려진 손에 따라 고도간의 손에서 발출된 내력도 구부려지고 있었다.

주비의 온몸 구석구석을 조이는 다섯 개의 내력에 주비는 일순 긴장할 수밖에 없었다. 이런 종류의 내력은 그도 태어나 처음 겪어보는 것이어서 그런 것인데 한순간 주비는 양손을 좌우로 쭉 뻗으며 커다란 소리를 내었다.

"이야아아압!"

쩌르르르릉!

주비의 몸에서 금황색의 기운이 한층 더 진해지고 있었다. 그 기운은 하나의 유형화된 기운으로 변하며 주비의 몸을 방어하고 있었다. 그리곤 고도간의 자색 내력과 부딪치고 있었다.

"호신강기! 창룡의 무공이 정말 대단하군."

명사찬은 눈으로 보면서도 믿지 못하겠다는 표정을 지었다. 어느 정도 무공이 높다는 것은 알고 있었지만 설마 호신강기를 시전하리라곤 생각지 못했던 것이다.

"저게… 호신강기예요?"

이도 역시 놀라기는 마찬가지였다. 그는 말로만 들어봤지 진짜 호신강기를 본 적은 없었다. 사실 강호에서 이렇듯 호신강기니, 검기니 하는 것들을 자유자재로 사용하는 사람은 거의 없다고 보는 것이 옳았다.

 아니, 어쩌면 그런 사람은 없다는 것이 옳은 말인지도 몰랐다. 호신강기라 말하는 사람들은 잘 보면 소림의 철포삼같이 내력을 옷에 주입거나 아니면 금종조 같은 외공을 사용하는 것을 호신강기라 확대 해석하곤 했다.

 실제로 내력을 하나의 벽으로 유형화시키는 무공은 그리 녹록한 것이 아니라 각파의 장문급도 쉽지 않은 문제였다. 그걸 지금 창룡이 해낸 것이다.

 "그래, 진정한 의미의 호신강기라 볼 수도 있겠다. 어찌 되었든 내력으로 유형화의 벽을 쌓아 올린 것이니……."

 "예?"

 왠지 날카로운 감정이 섞인 모인의 목소리에 이도는 되물었지만 모인은 아무런 말을 하지 않고 있었다. 그저 조용히 눈앞의 광경만 바라볼 뿐이었는데 그때였다. 모인의 눈이 살짝 커지고 있었다.

 "이런! 잊고 있었구나!"

 파아아앙…….

 모인의 신형이 허공을 날고 있었다. 그가 향하는 곳은 저 앞, 주비와 고도간이 온 힘을 다해 싸우는 곳이었다.

 꽤 빠르게 가고 있다 생각하고 있었다. 아니, 마음만은 빨랐다. 정말로 말이다. 그러나 실제로 현백이 움직임은 더디기 그지없었다. 평소처럼 달리지도 못한 채 조금 빠른 걸음을 옮긴다는 표현이 맞았다.

게다가 내력 역시 크게 끌어올릴 수가 없었다. 몸 안에 느껴지는 고통은 많이 줄었지만 아직 내력을 휘돌릴 엄두는 나지 않았다.

이유는 모르지만 몸 안에 뭔가 꽉 붙잡고 있는 듯한 느낌이 들고 있었다. 그렇다고 해서 느껴지는 것이 둔해진 건 아니었는데 저 앞에 싸우는 두 사람의 움직임은 아주 극명하게 느껴지고 있었다. 보이는 것이 아니라 공기의 흐름이 하나의 기가 되어 현백의 감각에 섬뜩하리만치 잘 느껴졌던 것이다.

두 사람의 싸움은 거의 정점으로 치닫고 있었다. 서로가 몸 안의 내력을 거의 모두 내뿜고 있어 한쪽이 무너지지 않으면 안 될 싸움이었다. 물론 그 싸움의 결과는 주비 쪽으로 기울고 있었다.

이대로 간다면 현백은 더 이상 할 일도 없었다. 그저 조용히 지켜봐 주기만 하면 될 뿐. 한데 상황은 현백이 가만있도록 놔두지 않았다.

"······!"

저 멀리서 괴이한 내력 하나가 섬전같이 뻗어오고 있었다. 언젠가 느꼈던 내력, 그의 눈앞에서 초인상이 죽었을 때, 그리고 양진목에서 내려오는 잡목들을 부술 때 느꼈던 바로 그 기운이었던 것이다.

현백, 친구를 만나다

그것도 하나가 아니라 연속적으로 치고 나오는 내력에 현백은 어금니를 꽉 깨물었다. 상황이 이렇게 되자 그는 다시금 연천기를 끌어올리려 했던 것이다.

고오오오오……

현백의 몸 주위로 옅은 운무가 피어오르고 있었다. 언제나처럼 희뿌연 색이기는 했지만 왠지 그 색은 그리 짙지가 않았다.

스스스스……

모두 빨아올리며 내력을 확인했지만 역시 내력도 크게 모이지 않고 있었다. 몸이 조금 더 나아지면 모를까 지금은 이 정도가 다였다.

평상시의 반 정도라고나 할까? 현백은 아랫입술을 질끈 깨물며 앞으로 나갔다. 더딘 발걸음과는 달리 현백의 마음은 조급하기 이를 데 없었던 것이다.

"……"

마침 저쪽 뒤에서 누군가 섬전같이 달려가는 것이 보였다. 내력의 크기와 색깔로 봤을 때 개방의 모인 장로가 틀림없었다. 그럼 일단은 안심이었지만 뭔가가 마음에 걸리고 있었다.

내력, 지금 주비를 향해 날아오는 내력은 묘한 성질을 가지고 있었다. 마치 끈으로 조종하는 듯, 그 방향이 수시로 변화하고 있었는데 적어도 세 개 이상의 기운이었던 것이다.

이대로 놔두어도 솔직히 모인 정도라면 충분히 막아낼 수 있겠지만 왠지 현백의 마음속엔 불안감이라는 것이 고개를 들고 있었다.

"크윽!"

스스스스스……

움직이는 와중에 현백은 다시금 내력을 끌어올리고 있었다. 지금은 자신이 아프고 어쩌고를 생각할 때가 아니었다. 다시금 그의 몸 주변엔 부연 운무가 서리고 있었다.

까라라라랑!

"끝이다! 고도간!"

주비의 입에서 비명과도 같은 고함 소리가 터져 나왔다. 창대는 창두에서 창끝까지 임의의 중심선을 축으로 맹렬하게 회전하고 있었으며 그 창두의 목표는 바로 고도간의 목이었다.

"…제길!"

고도간은 절로 욕이 나왔다. 막을 수 있는 일격이 아니었다. 이미 양손은 피로 물들었고 자신있게 끌어올렸던 거형장도 깨어진 지 오래였다.

정말 자신있었다. 고노산은 천의종무톡을 익히고 자신의 내력이 근 두 배 이상 커진 것을 알았다. 기간이라고 해봤자 고작 이삼 일… 정말 신묘한 효능을 본 것인데 그래서 지금 그동안 내력이 모자라 할 수 없었던 거형장이 가능했었다.

아니, 가능했다기보다 그 위력이 더욱더 막강해졌다는 것이 옳을 것이다. 원래대로라면 자색의 기운이 이렇게까지 크게 나오진 않았다. 손 주위 약 일 척 정도만 그 기운의 범위였었던 것이다.

그래서 더욱더 화가 나는지도 몰랐다. 그가 최후의 힘이라 생각했던 것이 지금 무너지고 있었다. 그것도 아주 처참하게 말이다. 이젠 더 이상의 수는 없었다.

"빌어먹을 세상… 내가 그리도 마음에 안 들었냐!"

누구에게인지 모를 저주를 쏟아내며 고도간은 두 눈에 시뻘건 기운을 떠올렸다. 사실 그건 기운이 아니라 핏줄이 터져 나간 것이다.

뭔가를 해보고 또 해봐도 결국 되지 않는 상황, 고도간은 그것을 느끼고 있었다. 극도의 무력감으로 인해 나오는 것은 세상을 향한 저주였던 것이다.

위이이이잉…….

두 눈 가득 주비의 창날이 눈에 들어오고 있었다. 고도간은 혈루를 뿌리며 외쳤다.

"그래, 젠장! 죽여라, 죽여! 어디 죽여봐!"

강맹하게 들어오는 주비의 창날에 오히려 그는 목을 대었다. 이젠 될 대로 되라는 심정인 것인데 더 이상 살고 싶은 생각도 없었다. 모든 것이 다 무너진 지금 사실 그가 있을 곳도 없었다.

물론 그의 상관에게 가면 되기는 했다. 정말 큰일이 생기면 북경으로 오라던 상관의 말, 그리로 가면 무슨 수가 생길지도 몰랐다.

그러나 얼굴도 모르는 상관이 과연 그에게 도움을 줄지조차 그는 의문이었다. 도움을 주려면 이미 오래전에 도움을 주었을 테니 말이다.

갑자기 세상 모든 것이 다 하찮게 느껴지고 있었다. 이젠 더 이상 바동바동거리기 싫다는 생각에 오히려 신형을 앞으로 내밀고 있을 때였다.

"큭. 이제 죽기로 작정한 것이냐? 살고 싶다면 철판교의 수법으로 누워."

"……"

귓가에 한줄기 전음이 들려오고 있었다. 누가 보낸 것인지 모르지만 처음 들어보는 소리였다. 하나 다른 그 무엇보다도 한 단어가 머릿속에서 계속 맴돌고 있었다.

살고 싶다면, 아주 간단한 말이지만 지금 이 순간 고도간에게는 정말 필요한 말이었다. 그는 아직 살고 싶었던 것이다.

아니, 살고 싶지 않은 사람이 어디에 있을 것인가? 고도간은 어금니를 꽉 깨문 채 허리를 뒤로 젖혔다. 누구의 전음인지 모르지만 너무나 절박한 상황에서 그가 할 수 있는 선택은 이것뿐이었던 것이다.

쉬이이잇…….
"무슨……."
갑자기 달려오다 철판교의 수법을 쓰는 고도간을 보며 주비는 어이가 없었다. 물론 이것도 하나의 방법이었다. 이렇게 창대를 피한다면 그것도 좋은 방법이긴 했다.

그러나 그건 상대가 예측을 하지 못하거나, 아님 연타의 염려가 없을 때나 가능한 것이었다. 이렇게 뻔히 보이는 데다 창같이 긴 무기를 든 사람에게는 말도 안 되는 방법이었던 것이다.

시이이이잉…….
휘도는 주비의 창은 허공을 갈랐지만 주비는 별걱정도 없었다. 그는 그대로 창대를 내리눌렀고 그 창대는 고도간의 가슴을 향하고 있었다. 이젠 정말 피할 도리가 없는 것이다.

문득 주비의 눈에 고도간의 얼굴이 들어왔다. 두 눈에서 혈루를 뿌리는 그는 이를 악물고 있었다. 왠지 그 얼굴은 조금은 억울하다는 듯한 표정이었는데 그거야 주비가 알 바 아니었다. 그는 더 이상 이 고도간의 얼굴을 보기도 싫었으니 말이다. 한데 그때였다.

"물러서라, 주비! 어서!"

"……!"

갑작스럽게 뒤에서 들려오는 소리에 주비는 하마터면 고개를 돌릴 뻔했다. 다급한 그의 음성은 틀림없는 모인의 음성이었던 것이다.

그리고 그와 함께 눈앞에서 엄청난 기운이 쏟아지고 있었다. 주비는 내리던 창대를 다시금 들어올렸다. 지금 고도간을 죽이려다간 자신도 죽을 판이었다.

피리리링!

힘차게 창대를 공중에 휘돌리며 주비는 날아오는 기운을 막으려 했다. 그리고 기어이 첫 번째 기운을 창대로 밀어내었다.

쩌정! 파가가각!

"……!"

주비의 두 눈이 부릅떠졌다. 그의 창대가 부서지고 있었다. 어떤 힘인지 모르지만 정말 강렬한 힘이었는데 문득 그의 눈앞에 흐릿한 그림자가 나타났다.

"어서 뒤로! 이곳은 내가 맡으마! 차아압!"

쉬쉬쉥!

모인이었다. 그는 또 한 번 허공을 자유자재로 움직이며 날아오는 내력을 밀어내고 있었다. 마치 휘도는 공을 회전력을 죽이지 않으며 양손으로 가지고 놀 듯 그는 양손을 휘두르고 있었다.

과아아아아앙!

순식간에 그의 양손 사이엔 세 개의 기운이 휘돌고 있었다. 흡사 광대의 모습처럼 보이는 모인이지만 지금 이 행동이 얼마나 어려운 것인지 주비는 너무나 잘 알고 있었다. 내력의 올바른 이해와 그만큼 강한 내력 없이는 절대 불가능한 일이었던 것이다.

"차앗!"

양손을 들어올리며 모인은 세 개의 기운을 한곳으로 모으고 있었다. 모인 내력들은 서로 간에 충돌을 시작했는데 그러자 모인의 입에서 다시금 기합성이 터져 나왔다.

"이야아아압!"

빠아아아아앙…….

정말 거대한 가죽북을 눌러 터뜨리는 듯한 엄청난 소리가 허공에 울렸다. 모인이 휘돌리던 내력들은 그렇게 허공으로 흩뿌려지고 있었고 모인은 한 걸음 뒤로 물러섰다. 시뻘겋게 달아오른 얼굴은 그가 얼마나 힘든 상황이었는지 대변하고 있었다.

"후우. 위험해……!"

한숨 돌렸다고 생각한 모인이 막 입을 열려 할 때였다. 그는 다시 살짝 허리를 굽히며 경계를 하기 시작했다. 주비는 무슨 일인가 싶었다. 갑자기 기이한 느낌에 고개를 들곤 자신도 모르게 입을 열었다.

"이건… 금조가수(金鳥家囚)!"

파아아아…….

흩어진 내력들이 다시금 뭉치고 있었다. 다섯 줄기의 황금 내력으로 화한 내력은 모인의 신형 주변을 빙글 돌고 있었는데 그 모습이 마치 새장을 보는 것 같았다.

"초호, 감히 네가!"

노한 음성을 내던 주비는 실태를 깨닫고는 입을 꽉 다물었다. 그의 앞엔 모인이 있었다. 아직은 모인이 들어서 좋을 이야기가 아니었다.

하나 일단 모인을 구해야 했다. 이 다섯 줄기의 내력은 점점 작아질 터였다. 그리고 그렇게 되면 모인의 생명은 끝이었다.

"이야아아압!"

파아아아…….

부러진 창대를 앞으로 내밀며 주비는 온 힘을 다했다. 그러나 어찌 될지는 그 자신도 모르는 상황이었다.

불안감은 현실이 되었다. 짐작대로 저 내력들은 살아 움직이는 것이라 해도 과언이 아니었는데 현백은 움직이던 신형을 멈추었다.

이젠 늦어도 한참 늦은 상황이었다. 뭘 어떻게 할지 모르는 상황에서 현백은 그냥 허리춤의 도를 뽑아 들었다.

카카칵…….

"……"

한데 이상하게도 무거웠다. 도집에서 도를 뽑아 드는 이 단순한 동작이 이토록 무거울 줄은 정말 예상치 못했는데 문득 현백의 머릿속엔 얼마 전의 기억이 떠오르고 있었다.

일사자 마송과의 대결, 그 대결에서 밀어내었던 그 힘, 그 빠른 힘이라면 어쩌면 해볼 만했다. 한데 어떻게 그렇게 했는지 기억할 수가 없었다.

그런데 지금 그 기억이 나고 있었다. 내력 하나하나, 공기의 흐름 하나하나가 모두 다 기억나고 있었던 것이다. 생각하면 할수록 신기한 일이었지만 지금은 그런 것에 감탄하고 있을 때가 아니었다.

"후우우우우……"

과아아아아…….

현백의 오른손이 허공으로 들리고 있었다. 뽑혀진 도는 뒤로 한껏 젖혀져 있었다. 엉덩이 춤에 걸려 있는 현백의 도는 정상적으로 뽑힌다면 도파가 위로 가는 역검의 자세를 취하게 되어 있었다. 현백은 허리와 무릎을 숙이며 차분히 마음을 가라앉혔다.

시이이이…….

귓가에 바람이 일고 있었다. 그리고 그 바람의 흐름이 길을 알려주고 있었다. 흐르는 바람과 바람 사이, 그 사이의 공간을 일러주고 있었다.

자신과 모인과의 거리는 약 삼십여 장. 모두 장내의 분위기에 정신이 팔려 자신이 온 것도 모르고 있었지만 그거야 현백이 알 바 아니었다.

하나하나 공기의 흐름이 파악되고 그 사이에 모든 길이 느껴졌다. 그리고 목표 역시 정해졌다.

좌아아앗······.

왼발을 앞으로 쭉 밀며 현백은 신형을 움직이기 시작했다. 그와 함께 오른손의 도를 힘차게 그어 올렸는데 문득 현백의 입이 열렸다.

"두고··· 온다······."

그것이었다. 기억은 현백에게 그렇게 속삭이고 있었다. 병기에 내력을 싣는 것이 아니라 내력을 얹는 것이었다.

아주 작은 개념의 차이였지만 그 개념의 차이는 컸다. 현백의 도에 얹혔던 기운은 도가 움직이면 움직일수록 크게 걸리고 있었다.

뻑뻑한 어깨··· 바로 이것이었다. 현백은 그 느낌을 확연히 느끼며 힘차게 오른손을 밀어 올렸다.

"하압!"

파사사사······.

일순 현백의 어깨가 말할 수 없이 가벼워지고 있었다. 그렇게 섬전 같은 기운은 허공을 가르며 빛살이 되어 폭사되고 있었다.

"……!"

주비의 눈이 커졌다. 부러진 창으로 휘두르다 창대마저 또 부러진 상황이었다. 이젠 육 장밖에 할 수 있는 일이 없었던 것이다.

모인은 온 내력을 끌어올려 새장과 같은 기운에 대항하고 있었다. 마치 자신이 보여준 호신강기와 같은 것인데 실은 지금 모인이 보여주는 호신강기가 진짜였다. 금조가수는 더 이상 옭죄어지지 않은 채 그대로 있었던 것이다.

하나 이건 시간문제였다. 공세가 수비보다 쉽다는 것은 세상의 이치, 시간이 흘러 모인의 힘이 빠지면 모인은 죽을 수밖에 없었다.

"이야아아압!"

고오오오…….

마치 지금 눈앞에 보이는 금조가수와 같은 황금색의 기운을 키워 올리며 주비는 쌍장을 들어올렸다. 은은한 금황색의 기운이 그의 양손 가득 담겨지는 순간이었다.

시시시시시…….

"……"

어디선가 괴이한 소리가 들려오고 있었다. 그 소리의 진원지가 어디인지 모르지만 일단 그것이 중요한 것이 아니었다.

모인을 구하는 것이 먼저였기에 막 쌍장으로 때려낼 순간이었다.

파아아아아! 쩌러어어엉!

"……!"

주비의 두 눈이 부릅떠졌다. 눈앞에 뭔가 확 지나가며 금조가수의 제일 약점인 최상부를 절단한 것이다.

뇌전, 그것은 틀림없는 뇌전의 기운이었다. 하나 일반적으로 보이는 뇌전이 아니었는데 보이는 형상은 이지러진 도의 형상이었던 것이다.

그것이 좌우, 혹은 상하로 움직이며 눈으로 쫓을 수 없는 빠르기로 움직였던 것이다.

파사사사사! 빠아아앙!

"합!"

자신을 죄던 기운이 사라지자 모인은 당장에 남은 기운을 허공으로 튕겨 보내며 시선을 돌렸다. 그 역시 무슨 일이 일어났는지 너무도 잘 알고 있었다.

모인과 주비가 시선을 보낸 곳, 그곳은 수수께끼의 뇌전이 날아온 방향이었다. 그 방향에 한 사내가 서 있는 것이 보였다.

슬쩍슬쩍 몸을 휘청이는 것이 어딘가 몸이 안 좋아 보이는 사내였다. 하나 사내의 두 눈만은 전혀 아니었다.

좌우로 긴 꼬리를 남긴 채 안광을 폭사하는 사내, 그 사내가 이 내력을 날린 것이었다. 문득 사내를 바라보던 주비의 입꼬리가 살짝 올라갔다. 그와 함께 그의 입술이 열렸다.

"왔군… 현백……."

第九章

예상치 못한 이별

1

"**현** 대형!"

"……."

현백은 이도의 어깨에 손을 올렸다. 이도는 싱글거리며 웃고 있었지만 그 눈꼬리 한쪽엔 작은 이슬이 매달려 있었다. 참 답답한 일이 많았던 듯했다.

"몸은 괜찮은 것이냐?"

모인의 목소리였다. 한달음에 현백이 있는 곳으로 다가와 현백의 상태를 바라보는 그의 눈엔 근심이 가득했다. 현백은 슬쩍 미소를 던지며 입을 열었다.

"물론입니다. 조금 더 쉬면 될 것이지만 일단 여기부터 정리를 해야 할 것 같군요."

"그럼 이제 내가 나서면 되겠구만. 이 녀석들하고 한번 정리하고 보자고."

당장에 명사찬은 주변에 모인 개방 제자들을 데리고 나가려 했지만 그의 움직임은 바로 저지당했다. 현백의 음성에 의해서였다.

"아니, 그럴 필요는 없을 것 같군."

"응?!"

무슨 소리인가 싶다가 현백의 시선이 향하는 곳을 본 명사찬은 눈을 좁혔다. 그곳엔 일단의 무리들이 나와 있었다. 처음 보는 자들이 대부분이었는데 한쪽엔 죽다 살은 고도간도 어느 틈에 도망쳤는지 숨을 헐떡이며 같이 있었다.

그러나 무엇보다 반가운 얼굴이 끼어 있었다. 오유와 지충표의 얼굴도 같이 보였던 것이다.

"오유! 아저씨!"

이도는 반가운 마음에 다가가려 했지만 그의 움직임은 모인에게 저지당했다. 이렇게 나타났다면 뭔가 대화를 하고자 하는 경우가 많았다. 일단 그들의 말을 들어보는 것이 우선이었다.

"역시 대단한 성장이군, 현백. 보면 볼수록 놀라워……."

"……."

한 사내의 목소리에 현백은 앞으로 나아갔다. 흑의를 입고 있는 사내였는데 그 안쪽에서 황금빛이 살짝 비쳐 나오는 옷을 입고 있었다.

일단 현백은 그 주위의 사람들에게 시선을 던졌다. 거의 대부분 다 아는 사람들이었다. 고도간, 밀천사 양각, 낭인왕 옥화진에 오유와 지충표, 그리고 저 뒤편의 한 여인, 스스로를 미호라 했던 여인도 있었다.

"당신 빼곤 다 아는 사람들이군."

"…헛헛, 그런가?"

사내는 너털웃음을 짓고 있었다. 그는 현백의 신형을 유심히 살피더니 이어 입을 열었다.

"내 이름은 초호. 그냥 그렇게 불린다네. 이제 좀 공평한가?"

씨익 웃으며 그는 입을 열었지만 현백의 얼굴은 웃지 않았다. 한쪽에 있는 오유와 지충표를 잠시 보다 이내 다시금 입을 열었다.

"내 일행을 데리고 가겠다."

"…흠."

현백의 말에 초호는 슬쩍 웃으며 턱을 쓰다듬고 있었다. 수염이 그리 많이 난 사내는 아니었지만 그것이 습관인 듯 보였다.

"보내는 것이야 내가 언제든 할 수 있는 일이지. 허허허, 하나 그냥 보내긴 힘들 것 같고. 어떤가, 현백. 움직일 만한가?"

"…움직일 만하지 않아도 움직여야겠지."

초호의 말에 현백은 신형을 움직였다. 초호는 씨익 웃으며 역시 한쪽으로 신형을 옮겼는데 말하지 않아도 두 사람이 무엇을 하려 하는지 잘 알 수 있었다. 비무였던 것이다.

"자넨 참으로 신기한 사람이야. 어째서 이런 사람이 강호에 이제 나타났는지… 십 년 전에만 나타났어도……."

우우우웅…….

천천히 내력을 끌어올리며 초호는 입을 열었고 현백은 그저 입을 꽉 다문 채였다. 실은 그에겐 지금 내력을 유지하는 것도 벅찼던 것이다.

"하나 만약이라는 말은 정말 말도 안 되는 것이지. 가정은 어디까지나 가정. 자, 나의 적이 가진 힘을 한번 볼까?"

스슷… 파아앙!

"큭!"

현백의 신형이 뒤로 물러서고 있었다. 초호의 손이 움직였다고 느낀 순간 이미 장력이 어깨 위에 도달해 있었다. 진정 보면서도 엄청난 빠르기였다.

"……."

금종초간이었다. 언젠가 초호와 비무를 하면서 놀라워했던 무공이 다시금 현백에게 쏟아지고 있었던 것이다.

중간이 생략된 강렬한 장력, 그 장력으로 인해 고생했던 기억이 떠오르고 있었는데 아무래도 현백이 고전할 것 같은 생각을 떨칠 수가 없었다.

금종초간은 안다고 피할 수 있는 것이 아니었다. 중간 과정을 생략하고 바로 결과가 나타나니 어떻게 이길 수 있겠는가? 게다가 초호의 금종초간은 이제 완숙의 단계에 다다르고 있었다.

이대로 가다간 현백에겐 패배만이 있을 뿐이었다. 그리고 이러한 생각은 그만 가진 것이 아니었다.

"대단하군. 중간 과정이 생략된 장력이라… 힘들겠어."

손에 땀을 쥐면서도 명사찬은 냉정한 평가를 내리고 있었다. 벌써 십여 장째 현백은 고스란히 장력에 명중당하고 있었다. 이렇게 가다간 당하는 것은 시간문제일 뿐인 것이다.

"한두 장이야 어찌해 볼 수 있지만 너무 많이 맞고 있어. 이러다 누적되면 끝인데……."

냉정한 평가이긴 했지만 그 역시 설마 현백의 패배를 바라고 있지는 않았다. 어떻게든 이기게 하고 싶은 마음에 입을 열고 있었는데 그때였다. 이도의 목소리가 중인들에게 들려왔다.

"아니에요. 현 대형은 뭔가 수가 있을 거예요. 정말 있을 거예요. 틀림없어요."

확신에 찬 목소리가 들려왔다. 이도는 두 눈을 부릅뜬 채 계속 두들겨 맞는 현백을 바라보고 있었는데 정말 그 말처럼 되기를 주비와 명사찬은 바랐다. 하나 그저 바람일 뿐이었다. 한데…….

"그래, 현백이라면 그럴 수 있을 것이다. 암, 그러고도 남지. 허허허허!"

"……"

모인의 목소리에 주비는 눈을 동그랗게 뜨며 무슨 말인가 싶었다. 설마 하니 모인이 허튼소리를 하는 것은 아니겠고 이도를 안심시키려 하는 말이라 하기엔 뭔가 자신감이 남다른 목소리였다.

"녀석, 눈을 조금 더 키워야겠구나. 잘 보거라. 현백의 모습을, 달라진 것이 보이지 않느냐?"

"예?"

달라졌다는 모인의 말에 명사찬은 되물었고 주비는 재빨리 눈을 돌렸다. 그리곤 현백의 모습을 다시 살펴보기 시작했다. 하나 현백의 모습은 달라진 것이 없었다.

아니, 오히려 초호가 달라지고 있었다. 편안한 웃음은 어디로 갔는지 사라진 상태였고 이젠 심각하기 그지없는 얼굴이었던 것이다.

"대체 이게 무슨……"

뭔가 일이 진행되고 있었다. 그것이 어떤 것인지 모르지만 분명 무슨 일이 진행되고 있었기에 초호의 표정이 저리 변한 것이 틀림없었던 것이다.

"달라졌다. 현백이 달라졌어. 무공이 완전히 변해 돌아왔음을 아직 모르겠느냐?"

"……."

계속 모인의 목소리가 들려오지만 주비는 대체 뭐가 달라졌는지 알 수가 없었다. 그러자 모인의 목소리가 다시금 중인의 귓가에 들려왔다.

"지금 현백은 맞고 있는 것이 아니다. 교묘하게 장을 흘리고 있어. 이대로라면 언제 선공이 바뀔지도 몰라."

"……!"

모인의 말에 주비는 다시금 눈을 돌렸다. 그리곤 현백의 모습을 바라보았는데 그제야 그는 모인의 말이 어떤 것인지를 알 수 있었다.

이미 쓰러졌어야 할 현백은 잘만 움직이고 있었다. 장이 터지는 순간 그는 몸을 움직여 그 위력을 완화하고 있었다. 진정 보고도 놀라운 움직임이었던 것이다.

어쩌면… 모인의 말처럼 선공이 바뀔지도 모른다는 생각, 그 생각을 주비도 가지기 시작하고 있었다.

파아앙…….

강렬한 울림만큼이나 대단한 내력이었다. 제대로 맞는다면 한 방에 어깨뼈가 으스러질 정도의 일격이었다.

그러나 현백은 타격 지점인 오른 어깨를 한 번 떨고는 다시

원래대로 돌아오고 있었다. 처음과 비교하면 이젠 거의 타격을 받지 않는 것이나 마찬가지였다.

선공은 힘들었다. 지금 몸 상태는 선공보다는 후공에 의한 역습이 우선이었다. 그러나 그마저도 힘든 것이 상대는 거리를 두고 장을 날리는 공격을 하고 있었다. 가까이서 싸우는 전술이 아니었던 것이다.

그러니 현백이 할 수 있는 일이라는 것이 이렇듯 쳐내는 장력을 피할 수밖에 없었는데 이젠 어느 정도 익숙해지고 있었다.

정말 빠른 장력이었다. 보통 장력을 쳐내는 여러 단계를 모두 생략하고 단번에 그 결과가 나오는, 눈으로 보기 전엔 믿을 수 없는 일이 지금 눈앞에서 일어나고 있었던 것이다.

처음엔 당황해 고스란히 그 장력을 맞았지만 이젠 아니었다. 흐르는 공기의 흐름이 장의 움직임을 알려주고 있었다. 타격점까지 알려주는 바람에 그 부근의 신형을 뒤로 빼면 그만이었다.

최대한 맞는 힘을 해소시킨 것이다. 그 결과 점점 만족스런 결과를 얻어가고 있었다. 장만 날리던 초호가 앞으로 성큼 다가오고 있었다. 수중에 작은 단검을 든 채 말이다.

"정말 대단한 자로군. 소름이 끼칠 정도다."

문득 초호의 입술이 열리고 있었다. 아마도 장력을 해소시킨 현백의 움직임 때문에 그런 것 같았는데 그는 양손 모두 단검을 든 채 현백을 향해 다가왔다.

"그럼 이젠 어떻게 할지 궁금하군. 합!"

피이이잇…….

초호의 양손이 허공을 가르고 있었다. 상하좌우 딱히 어느 쪽이라 말하기 힘들 정도로 변화가 엄청났었는데 애당초 눈으로 보는 것은 무리였다.

느낀다고 해야 하나? 아니, 느낀다고 해도 이미 늦은 상태였다. 암습자들이 협봉검보다 많이 쓰는 것이 바로 이 단검이었다. 그만큼 변화가 많고 예측이 힘들었던 것이다.

지금도 초호의 단검은 결과적으로 현백의 목을 가늠하고 있었다. 왼손으로 현란한 변화를 주어 눈을 현혹하고 오른손의 일격으로서 상대를 척살하는 전형적인 쌍단검의 전술이었다.

게다가 초호의 단검엔 은은한 황금색의 기운이 담겨 있었다. 그 기운이 허공을 타고 넘으며 잔상을 남기는 바람에 더욱 단검의 궤적을 알기가 어려웠다. 눈이 어지러워지는 순간 이미 상대는 차가운 바닥에 쓰러지는 상황이 올 듯했던 것이다.

피리리리링… 파아아앗!

왼손으로 허공에 검화를 수놓으면서 초호는 이번에야말로 자신의 승리를 의심하지 않았다. 문제는 현백의 움직임, 미친 야수와도 같은 움직임으로 인해 힘들겠지만 그건 사실 별문제가 되지 않았다.

예상치 못한 이별

움직이기 전에 치면 되는 것이다. 그럼으로써 상대의 움직임을 봉쇄하는 것이 최상의 방법이었다. 그리고 그 역할을 바로 왼손이 잘하고 있었다.

이제 조금만 더 상대의 움직임을 봉쇄하면 되는 것이다. 좌우로 흔들리는 그의 신형을 잡는 것, 발걸음이 잠시 무너졌을 때가 그 순간이었다. 바로 지금이 말이다.

파아아앗…….

솔직히 초호는 현백을 죽일 생각까진 없었다. 그의 상관이 현백의 죽음을 원치 않았다. 적어도 아직까진 말이다.

그러나 죽이지 말라는 말이 다치게 하지 말라는 것은 아니었다. 어느 정도 이제 강호에 이름을 떨치기 시작하는 현백을 눌러놔야 할 상황이었다. 그래서 이렇게 움직인 것이다.

순간적으로 초호의 신형은 한줄기 실처럼 늘어나고 있었다. 그 실의 끝은 현백의 목이었다. 목 어림을 살짝 긋고 나가는 것이 초호의 생각이었다. 그런데 그건 그의 생각일 뿐이었다.

채애애앵!

"……!"

초호의 눈이 커졌다. 그의 단도가 막힌 것이다. 놀랍게도 현백의 도가 그의 단도 앞에 있었다.

마치 이곳으로 올 줄 알았다는 듯 현백은 도를 들어 막은 것인데 초호는 이를 악물었다. 설마 이 정도로 현백이 강해질 줄은 몰랐던 것이다.

"하나만 묻지."

아무런 행동도 취하지 않은 채 현백은 입을 열었고 초호 또한 단도를 현백의 도면에 댄 채 가만히 있었다. 아니, 가만히 있는 것은 아니었고 힘으로 밀고 있기는 했다.

"당신… 솔사림과 관계가 있나?"

"……!"

현백의 목소리에 초호의 얼굴이 처음으로 확 굳어졌다. 말을 하지 않아도 이 정도라면 그 누가 봐도 눈치 챌 수 있을 정도였는데 이어 현백의 목소리는 계속 들려왔다.

"그랬었군… 그랬어……."

뭐가 그렇다는 것인지 모르는 가운데 초호는 두 눈을 살짝 좁혔다. 그 순간 현백의 도가 움직였다.

키리릭… 파아아앗!

순식간에 도면을 비틀자 초호의 단도는 옆으로 밀리고 있었다. 그 틈을 잡아 현백의 신형이 움직이기 시작했다.

스스스슷… 쩌저저저정!

강렬한 소리와 함께 두 사람의 부딪침이 시작되고 있었다. 현백은 마구 치고 올 듯하다가 갑자기 신형을 뒤로 빼고 있었는데 초호의 귓가에 현백의 목소리가 들려왔다.

"진작에 알았어야 할 것인데… 강호에 이만한 힘을 비밀리에 키울 수 있는 조직이 어디인지를……."

자책하는 듯한 목소리지만 초호는 가슴이 덜컹 내려앉고 있었다. 그가 이렇게 나온 것이 현백으로 하여금 추론을 할 수 있는 상황으로 몰아주었던 것이다.

"무슨 헛소리냐! 차아앗!"

파아아앙…….

자신의 실수를 감추려는 듯 초호는 다시 검을 들었다. 그리곤 현백을 향해 짓쳐들고 있었다.

"저 친구… 정말 대단해졌군. 전에 보던 그 수인도 현백이 아니야."

"……."

옥화진의 말에 지충표는 아무런 대꾸도 할 수가 없었다. 현백이 달라졌다는 것은 굳이 말하지 않아도 잘 알 수 있었다.

가능성이 많은 친구. 언제든 무공이 성장할 친구라는 것이 사람들이 현백을 보는 일반적인 평가였다. 물론 그 속엔 현백이 가진 무공이 제일 큰 판단의 기준이었다. 현백은 과거 충무대의 일원으로 같이 갔던 사람들의 무공을 한둘은 익히고 있었으니 말이다.

정작 본인은 그 무공을 쓰지 않기로 생각하는 것을 다른 사람들은 몰랐지만 현백은 그런 놈이었다. 내 것이 아니면 쓰지 않는 것, 몸이 편한 것보단 차라리 마음이 편한 것을 택하는 것이 바로 현백이었던 것이다.

그런데 지금 보여지는 현백은 완전한 무공의 틀이 갖추어져 있었다. 뭐라고 딱 꼬집어 이야기하긴 어려웠지만 나름대로 초식이라는 것이 보이고 있었다. 한데 그 초식은 지충표로선 처음 보는 움직임이었다.

 때로는 빠르다가 또 때론 늦게 움직인다. 그러면서도 내력은 잃지 않고 있으며 위력 또한 적지 않았다. 진정 대단한 무공을 익히게 된 것이다.

 아직까지 조금 거친 듯한 것이 아마도 완전한 정리는 안 된 것처럼 보이는데 그건 시간문제일 뿐이었다. 살짝 좋지 않은 몸이 낫고 시간이 지나면 현백의 무공은 하나의 큰 틀을 완전히 이루고 있을 터였다.

 "정말 대단한 친구입니다. 이젠 그냥 들짐승의 움직임이 아니에요. 수인도라는 별호도 이젠 어울리지 않는데요?"

 바로 옆에 있던 밀천사 양각도 같은 견해를 나타내고 있었다. 하기야 두 사람 다 현백과 상대를 해본 사람들이니 당연히 현백의 변화를 알아채고 있었다.

 "오히려 대인께서 더 이상하군요. 아무리 그렇다 한들 너무 시간을 끄는 것 같습니다만."

 "승부가 문제기 아니니까. 승부가 문제라면 이미 났지. 어쨌든 현백은 지금 부상 중 같아. 저 몸으로는 절대 대인을 못 이겨."

 고개를 끄덕이며 옥화진이 입을 열었고 양각은 동의를 표하는 몸짓을 하고 있었다. 지금 초호는 최대한 현백이라는 사람에 대해 알고자 움직인 것이다.

"……."

두 사람의 말을 들으며 지충표는 아무런 말을 하지 않았다. 그저 이젠 현백을 보는 대신 손에 든 책자를 바라보고 있었다. 천의종무록이라는 서책을 말이다.

"……."

그리고 그 모습을 바라보는 한 여인이 있었다. 오유는 걱정스러운 눈빛을 만들었다. 이미 지충표의 마음은 반쯤 저 책에 넘어가 있는 것을 알고 있기에…….

까라라랑.

빠른 단검의 공격을 비교적 수월하게 현백은 막아내었다. 그때그때 적절한 검식을 섞어 넣어가면서 움직인 결과였다.

매화칠수, 그 정수를 조금씩 섞어본 결과였다. 공기의 흐름을 가르는 자신의 움직임에 이러한 정수를 섞으니 그 효과가 상당히 좋았다.

물론 제대로 알지도 못하는 매화칠수가 완전한 효과를 낼 리는 없었다. 그러나 현백의 초식은 상대를 당황하게 만들기에 충분했고 그것이면 족했다.

지금 그가 사용하는 것은 산수, 그것 하나였다. 빠른 움직임을 봉쇄하기 위해 넓게 퍼지는 검식을 사용하고 있었다. 기세의 변화로써 초식을 만들어낸 것이다.

그리고 이젠 어느 정도 승부를 낼 때라 생각한 현백은 신형을 살짝 낮게 숙였다. 그리곤 빠르게 초호에게 접근했다.

스스스슷.

공기를 가르는 그의 움직임은 진정 괴이했다. 보인다 싶은 순간 이미 시야에서 사라져 저만치에서 나타나 있었는데 이젠 초호와 처음 싸울 때보다도 더 빠른 듯한 움직임이었다.

순식간에 초호의 왼편으로 돌아가 도를 쳐 올리자 초호의 신형이 움직이고 있었다. 그저 왼손을 움직인 것인데 그러자 양쪽의 병기가 부딪쳤다.

쩡.

간결한 소리가 흘러나왔다. 서로가 내력을 키워 올렸기에 강한 울림이었지만 생각 외로 그리 큰 충격은 오지 않았다. 그러자 초호의 얼굴이 살짝 변했다.

문제는 그 다음. 현백의 도는 멈추지 않았다. 그대로 밀어 올리고 있었는데 이건 마치 중검과 같은 힘이었다. 한순간 당했다는 생각이 머릿속에 들고 있었다.

그렇다고 바로 내력을 끌어올릴 수도 없는 것이 그 정도의 시간이면 늦은 상황이었다. 초호는 온몸의 힘을 일단 왼손에 든 단검에 모았다. 그리곤 힘껏 현백의 도를 밀어내었다.

카카카각… 후우우웅…….

현백의 힘에 의해 초호의 신형이 허공에 뜨고 있었다. 현백

예상치 못한 이별

은 기회라 여기며 앞으로 나아갔다. 그리곤 신형을 돌리며 벼락같이 도를 휘둘렀다.

스파파파파… 콰가가각!

도풍에 땅바닥이 파일 정도로 강렬한 일격이었다. 서서히 현백도 자신의 내력을 되찾아가려는 듯 보였는데 초호는 양손을 빠르게 움직였다. 그러자 현백의 도가 모두 막히고 있었다.

쩡… 쩌정…….

하나 아직 초호의 신형은 공중에 떠 있었고 현백의 공격은 끝나지 않았다. 현백은 앞으로 달려들 듯하다가 바로 신형을 뒤로 길게 빼내었다.

"……!"

초호는 이게 무슨 뜻인가 생각하다 두 눈을 크게 떴다. 순식간에 일 장 반을 넘게 떨어진 현백은 그 자리에서 도를 휘두르고 있었다. 그러자 강렬한 일격이 초호를 향해 폭사했다.

당한 것이었다. 떨어진 이유는 바로 예의 뇌전 같은 기운을 이용하려 하는 것이었다. 초호는 황급히 온몸의 내력을 끌어올려 이에 대항하려 했다.

꽈자자자작…….

공기를 찢는 소리와 함께 초호의 몸을 향해 현백의 강렬한 일격이 쏟아지고 있었다. 정말 그 소리가 들리기도 전에 이미 그 힘이 코앞으로 다가왔는데 그에 초호는 양손을 앞으로 내었다.

양팔을 교차시켜 뉘어진 열십(十) 자로 만든 후 거대한 내력을 끌어올리고 있었다. 초호의 몸에선 금황색의 기운이 마치 호신강기처럼 형성되고 있었다. 그건 주비가 보여주었던 것과 거의 같은 모양이었다.

쩌저저정!

분명히 한 번 공격을 했지만 공격은 한 번으로 끝이 나질 않았다. 근 대여섯 번의 공격이 한꺼번에 들어오는 듯한 충격에 초호는 뒤로 한참이나 물러났다. 대번에 현백과 그의 거리는 삼 장으로 벌어지게 되었다.

"과연 대단하군, 현백……. 그사이에 또 늘다니."

품속으로 검을 넣으며 초호는 입을 열었다. 그리곤 내력을 거두어들였는데 그 모습에 현백 역시 내력을 거두기 시작했다.

"오늘은 이 정도로 하는 것이 좋을 것 같군. 피차간에 피를 봐야 아직은 좋을 것이 없다. 어떤가, 현백?"

"그것보다 더 중요한 것이 있지 않나?"

바로 지충표와 오유를 일컫는 말이었다. 그러자 초호는 고개를 끄덕였는데 초호는 고개를 돌려 두 사람을 바라보았다. 그건 가도 좋다는 무언의 말이었다.

"오유, 괜찮아!"

"너나 걱정하시지. 생각보다 많이 늦었어……."

초호의 고갯짓이 떨어지자마자 오유는 움직여 일행에게

다가왔고 이도는 재빨리 그녀를 마중했다. 그 옆에선 모인과 주비, 그리고 명사찬은 환한 웃음으로 그녀를 맞이했다.

"뭐 해요, 아저씨! 빨리 이리 와요. 어서요!"

이도는 저쪽에서 멍하니 서 있는 지충표를 향해 입을 열었다. 지충표는 이도의 말에 고개를 들어 바라보고 있었는데 왠지 그의 얼굴엔 상당한 갈등이 서려 있었다.

"자네, 왜 그러나? 무슨 일이 있나?"

한 손에 서책을 꽉 붙잡고 있는 지충표의 모습에 모인이 이상하다는 듯 입을 열었는데 그때였다. 모두의 귀를 의심하게 하는 지충표의 목소리가 들려왔다.

"전… 가지 않습니다. 아무래도 우린 여기까지인 것 같군요."

"……!"

사람들의 눈이 한껏 커지는 가운데 지충표는 입을 꽉 다물고 있었다. 그의 표정은 거짓을 말하는 것이 아니었다.

2

"방장님, 괜찮으십니까!"

"아미타불……."

백양 대사의 말에 한천불수 백무는 아무런 말을 하지 못한 채 불호만 외울 뿐이었다. 주위엔 수많은 소림의 사람들이 보이고 있었는데 백양은 그 사람들 대부분이 다친 상태인 것을 보고는 어금니를 꽉 깨물었다.

백여 명의 사람이 죽었다. 소림에서 막대한 피해를 입은 것인데 무엇보다도 그 백여 명 중 무승도 있겠지만 법승들과 소사미가 많이 죽은 상태였다. 그 점이 사람들로 하여금 더 많이 화가 나도록 만들었던 것이다.

"뭐라 드릴 말씀이 없습니다. 진정 악독한 자들이군요."

"아미타불… 진영웅께서 이렇듯 와주신 것만 해도 고마울 따름입니다. 모두들 좀 앉으시지요."

대웅전 아래 노란 포단이 끝도 없이 놓여져 있었다. 가운데 가로세로 약 이 장여의 공간만을 비운 채 포단은 빙 둘러쳐져 있었다.

그 포단에 한 사람씩 앉고 있었다. 아직 여기저기서 피내음이 느껴지고 있었지만 지금 그런 것을 신경 쓸 때가 아니었다.

"황급히 오긴 했으나 아직 본 파로 연락조자 못한 상황입니다. 어느 정도 파악이 되는 대로 본 방에선 최선을 다해 소림을 도울 것입니다."

"아미타불… 뭐라 감사의 말씀을 드려야 할지 모르겠군요. 토현 장로님께 감사드립니다."

개방의 토현 장로를 시작으로 모두가 한마디씩 입을 열고 있었다. 대부분 절대적으로 도와준다는 말이었는데 모두의 말이 끝나자 오위경의 입술이 열렸다.

"비록 저희가 지금 강호의 해악이 될지도 모를 천의종무록을 쫓기 위해 왔으나 상황이 이렇게 된 이상 계획의 수정은 불가피하다고 봅니다. 여러분의 생각은 어떻습니까?"

차분한 목소리로 그가 입을 열자 여기저기서 동조하는 듯 고개를 끄덕이고 있었다. 아직 단서조차 없는 그 서책을 쫓느니 차라리 소림을 돕는 것이 나을 듯싶었던 것이다.

우선 이렇게 사람들을 모으기가 힘들었는데, 다행히 모여 있는 상황이라 결의를 하기도 좋았다. 오위경이 입을 열자마자 화산의 양진이 입을 열었다.

"당연한 말씀입니다. 비록 이 화산의 양진이 결정권을 가지진 못했으나 하루 속히 이 일을 본 파에 알려 답을 구할 것입니다. 물론 그 답은 어떤 상황이 벌어지더라도 진영웅을 도우라는 말일 터인즉 진영웅께선 기탄없이 말씀을 하십시오."

"허허허! 감사드립니다, 양 대협……."

조금은 과도한 이야기에 오위경의 얼굴이 살짝 붉어질 정도였지만 양진은 전혀 거리낌이 없는 듯한 얼굴이었다. 그러자 이번엔 장연호의 목소리가 들려왔다.

"방장께 한말씀 묻겠습니다. 저희가 여기 오기까지 며칠 걸린 것으로 알고 있습니다. 혹 그 시간 동안 알아내신 것이 있습니까? 대관절 어떤 자들이 이런 짓을 했는지 그것이 제일 궁금한 것이 사실입니다."

"그렇습니다. 감히 무림의 태산북두에게 이런 짓을 했다는 것은 무림 전체에 대한 도전입니다. 도저히 묵과할 수 없는 노릇입니다. 아미타불……."

아미파의 벽호수니 원영도 입을 열어 자신의 생각을 말하자 백무는 작은 한숨을 쉬었다. 그리곤 잠시 생각을 정리하다 입을 열었다.

"저희도 그 점을 부끄럽게 생각합니다. 현재로선 전혀 실마리가 없는 상태입니다. 그들은 죽은 동료들의 시신도 들고 갈 정도로 깨끗이 철수한 상태라 알 수 있는 방법이 없습니다. 하나 지금 화산의 제자들이 백방으로 찾고 있으니 곧 그들의 정체가 알려질 것입니다."

백무 대사는 합장을 하며 장황하게 이야기했지만 결국 단서는 전혀 없다는 뜻이었다. 그러자 청성의 양운검 환주 도인이 입을 열었다.

"단서도 단서지만 제일 중요한 것은 그들의 무공이 아니겠습니까? 소문을 듣자 하니 방장께서도 그자들의 무공을 보셨다고 하는데 잘 아실 것으로 알고 묻겠습니다. 어디 누구의 무공 같습니까?"

황주 도인의 말에 모두의 시선이 백무 대사에게 향했다. 백무 대사는 무림에서 자타가 공인하는 무골이었다. 비록 양나리를 못써 언제나 포단에 앉아 있는 신세지만 그것조차 원인이 연공에 있을 만큼 무공에 미친 사람이었다.

예상치 못한 이별 345

그러니 그만큼 무학에 대한 견식도 대단할 수밖에 없었다. 바로 그 점을 황주 도인은 깨닫게 해준 것이고 다른 사람들도 기대를 가지게 되었다. 그러나 이어 들린 백무의 대답은 실망스런 것이었다.

"부끄럽지만 저도 그들의 무공을 알지 못했습니다. 어느 정도 무학에 대해 알고 있다고 생각했건만, 이번처럼 암울한 생각이 들기는 처음입니다. 아미타불……."

자책하는 듯한 그의 목소리에 사람들은 바로 고개를 돌렸다. 혹시나 소림에서 독자적으로 움직이기 위해 거짓을 말하는 것이 아닐까 하는 생각을 하는 사람들도 있었으나 백무의 얼굴은 거짓이라곤 찾아볼 수가 없었다. 진짜 아는 것이 없을 확률이 높았던 것이다.

"다만 한 가지 특징이라면 특징적인 것이 있습니다. 허참……."

"아니, 무엇입니까, 방장님. 기탄없이 말씀해 주십시오."

혹시라도 작은 단서가 될지도 모르는 상황이기에 오위경은 냉큼 입을 열었다. 그러자 백무 대사는 다시 입을 열었다.

"그자들의 움직임, 그것은 정말 괴이했습니다. 모두가 그렇게 같은 신법을 펼칠 수 있다는 것 자체가 이상한 일이기도 하지요."

"예?"

백무의 말에 오위경은 그것이 무슨 뜻인가 싶었다. 그러자 백무는 얼굴에 인자한 미소를 머금으며 입을 열었다.

"말 그대로 이상하리만치 같은 신법을 사용하고 있단 말입니다. 보통 한 가지 신법을 배우면 그걸 연공합니다. 하나 그 결과는 천차만별이지요. 같은 신법이라도 그 사람의 신체 조건과 성품에 따라 변할 수밖에 없는 것이 신법이니 말입니다."

"……"

"그런데 이번에 온 자들은 하나같이 같은 신법이었습니다. 그 방위를 밟는 것도 그렇지만, 아니, 방위라는 것이 없겠군요. 모두가 다 짐승의 그것과 같은 몸놀림이었으니 말입니다."

"……!"

백무 대사의 말에 오위경은 두 눈을 부릅떴다. 짐승의 몸놀림이라… 그 말을 듣는 순간 생각나는 이름이 있었던 것이다.

"괴이하다고밖에 표현이 안 되는 움직임이었소. 뭐, 사실 그들의 검술 같은 것들이 그리 뛰어나다고 말할 수는 없지만 그 움직임은 정말 훌륭했소이다. 도무지 어디로 이동할지 전혀 감을 잡을 수가 없었소이다. 아미타불……."

"두 눈에서 옅은 빛은 나오지 않더이까? 그것도 조금 이상하리만치 밝은 빛이 말입니다."

"…아니, 진영웅께서 그걸 어찌 아시오! 안광이 유별난 놈들이었소."

오위경의 말에 백무는 놀라 소리쳤다. 이건 마치 오위경이 그 흉수를 안다는 듯한 말투니 말이다. 오위경은 잠시 신중하게 생각을 하는 듯 입을 꽉 다물었다.

"이보시게, 진영웅… 대체 무슨……."

"……."

건방지게도 백무 대사가 묻는데 오위경은 손바닥을 쫙 펴면서 백무 대사의 말을 막고 있었다. 하나 이 순간 그 누구도 오위경을 건방지다고 생각하는 사람은 없었다. 그만큼 오위경의 동작은 정중했고 절도가 있었다.

아니, 딱 두 사람 토현과 장연호만이 그의 내심을 조금 짐작하고 있었다. 현백을 아는 사람이라면 누구나 지금 상황에서 생각할 수 있는 문제였다. 그것을 이용하여 주위의 이목을 끌려는 수작이었던 것이다.

"하아… 그럴 리가… 그럴 리가 없는데……."

한참을 생각한 후 나온 대답이었다. 대관절 뭐가 그럴 리가 없다는 것인지 모르지만 일단 주위를 끄는 것은 성공한 셈이었다.

"무엇이 그럴 리가 없다는 말이오? 아시는 것이 있다면 어서 말씀을 해주시길 바라오!"

그러니 마음이 타는 것은 백무 대사였다. 그러자 그제야 오위경은 입을 열었다.

"한 사람이 생각나서 그랬습니다. 두 눈엔 긴 꼬리가 남을 만큼 강렬한 기운을 담고 있지요. 또한 움직임 역시 짐승의 그것과 같았습니다. 하나 그 사람은 이런 일을 할 사람이 아닙니다. 많은 분들이 보셨을 것입니다, 승부를 깨끗하게 승복하는 자세 말입니다. 그런 자가 이런 일을 하는 자들과 엮여 있다곤 생각할 수가 없군요."

교묘하게 돌려 이야기하지만 오위경의 말은 충분히 생각된 답이었다. 그 속엔 분명 현백은 그럴 사람이 아니지만 그 주변의 누군가가 그랬을지도 모른다는 느낌을 강하게 풍기고 있었던 것이다.

"사람의 속을 어찌 알겠습니까? 더욱이 그가 그렇게 깨끗하고 광명정대하다면 이 자리에 제가 아니라 그가 왔어야 합니다. 거듭 말하지만 사람의 속은 모르는 것입니다."

게다가 이렇게 툭툭 의혹을 전하는 말까지 나오니 영락없이 범인들의 집단으로 오인될 수밖에 없었다. 말을 하는 사람은 바로 화산의 양진, 한때 화산에 몸을 담았던 현백을 이렇게까지 이야기하니 다른 사람으로선 할 말이 없었다.

"함부로 말하는 것은 자중하시오. 그가 이런 일을 했다고 어떻게 단언하오이까? 덮어놓고 의심부터 하는 것은 좋지 않은 자세이오."

보다 못한 장연호가 약간은 노한 음성을 내었다. 그가 아는 현백이 이런 일을 한다는 것 자체가 웃기는 일이었다. 아주 엮으려고 작정을 하는 것이 눈에 보였던 것이다.

"매사에 발전은 의심에서 시작합니다. 의심하고 또 의심하면서 뭔가 하나둘씩 진실을 찾게 되는 것이오. 또한 덮어놓고 의심이라니오? 장 대협이 보기에 이게 덮어놓고 의심하는 것입니까? 보시오. 전 무림을 통틀어 이런 무공을 펼치는 사람이 어디 있소이까? 수인도라 불릴 정도라면 말 다한 거 아니오?"

"수인도? 수인도 현백이란 사람을 말하는 것이오?"

양진의 말에 백무 대사는 놀란 눈을 하며 외쳤다. 수인도 현백은 요즘 신진고수로 강호에 그 이름을 떨치는 사람이니 말이다.

"그자의 몸놀림이 제가 말한 것과 같다면 충분히 조사해야 할 것입니다. 아미타불……."

심각한 얼굴로 그는 다시 입을 열었고 이어 한쪽으로 시선을 던지며 말을 이었다.

"백양 사제는 지금 즉시 수인도 현백이란 자의 신병을 확보하게나. 그의 신병을 확보하면 본 파로 데리고 오게. 직접 물어봐야 알 수 있는 일이니……."

"방장께선 잠시만 진정하시기를… 아무리 혐의가 있다고 하나 밝혀진 것은 아무것도 없습니다. 한 사람을 단체의 힘으로 압박할 수는 없습니다."

백무의 빠른 결정에 오호십장절 토현은 바로 반대 입장을 보였다. 그러자 백무는 조금 생각을 하는 듯했는데 이번엔 오위경의 목소리가 들려왔다.

"토현 장로님의 생각이 옳습니다. 백무 대사님께선 조금만 진정하시길… 정중히 모셔오면 될 것입니다. 하나 만일을 대비해 몇 명 더 가는 것이 어떨까 합니다."

"몇 명 더라니? 진영웅께선 그 무슨 뜻이오?"

아리송한 그의 말에 장연호는 미간을 찌푸리며 입을 열었다. 생각하기에 따라 만일 그가 반항한다면 사람이 좀 더 필요하다는 뜻으로 해석될 수도 있었던 것이다.

"말 그대로 몇 명 더입니다. 소림의 백양 대사만 가시면 급한 마음에 충돌하실 수도 있으니 중립을 지킬 수 있는 몇 분이 같이 가시는 것이 어떨까 해서 하는 말입니다."

"호… 그것참 일리가 있으신 말씀입니다. 정말 진영웅께선 사려가 깊으시군요."

양진은 엄지손가락을 치켜들며 오위경을 치켜 올렸고 오위경은 포권으로 답례를 했다. 그리곤 잠시 둘러보다 입을 열었다.

"아미파의 원영 신니와 청성의 환주 도인께서 수고해 주시겠습니까? 이렇게 세 분이라면 충분히 마음이 놓일 듯한데요."

"아미타불, 당연히 그리하겠습니다."

"그리하리다. 하면 지금이라도 출발하는 것이 어떻소? 아직 그의 소식이 들리진 않았지만……"

원영 신니와 환주 도인은 고개를 끄덕이며 자리에서 일어섰다. 그러자 백양 대사도 자리에서 일어나 당장이라도 갈 듯한 자세를 취했는데 오위경은 빙긋 웃으며 입을 열었다.

"아마 현백의 일행을 찾으면 그 역시 찾게 될 것 같습니다.

단서는 그것뿐이니까요."

"알겠소이다. 하면 지금 출발하겠소. 다녀오겠습니다, 방장 사형."

"그래, 수고하게나."

말과 함께 백양 대사는 신형을 돌렸고 그 뒤를 환주 도인과 원영이 따르고 있었다. 그들의 모습이 대웅전을 나서자 문득 백무 대사의 목소리가 들려왔다.

"과연 진영웅… 결단력이 대단하시군요. 이는 정말 무림의 홍복입니다. 이 무림에 솔사림의 그늘이 큽니다. 아미타불……."

"어인 말씀을… 아직 멀었습니다. 선배님들이야말로 추앙받으실 만한 분들이시죠."

백무 대사의 말에 오위경은 겸양의 말을 올렸지만 그건 그저 겉모습뿐이었다. 실상은 쾌재를 부르고 있었던 것이다.

소림이 습격을 당했다는 소리를 듣자마자 오위경은 미간부터 찌푸렸다. 설마 하니 그자들이 소림을 칠 줄은 몰랐던 것이다.

게다가 그 일로 인해 자신의 자리가 지지부진하게 되어버릴 것으로 생각하니 더욱더 화나는 일이었지만 막상 와보니 전화위복이었다. 그는 더욱더 이 무림에서 자리를 공고히 해 갈 수 있었던 것이다.

게다가 현백, 그를 합법적으로 제거할 수 있는 길이 열린 셈이었다. 지금부터 그는 계획을 세워야 할 터였다. 절대로 현백이 이곳으로 오지 않게 만들 계획을 말이다.

이미 그의 약점은 다 알려질 대로 알려진 상태였으니…….

*　　　*　　　*

"진심이냐, 충표."

"……."

현백의 말에 지충표는 고개를 끄덕였다. 현백은 잠시 그의 앞에 서서 그의 본심을 살피려 애썼다.

혹 뭔가에 협박을 받았거나 해서 이런 반응을 보이게 되는 것이라면 현백이 가만있지 않을 터였다. 그땐 몸이고 뭐고 신경 끄고 죽을 때까지 해보는 것이었다.

한데 지금 충표의 얼굴은 그리 보이지 않았다. 진지할 대로 진지한 얼굴이었던 것이다.

"에이… 아저씨, 왜 그래? 알았어요, 알았어. 이제부터 형님이라고 꼬박꼬박 부를게요. 삐치지 말고 이리 와요, 얼른요, 지 형님!"

"……."

뒤쪽에서 이도가 지충표를 부르지만 지충표는 돌아보며 웃음을 지을 뿐 아무런 행동도 하지 않았다.

"아저씨, 진짜 거기……."

"잠깐만, 이도야."

이도는 다시금 입을 열려다 오유의 저지에 입을 닫았다. 오유는 앞으로 나가 현백의 옆에 섰다. 지충표는 오유를 보며 입술만 씰룩일 뿐이었다.

"뭐 하자는 거예요? 설마 진짜 이곳에 있겠다는 건 아니겠죠?"

"큭… 또 왜 이러시나. 그냥 가."

상대하기도 싫다는 듯 오유에게 손사래를 치며 지충표가 이야기하고 있었다. 하나 상대는 오유, 절대로 그냥 갈 사람이 아니었다.

"장난이 아니라면 진심이겠지요. 난 아저씨 말리러 온 거 아니에요. 얼마만한 결심인지 알아보려고 온 거예요."

"뭐?"

뜻밖의 말에 지충표는 눈을 동그랗게 떴다. 오유는 지충표의 눈을 보다 이내 그의 손으로 움직였다. 지충표는 여전히 서책을 둘둘 말아 쥐고 있는 상태였다.

"진짜… 익힐 거예요?"

"……."

오유의 말에 지충표는 말없이 고개만 떨구고 있었다. 그제야 오유가 나온 이유를 알 것 같았다. 진심을 확인하러 온 것이 맞는 것이다.

오유와 지충표. 이 어울리지 않는 두 사람의 사이엔 묘한 기운이 넘치고 있었다. 그걸 모른다면 그 사람이 바보일 터인데 오유는 지금 감정을 확인하러 온 것이다. 그 감정이 부담스러워 자신의 곁을 떠나는 것이 아닌가 하는 생각에 나오게 된 것이다.

"오유… 너 봤지. 내 가문을, 그 치졸한 놈들을……."

"……."

이번엔 오유가 아무런 말을 하지 않고 있었다. 지충표가 지금 무슨 말을 하는지 그녀는 잘 알고 있었다. 그의 가문 사람들은 진짜 이해할 수가 없었다.

지충표를 보자마자 욕부터 시작하는 사람들이었다. 오랑캐의 자식이라는 어디서 듣도 보도 못한 욕을 하는가 싶더니 이내 사람의 감정을 비트는 말은 모두 다 해놓고 있었다.

대관절 뭐가 그리 엉켜 있는지 모르지만 지충표는 마냥 묵묵히 듣고만 있었다. 그걸 보던 오유가 참다못해 쏘아붙이자 그제야 그들은 돌아갔었다.

가족이 아니었다. 그 원인이 뭔지는 모르나 지충표는 확실한 미움 도장을 받은 상태였고 그 사실을 이번에 확인했던 것이다.

"그동안 너무나 피하고 있었다. 이제 그 모든 것을 되돌려 놔야겠어. 피하고 피하다가 내 자신까지 기피하게 될까 두렵다. 이번에 난 그걸 깨달았다, 오유."

"…알았어요, 아저씨."

그의 본심을 확인한 후 오유는 신형을 돌렸다. 이것이 핑계든 어쨌든 일단 지충표는 이제 자신의 곁을 떠나게 되었다. 확실하게 입장이 마무리된 것이다.

"이봐, 오유."

"……."

문득 돌아서는 오유를 향해 지충표는 입을 열고 있었다. 오유는 걷던 발걸음을 멈추며 뒤돌아섰는데 그곳엔 지충표가 씨익 웃으며 서 있었다.

지충표는 큰 호흡을 한번 들이마셨다. 그리곤 다시금 목소리를 내었다.

"다 정리되면… 정리되면 내 갈게. 너에게… 알았지?"

"정리나 잘해요. 쓸데없는 소리 말고……."

역시나 오유의 독설이 들려오자 지충표는 다시금 웃었다. 이제야 오유로 돌아온 것이다.

하나 그는 알지 못했다, 오유의 눈에 고인 작은 눈물을. 누가 볼세라 오유는 재빨리 이도의 뒤로 숨고 있었다.

"미안하다, 현백. 난……."

"됐다, 충표. 네 결정이 그렇다면 된 것이지……."

현백은 더 이상 할 말이 없다는 듯 신형을 돌렸다. 언제나 그렇지만 이별은 힘들다. 오래 있으면 있을수록 더 힘들어지는 것이 이별이기에 짧은 것이 좋았다.

"이 곡을 벗어날 때까진 가만히 있겠다."

"벗어난 후엔?"

갑작스럽게 자신을 향해 이야기하는 현백을 향해 초호는 되물었다. 현백은 더 생각할 것도 없다는 듯 입을 열었다.

"다시 적이 되겠지. 충표와 오유의 신형이 무사한 답례라 해두마."

"핫핫, 이거 눈물이 다 나는데? 내가 지금 자네가 무서워 이러는 것 같나?"

초호는 현백에게 살기를 쏘아 보내며 입을 열었다. 확실히 그는 지금 현백을 죽일 수도 있는 무공을 가지고 있었다. 한마디로 고양이가 호랑이 생각해 주는 격인 것이다.

"무섭다라… 내가 언제 무서워해 달라 이야기하던가?"

"뭐?"

뜻 모를 현백의 말에 초호는 미간을 찡그리며 입을 열었다. 그러자 현백은 다시 입을 열었다.

"다시 생각해라. 흑월을 가까이하는 것이 과연 옳은 일인지, 아니면 그른 일인지."

"……!"

그의 두 눈이 휘둥그렇게 떠졌다. 좀처럼 놀라지 않는 그도 이번엔 정말 놀랄 수밖에 없었다. 현백은 모든 것을 다 아는 듯이 이야기하고 있으니 말이다.

"솔직히 말해 내가 치고 싶은 놈들은 너희가 아니라 너희 뒤의 놈들이다. 저 뒤에 숨어 있는 자들을 치고 싶은 것이 내 생각이지만 지금은 참는다는 뜻이다. 이제 이해가 가나?"

"……."

그제야 초호는 현백의 말을 이해할 수가 있었다. 저 뒤편의 삼사자. 그녀가 죽는다면 초호로선 조금 곤란해질 수 있었다. 이 모든 것을 짐작으로 현백이 알아낸 것이다.

"자네, 모사꾼의 기질이 있군. 무공만 하는 우직한 놈인 줄 알았더니……."

"그런 놈은 내가 아니지. 저기 있는 녀석이 딱 그 말에 정답이지."

초호의 말에 현백은 턱짓으로 한쪽을 가리켰다. 그곳엔 바로 지충표가 있었는데 지충표는 뚱한 얼굴로 현백을 바라보고 있었다.

"다시 만날 때까지… 조심해라."

"그래… 현백, 너도."

현백이 신형을 돌렸다. 눈앞에 적들을 두고 있지만 이젠 신경 쓰고 싶지 않았다. 적어도 지금 이 순간엔 말이다.

"우리도 가지. 다들 움직인다."

"예, 대인."

초호의 말에 옥화진이 대답하자 그들 역시 움직이기 시작했다. 그렇게 양쪽은 서로 멀어지고 있었고 한참 동안 움직이자 이젠 서로의 얼굴이 보이지도 않는 거리가 되었다.

"쿨럭! 큭!"

"…대인!"

초호의 입에서 피가 쏟아지자 옥화진을 비롯한 사람들은 아연실색했다. 이 정도라면 꽤 중한 부상인데 설마 그가 현백과 싸우며 부상을 입었을 줄은 몰랐던 것이다.

"됐다. 호들갑 떨지 마라."

초호는 손사래를 치며 휘청거리는 신형을 다잡고는 다시 움직였다. 참고 참았던 상세를 이제야 터뜨린 것이다.

"현백… 진정한 고수가 되었구나. 고수가 되었어."

중얼거리며 움직이는 그의 뒤에서 옥화진은 어금니를 꽉 깨물었다. 왠지 그의 마음속에서 강한 승부욕이 피어오르는 순간이었다.

"쿨럭쿨럭… 우웁!"

"현 대형!"

"현백!"

현백의 신형이 휘청거리고 있었다. 아직 채 부상이 다 낫지도 않은 상황에서 무리했으니 당연한 결과였다. 양 입가에 작은 실핏줄을 그리며 현백은 겨우 신형을 다잡고 있었다.

"허… 곰이 많이 상해 있었구나. 어찌 이런 상태로……."

이해할 수 없다는 듯 모인은 고개를 흔들었다. 현백은 지금 무엇보다 안정을 취해야만 했다.

"이제 좀 쉬면… 되겠지요. 모두들……."

현백은 자리에 풀썩 주저앉으며 입을 열었다. 그러자 모두의 시선이 현백에게 향했는데 현백은 입가에 묻은 피를 소매로 닦으며 입을 열었다.

"나 조금만 잔다… 그래도 되겠지?"

"……."

현백은 정말 자려 하고 있었다. 사람들은 어처구니없다는 반응이었지만 주비는 달랐다. 그는 고개를 떨구는 현백을 잽싸게 잡아 어깨에 걸치고 있었다.

"웃차! 그래, 자라."

그를 업으며 현백에게 이야기했지만 이미 현백은 그의 말을 들을 수 없었다. 두 눈을 꽉 감은 채 그는 자고 있었다.

"헛헛, 녀석. 일단 가까운 객잔에라도 가야겠구나."

"미리 가서 잡아놓을까요?"

"당연한 말을 왜 하니? 얼른 가자."

모인의 말에 이도와 오유는 앞서 나갔다. 이제 완연한 아침의 햇살이 세상을 비추는 가운데 그렇게 현백 일행은 곡구를 나서고 있었다.

『화산진도』 5권 끝

지금 유전자가 말하는 사랑과 성의 관한 솔직 대담한 진실이 펼쳐집니다!

남편의 후광을 등에 업는 것은 까마귀와 인간뿐…

모두에게 바보 취급받던 독신 암컷이 단번에 인생대역전을 해서
서열 1위인 수컷의 아내 자리를 차지하게 될 수도 있다는 말입니다.
모든 여성이 이상형의 남자와 결혼할 수 있는 것은 아닙니다.
적당한 선에서 타협하여 적당한 사람과 결혼하지요.
하지만 솔직히 말해서 당연히 멋진 남자가 더 좋지 않겠습니까?
따라서 여성은 생각합니다.
'그럼 어떻게 하지? 유전자만이라면 가질 수 있어!'
그리하여 장기계획형이나 단기승부형과 같은 여러 가지 방법의
외도가 생겨나는 것입니다.
물론 모든 여성이 이를 실행에 옮기지는 않습니다.

하지만 기회가 있다면 어떨까요?
다른 조건과 이미 타협을 봤다면?
남편이 사소한 일은 눈치 못 채는 둔한 남자라면?
뭔가 유전자의 음모가 느껴지지 않습니까?

실패를 모르는 남자 선택법!
「내 남자친구는 왼손잡이」 법칙

어째서 여성은 왼손잡이 남성에게 마음이 끌리는 걸까요?

여기서 기억해야 할 것은 몸의 좌우와 뇌의 좌우는 일차적으로 반대 관계라는 점입니다.
따라서 왼손잡이 남성은 우뇌가 발달했습니다.
발달했다는 사실이 왼손잡이를 통해 반영된 것입니다.

그리고 두 번째로 생각해야 할 것은 우뇌는 남성 호르몬의 일종인 테스토스테론에 의해 발달한다는 점입니다.
요약하자면 왼손잡이 남성은 우뇌가 발달했는데, 그것은 테스토스테론 수치가 높기 때문입니다.
그것은 다름 아닌 생식 능력이 높다는 것을 의미하지요.

「내 남자 친구는 왼손잡이」에 감춰진 의미는… 내 남자 친구는 생식 능력이 높아… 인 것입니다.

초등학생이 반드시 읽어야 할 좋은 책 49권

각 학년별로 초등학생이 반드시 읽어야할 좋은 책을 선정하여 통합논술의 기본이 되는 '올바른 독서법'을 일깨워 줍니다.

교과서와 함께하는
초등학교 통합논술

초등1학년 | 값 12,000원 / 초등2학년 | 값 9,500원 / 초등3학년 | 값 11,000원 / 초등4학년 | 값 9,500원 / 초등5학년 | 값 9,500원 / 초등6학년 | 값 11,000원

♣ **혼자 할 수 있어요.**
엄마가 책 읽는 방법을 가르쳐 주어도 좋아요.
독서지도하는 선생님이 가르쳐 주어도 좋답니다.
"초등 교과서와 함께하는 통합논술 시리즈"는
아이 스스로 독서할 수 있도록 꾸며진 책이에요.
엄마와 선생님은 요령만 가르쳐 주시면 된답니다.

♣ **교과서의 중요한 내용이 총정리되어 있어요.**
각 학년별로 중요한 교과 내용이 함께 수록되어 있어요.
초등학생은 교과서 내용을 충실하게 공부해야합니다.
아울러 그와 병행한 독서가 대단히 중요하지요.
"초등 교과서와 함께하는 통합논술 시리즈"는
두가지 방법 모두 알려준답니다.

♣ **이 책은 훌륭하신 선생님들이 함께 쓰신 책이랍니다.**
동화작가 선생님들이 쓰셨어요. 소설가 선생님도 쓰셨답니다.
국어 논술독서지도 선생님들도 함께 쓰셨지요.
"초등 교과서와 함께하는 통합논술 시리즈"는
엄마의 마음으로 모든 선생님들이 함께 꾸민 책이랍니다.